MUDAN YIWENJI

穆旦译文集

查良铮

8

人民文学出版社

一九七五年在天津南开大学东村七十号前。

一九五三年至一九五八年出版的查良铮译文书影。

一九八〇年至一九九八年出版的查良铮新译诗、修订版译诗及由友人最后译完的译文书影。

目　次

丘特切夫诗选

泪 …………………………………………………………… 3
黄昏 ………………………………………………………… 5
日午 ………………………………………………………… 6
春雷 ………………………………………………………… 7
夏晚 ………………………………………………………… 8
"快乐的白天还在沸腾" …………………………………… 9
不眠夜 ……………………………………………………… 11
天鹅 ………………………………………………………… 13
山中的清晨 ………………………………………………… 14
雪山 ………………………………………………………… 15
"好似海洋环绕着地面" …………………………………… 16
海驹 ………………………………………………………… 17
"在这儿，只有死寂的苍天" ……………………………… 18
恬静 ………………………………………………………… 19
漂泊者 ……………………………………………………… 20
疯狂 ………………………………………………………… 21
"我驱车驰过利旺尼亚的平原" …………………………… 22
"松软的沙子深可没膝……" ……………………………… 24
秋天的黄昏 ………………………………………………… 25
树叶 ………………………………………………………… 26
阿尔卑斯 …………………………………………………… 28

条目	页码
"对于我，这难忘的一天"	29
病毒的空气	30
西塞罗	31
"好似把一卷稿纸"	32
春水	33
沉默吧！	34
"在人类这株高大的树上"	35
给——	36
"从山顶滚下的石头呆在山坳"	37
行吟诗人的竖琴	38
"啊，我记得那黄金的时刻"	39
海上的梦	41
"不，大地母亲啊"	42
"被蓝色夜晚的恬静所笼罩"	43
"在郁闷空气的寂静中"	44
"杨柳啊，为什么你如此痴心"	46
"是幽深的夜"	47
"灰蓝色的影子溶和了"	48
"啊，多么荒凉的山林峭壁"	49
"从林中草地"	50
"紫色的葡萄垂满山坡"	51
"河流迂缓了"	52
"午夜的大风啊"	53
"我的心愿意做一颗星"	54
"我的心是一群幽灵的乐土"	55
"我独自默坐"	56
"冬天这房客已经到期"	58
喷泉	59
"山谷里的雪灿烂耀目"	60
"大地还是满目凄凉"	61

"我的朋友,我爱看你的眼睛"	62
"昨夜,在醉人的梦幻里"	63
一八三七年一月二十九日	65
一八三七年十二月一日	67
"曾几何时,啊,幸福的南方"	68
春	70
日与夜	72
"少女啊,别相信"	73
"我站在涅瓦河上"	74
"我还被思念的痛苦所折磨"	75
给一个俄罗斯女人	76
"庄严的夜从地平线上升起"	77
"太阳怯懦地望了一望"	78
"静静的夜晚"	79
"在戕人的忧思中"	80
"在深蓝的海水的平原上"	81
"我又看到了你的眼睛"	82
"世人的眼泪"	84
诗	85
罗马夜色	86
"宴会终了"	87
"请看那在夏日流火的天空下"	88
在涅瓦河上	89
"阴霾的天空吹起了风"	90
"凋残的树林凄清、悒郁"	91
"尽管炎热的正午"	92
两个声音	93
"看哪,在广阔的河面上"	94
新绿	95
"你不止一次听我承认"	96

3

波浪和思想 ……	*97*
"七月的夜毫无凉意" ……	*98*
"黄昏冉冉而来" ……	*99*
"夏天的风暴是多么快活" ……	*100*
"我们的爱情是多么毁人" ……	*101*
命数 ……	*103*
"别再让我羞愧吧" ……	*104*
"你怀着爱情向它祈祷" ……	*105*
"我见过一双眼睛" ……	*106*
孪生子 ……	*107*
"哦,我的大海的波浪呀" ……	*108*
"午日当空" ……	*110*
"树林被冬天这女巫" ……	*111*
最后的爱情 ……	*112*
一八五四年的夏天 ……	*113*
"这一条电线的铁丝" ……	*114*
"穷困的乡村" ……	*115*
"在生活中有一些瞬息" ……	*116*
"初秋有一段奇异的时节" ……	*117*
"炙热的阳光溢满树丛" ……	*118*
"她坐在地板上" ……	*119*
"皇村花园的暮秋景色" ……	*120*
归途 ……	*121*
腊月的破晓 ……	*123*
"尽管我在山谷中营着巢" ……	*124*
"我认识她时" ……	*125*
"嬉笑吧,趁这时在你头上" ……	*126*
"好似在夏日" ……	*127*
"北风息了" ……	*129*
"哦,尼斯" ……	*130*

"一整天她昏迷无知地躺着" ……………………………… *131*
"夜晚的海洋啊" ………………………………………… *132*
"不管她怎样爱着" ……………………………………… *133*
"在我的痛苦淤积的岁月中" …………………………… *134*
"在海浪的咆哮里" ……………………………………… *136*
"东方在迟疑" …………………………………………… *137*
"在那潮湿的蔚蓝的天穹" ……………………………… *138*
"夜晚的天空是这么阴沉" ……………………………… *139*
"我的心没有一天不痛苦" ……………………………… *140*
"金碧辉煌的楼阁" ……………………………………… *141*
"我又站在涅瓦河上了" ………………………………… *142*
"白云在天际慢慢消融" ………………………………… *143*
"无论别离怎样折磨着心" ……………………………… *144*
给 Б. …………………………………………………… *145*
"我们遵从统率的旨意" ………………………………… *147*
"在这儿,生活曾经如何沸腾" ………………………… *148*
失眠夜 …………………………………………………… *149*

译后记 …………………………………………………… *150*

朗费罗诗选

生之礼赞 ………………………………………………… *173*
奴隶的梦 ………………………………………………… *175*
阴湿沼泽里的奴隶 ……………………………………… *177*
海草 ……………………………………………………… *179*
箭与歌 …………………………………………………… *182*
破晓 ……………………………………………………… *183*
孩子们 …………………………………………………… *184*
雪絮 ……………………………………………………… *186*

晴和的一天		*187*
我失去的青春		*189*
译后记		*193*

罗宾汉传奇

前言		*199*
第一章	农奴西博德怎样得到食物	*202*
第二章	罗宾怎样逃进森林	*207*
第三章	罗宾怎样和郡长同桌吃饭	*212*
第四章	小约翰的铁头木棍	*216*
第五章	盖伊·吉斯本的第一次追捕	*221*
第六章	盖伊的队伍怎样回家	*227*
第七章	罗宾怎样在舍伍德征收过路费	*231*
第八章	修士塔克入伙	*238*
第九章	罗宾怎样赢得银箭	*241*
第十章	搭救玛丽安姑娘	*250*
第十一章	雨戈院长交纳税金	*258*
第十二章	郡长怎样插一手	*262*
第十三章	郡长怎样回到家里	*268*
第十四章	斯卡雷被俘	*274*
第十五章	他们怎样救回斯卡雷	*279*
第十六章	来自东部的消息	*284*
第十七章	他们怎样攻获海盗船	*291*
第十八章	黑骑士的出现	*297*
第十九章	魔窟的末日	*302*
第二十章	理查德爵士怎样还债	*309*
第二十一章	掌力比赛	*315*
第二十二章	盖伊怎样再次追捕	*323*

第二十三章　有签名的箭 …………………………………… *327*
第二十四章　山谷艾伦的故事 ………………………………… *331*
第二十五章　盖伊的最后一次追捕 …………………………… *336*
第二十六章　最后一支箭 ……………………………………… *341*

丘特切夫诗选

〔俄〕 丘特切夫 著

泪

> 哦，泪之泉……
> 　　　　　格雷①

朋友啊，我爱看一杯美酒——
它的红色光焰、点点星火，
我也爱看枝叶间的葡萄——
红宝石般的喷香的硕果。

我爱看宇宙万物静静地
沉没在那春光的海洋里，
世界在浮香中安详睡去，
又似从梦中漾出了笑意！……

我爱看春天的温和的风
把美人的脸点燃得火红，
它忽而在那酒涡里啜饮，
忽而把动情的发丝撩弄。

但葡萄美酒、芬芳的玫瑰，
或维纳斯的百般的妩媚，
怎比得上你啊，神圣的泪，
你这天国的朝霞的露水！……

---

① 格雷，英国十八世纪的诗人。

神灵的光在粒粒火珠中
灼灼闪耀,它折射的光线
绘出一道道活泼的彩虹
在生活的雷雨的乌云间。

泪之天使啊,你若用翅膀
触及人的眼珠,他的泪泉
立刻会教浓雾消散,
穹苍里便充满天使的脸。

一八二三年

黄 昏

好像遥远的车铃声响
在山谷上空轻轻回荡,
好像鹤群飞过,那啼唤
消失在飒飒的树叶上。

好像春天的海潮泛滥,
或才破晓,白天就站定——
但比这更静悄,更匆忙,
山谷里飘下夜的暗影。

一八二六年

日　午

荫浓的日午懒懒地呼吸，
大河的流水懒懒地前去，
片片的白云懒懒地消融
在炽热的晴朗的天空中。

炎热的睡意似雾般浓，
把大自然整个的罩笼；
连伟大的牧神①也躲入
林神水妖的幽暗洞府。

一八二七——一八三〇年

---

① 希腊神话中的牧神象征自然的精灵，或自然界。古代人认为他午睡的时刻是神圣的。

春　雷

五月初的雷是可爱的：
那春季的第一声轰隆
好像一群孩子在嬉戏，
闹声滚过碧蓝的天空。

青春的雷一连串响过，
阵雨打下来，飞起灰尘，
雨点像珍珠似的悬着，
阳光把雨丝镀成了黄金。

从山间奔下湍急的小溪，
林中的小鸟叫个不停，
山林的喧哗都欢乐地
回荡着天空的隆隆雷声。

你以为这是轻浮的赫巴①
一面喂雷神的苍鹰，
一面笑着自天空洒下
满杯的沸腾的雷霆。

一八二八年

---

① 赫巴是雷神宙斯之女，青春女神，她的职务是给众神斟酒。

夏　晚

那赤热的火球,太阳,
已被大地从头顶推落,
傍晚静静的漫天火焰
也被海波逐渐吞没。

明亮的星星已经升起,
它们以湿涔涔的头顶
撑高了以浓密的蒸汽
重压着我们的苍穹。

在天空和大地之间
顿觉气流有一些波动,
心胸解除了炎热的窒息,
呼吸起来也更加轻松。

于是一阵甜蜜的寒战,
像流水,通过自然底脉络,
仿佛它的火热的脚
突然触着清泉的冷波。

一八二九年

"快乐的白天还在沸腾"

快乐的白天还在沸腾,
街上的人群熙熙攘攘,
但傍晚浮云的暗影
已在明亮的屋顶上飞翔。

美好生命的各种喧声
有时传到耳边:这一切
模糊的繁响啊,在空中
融成了一片和谐的音乐。

春日的倦慵荡漾在心头,
神志不自觉地昏迷起来,
我不知道睡了有多久,
但苏醒却又这般奇怪……

哪里也听不见喧声,
只有寂静主宰一切——
墙上浮动着一片暗影,
半朦胧的幽光在闪泻。

偷偷地,苍白的月亮
透过我的窗户向内窥探,
我觉得仿佛是它的光
在守护着我轻轻睡眠。

我觉得,似乎在渺冥间,
有一个慰人的精灵把我
引出了金色辉煌的白天,
带进神秘的幽灵王国。

　　　　　　　　一八二九年

不 眠 夜

时钟敲着单调的滴答声,
你午夜的故事令人厌倦!
那语言对谁都一样陌生,
却又似心声人人能听见!

一天的喧腾已逝,整个世界
都归于沉寂;这时候谁听到
时间的悄悄的叹息和告别,
而不悲哀地感于它的预兆?

我们会想到:这孤凄的世间
将受到那不可抗拒的命运
准时的袭击;挣扎也是枉然:
整个自然都将遗弃下我们。

我们看见自己的生活站在
对面,像幻影,在大地的边沿,
而我们的朋友,我们的世代,
都要远远隐没,逐渐暗淡;

但同时,新生的、年轻的族类
却在阳光下生长和繁荣,
而我们的时代和我们同辈
早已被他们忘得干干净净!

只偶尔有时候,在午夜时光,
可以听到对死者的祭礼,
由金属撞击所发的音响
有时由于悼念我们而哭泣。

					一八二九年

天　鹅

休管苍鹰在怒云之上
迎着急驰的电闪奋飞，
或者抬起坚定的目光
去啜饮太阳的光辉；

你的命运比它更可羡慕，
洁白的天鹅！神灵正以
和你一样纯净的元素
围裹着你翱翔的翅翼。

它在两重深渊之间
抚慰着你无涯的梦想，——
一片澄碧而圣洁的天
给你洒着星空的荣光。

一八二〇——一八三〇年

山中的清晨

一夜雷雨洗过的天空
漾着一片蔚蓝色的笑,
蜿蜒的山谷露华正浓,
像一条丝带灼灼闪耀。

云雾环绕着崇山峻岭,
却只弥漫到半山腰间;
仿佛于高空中倾圮着
那由魔法建成的宫殿。

一八三〇年

雪　山

太阳射下垂直的光线，
日午的时光正在燃烧；
山中的树林一片幽暗，
只见雾气在氤氲缭绕。

在山下，碧蓝的湖面
像一面铜镜闪着幽光，
溪水从曝晒的山石间
冲向这低洼的故乡。

正当这山谷的世界
疲弱无力，睡意矇眬，
在日午的幽影下安歇，
充满了芬芳的倦慵，——

在山巅，好像一群天神
超然于垂死的大地，
冰雪的峰顶正在高空
和火热的蓝天嬉戏。

一八三〇年

"好似海洋环绕着地面"

好似海洋环绕着地面,
世上的生命被梦寐围抱;
夜降临了——大海朝着岸沿
拍击着它的轰响的波涛。

它在催逼我们,恳请我们……
魔力推动小舟离开海港;
潮水上涨,飞快地把我们
带往无涯的幽黑的海上。

星辰的荣光燃烧在中天,
天穹从深处窥视着小舟,
我们航行在无底的深渊,
烈火熊熊,环绕在我们四周。

一八三〇年

海　驹

骏马啊,海上的神驹,
你披着浅绿的鬃毛,
有时温驯、柔和、随人意,
有时顽皮、狂躁、疾奔跑!
在神的广阔的原野上,
是风暴哺育你长成,
它教给你如何跳荡,
又如何任性地驰骋!

骏马啊,我爱看你的奔跑,
那么骄傲,又那么有力,
你扬起厚厚的鬃毛,
浑身是汗,冒着热气,
不顾一切地冲向岸边,
一路发出欢快的嘶鸣;
听,你的蹄子一碰到石岩,
就变为水花,飞向半空!……

一八三〇年

"在这儿,只有死寂的苍天"①

在这儿,只有死寂的苍天
委顿地望着贫瘠的大地,——
在这儿,疲倦了的大自然,
堕入铁一般沉重的梦里……

只有白桦在这里那里,
或是灰苔,或是矮树林,
好像热病患者的梦呓
惊扰这死沉沉的寂静。

一八三〇年

---

① 丘特切夫于一八三〇年自慕尼黑返回俄国一次,本诗和后面两首诗"我驱车驰过利旺尼亚的平原"及"松软的沙子深可没膝……"都是记述往返途中所见的情景。

恬　静

雷雨过了。巨大的橡树
被雷击倒,灰蓝色的烟
从枝叶间不断地飘出,
飞入雷雨洗过的碧空间。
林中的鸟儿早已在啼叫,
那歌声更加响亮动听;
彩虹从天上弯下一只角,
搭在高山翠绿的峰顶。

　　　　　　　　一八三〇年

漂 泊 者

宙斯①悦纳贫穷的香客,
神圣的华盖在他头上煜烨!……
无家可归的流浪者
成了天国众神的宾客!……

众神手创这奇妙世界,
千姿百态,气象万千,
就在他的面前一一展现,
给他以启示、教益和喜悦……

通过村庄、田野和城市,
他的道路无比光明——
整个大地任随他步行,
他看见一切并称颂上帝!

一八三〇年

---

① 宙斯是希腊神话中的雷神,也是众神之主。

疯 狂

当天空炎热得像烟雾,
和烧毁的大地相交融,
在那儿,就有可怜的疯狂
活跃在无忧的欢乐中。

它埋在干旱的沙地下,
被火焰的光烤得灼热,
于是睁大玻璃的眼睛
徒然地往云端去探索。

突然间它振奋起来,
用敏锐的耳朵贴着
有裂缝的大地,贪婪地
倾听着什么而暗暗欢乐。

它觉得它听到了泉水
在地下沸腾的奔流声,
啊,流水在唱着摇篮曲,
并且喧腾地从地下迸涌!……

一八三〇年

"我驱车驰过利旺尼亚的平原"

我驱车驰过利旺尼亚①的平原,
我举目四望,啊,一切如此凄凉……
沙石的土地,灰暗无神的天,
一切给我的心以无穷的感伤。

我想起这悲惨的土地的过去,
那血腥的统治,那可耻的一切,
它的子孙曾怎样俯首屈膝
吻着泥土,和骑士们的马靴。

我望着你,涛涛的河水,
也望着你,岸边的橡树,
你们从远方来到这里,
你们曾陪伴过昔日的景物!

奇妙啊,惟有你们竟能
从另一世界来到这里;
唉,关于那个世界,你们
哪怕回答我仅仅一个问题!……

但大自然对于往事缄默不语,
只以神秘的微笑面对着人,

---

① 利旺尼亚是拉脱维亚和爱沙尼亚的古称,十三至十六世纪曾为德国的僧侣骑士团所统治。

好像意外看到夜宴的童子,
白天也闭着嘴,讳莫如深。

一八三〇年

"松软的沙子深可没膝……"

松软的沙子深可没膝……
我们行进着——日已傍晚；
路旁松树投下的影子
已经溶汇成一片幽暗。
越往前，松林越密，越黑，
这是多么阴郁的地方！
黑夜好似百眼兽，皱着眉，
从每座树丛中向人窥望！

一八三〇年

秋天的黄昏

秋天的黄昏另有一种明媚,
它的景色神秘、美妙而动人:
那斑斓的树木,不祥的光辉,
那紫红的枯叶,飒飒的声音,
还有薄雾和安详的天蓝
静静笼罩着凄苦的大地;
有时寒风卷来,落叶飞旋,
像预兆着风暴正在凝聚。
一切都衰弱,凋零;一切带着
一种凄凉的,温柔的笑容,
若是在人身上,我们会看作
神灵的心隐秘着的苦痛。

一八三〇年

树　叶

就让苍松和枞树
去骄傲吧,整个冬天
让它们挺立着枝叶,
围裹着风雪睡眠。
它们的绿叶羸瘦得
像刺猬的尖刺一般,
虽然它从不变黄,
但也从不会鲜艳。

我们呢,快活的族类,
蓬蓬勃勃地活一阵,
在树枝的筵席上
只是短暂的客人。
整个美丽的夏天,
我们都欣欣向荣,
不是在露水里沐浴,
就是和阳光戏弄。

然而小鸟唱完了歌,
花儿也都凋谢枯萎,
阳光变得苍白了,
暖和的风也不再吹。
这时节我们何必
留在枝上变黄、衰败?
不如随它们一起

飞去吧,那倒更痛快!

哦,怒吼的狂风,
快些吹呀,快些吹呀!
从这讨厌的枝上
快快把我们扯下!
快些扯吧,快些吹吧,
我们不愿意多等待;
飞,飞,狂暴的风啊!
我们和你一起飞开!……

一八三〇年

阿尔卑斯

阿尔卑斯的雪山峻岭
刺透了湛蓝的夜幕,
峰峦睁着死白的眼睛
给人以彻骨的恐怖。
虽然都在破晓前安睡,
却闪着威严的容光,
雾气缭绕,峥嵘可畏,
像一群倾覆的帝王!

但只要东方一泛红,
死亡的瘴气便消散,
最高的山峰像长兄
首先亮出他的冠冕;
接着,曙光从高峰流下,
把辅峰也都一一点燃,
顷刻间,这复活的一家
金冠并呈,多么灿烂!……

一八三〇年

"对于我,这难忘的一天"

对于我,这难忘的一天
曾经是我生命的清晨:
她默默地站在我前面,
胸脯如波浪起伏,她的脸
泛起一片朝霞的嫣红,
越来越热炽地燃烧!
而突然,像旭日初升,
从她的深心里跃出了
金色的爱情的表白——
啊,一个新世界对我展开!……

一八三〇年

病毒的空气

我爱这神灵的愤怒！我爱这充沛一切
却隐而不见的"恶"：它随着鲜艳的花朵
而盛开，和澄澈的源泉一起流泻，
彩虹中有它，它就在罗马的天空飘过。
在头上，仍旧是那高洁无云的碧霄，
你的心胸也仍旧呼吸自如而舒畅；
还一样有温暖的风舞弄着树梢，
玫瑰的芬芳依旧；但这一切都是死亡！……

谁知道呢？也许，大自然所以充沛着
美好的光、影、声、色，如此令人陶醉，
只不过是预兆着我们的最后一刻，
并给我们临终的痛苦送一些安慰！
命运的致命的使者啊，当你要把
大地之子唤出生之领域时，是否就以
这一切当作掩盖自己形象的轻纱，
从而使人看不见你的恐怖的袭击？

一八三〇年

西 塞 罗

在国事的危急与风暴中,
罗马的演说家①感叹说:
"我来得太迟了!我才上路,
罗马的夜就已面临着我。"
是的!你送别了她的荣耀,
然而,从那卡比托②的山坡
你却看到了伟大的一景:
罗马的血红星宿的陨落!……

幸运的人啊!只要能看到
世界的翻天覆地的一刻——
只要是能被众神邀请
作为这一场华筵的宾客,
那他就看到庄严的一幕,
他是走进了神的座谈会,
虽然活在世上,却好似神仙
啜饮着天庭的永恒之杯!

一八三〇年

---

① 指西塞罗(纪元前106—前43),罗马的政治家、文学家和演说家。
② 卡比托,罗马的山坡,其上有神殿。

"好似把一卷稿纸"

好似把一卷稿纸放在
热烬上,由冒烟而至烧毁,
那是一种隐秘的火焰
一字字地把全文变成灰;

同样,我的生命忧郁地
腐蚀着,每天化为烟飞去,
就在这难忍的单调中,
我将同样地渐渐燃熄!……

天哪!我多么希望把心中
这半死的火任情烧一次,
不再折磨,不再继续苦痛,
让我闪闪光——然后就死!

一八三〇年

春　水

田野里还闪着积雪，
春天的河水已在激荡——
流啊，流啊，它唤醒了
沉睡的两岸，边流边唱：

"春天来了，春天来了！
我们是新春的先锋，
她派我们先来通报。"
果然，紧随着这片喧声，

文静、温和的五月
跳起了欢快的环舞，
闪着红面颊，争先恐后
出现在春水流过的峡谷。

一八三〇年

沉 默 吧!

沉默吧,把你的一切情感
和梦想,都藏在自己心间,
就让它们在你的深心,
好似夜空中明亮的星星,
无言地升起,无言地降落,
你可以欣赏它们而沉默。

你的心怎能够吐诉一切?
你又怎能使别人理解?
他怎能知道你心灵的秘密?
说出的思想已经被歪曲。
不如挖掘你内在的源泉,
你可以啜饮它,默默无言。

要学会只在内心里生活——
在你的心里,另有一整个
深奥而美妙的情思世界;
外界的喧嚣只能把它湮灭,
白日的光只能把它冲散,——
听它的歌吧,——不必多言!……

一八三○年

"在人类这株高大的树上"[①]

在人类这株高大的树上
你是那最碧绿的一叶,
受着最明净的阳光抚养,
充满了它的最纯的汁液!

对它伟大心灵的每一轻颤
你比谁都更能发出共鸣:
或则与欲来的雷雨会谈,
或则快乐地戏弄着轻风!

不等夏日的暴雨或秋风
把你吹落,你便自己飘下,
你的寿命适中,享尽了光荣,
好似从花冠上坠落的一朵花!

一八三二年

---

① 本诗为纪念德国诗人歌德的死而作。

给——

你那漾着盈盈笑意的嘴唇，
你那少女的面颊的红润，
你明亮的眸子，火星般闪烁，
一切充满了青春的诱惑……
啊，想必是爱情展翅飞翔
轻轻送来这多情的目光，
它带着一种奇异的权力
要把心灵诱入美妙的牢狱。

一八三三年

"从山顶滚下的石头呆在山坳"

从山顶滚下的石头呆在山坳。
它怎样落下的?如今已无人知道,
它的坠落可是出于自己的意志?
还是一只有思想的手把它抛弃?
时光过了一个世纪又一个世纪,
还没有人能够解答这个问题。

一八三三年

行吟诗人的竖琴

行吟诗人的竖琴啊!你久已
被弃置在一角,蒙在灰尘里,
但只要月光投给幽暗以妩媚,
使你那一角披上蓝色的光辉,
你的弦会突然轻轻地战栗,
并发出乐音,像心灵的梦呓。

啊,这月光唤醒了你的过去,
是怎样的生活被你回忆起!——
你可是想到夜夜都伴奏过
那久已逝去的少女的情歌?
或是在这依旧茂盛的花园中
她们那听不见的轻悄的脚步声?

一八三四年

"啊,我记得那黄金的时刻"[①]

啊,我记得那黄金的时刻,
我记得那心灵亲昵的地方:
临近黄昏,河边只有你我,
而多瑙河在暮色中喧响。

在远方,一座古堡的遗迹
在那小山顶上闪着白光,
你静静站着,啊,我的仙女,
倚在生满青苔的花岗石上。

你的一只纤小的脚踩在
已塌毁的一段古老的石墙上,
而告别的阳光正缓缓离开
那山顶,那古堡和你的面庞。

向晚的轻风悄悄吹过,
它把你的衣襟顽皮地舞弄,
并且把野生苹果的花朵
一一朝你年轻的肩头送。

你潇洒地眺望着远方……
晚天的彩霞已烟雾迷离,

[①] 本诗所写的,是诗人和克吕德纳男爵夫人(1808—1888)的一段往事。他们在一八二三年相识,三年之后,她和诗人的同僚克吕德纳结了婚。

白日烧尽了,河水的歌唱
在幽暗的两岸间更清沥。

我看你充满愉快的心情
度过了这幸福的一日;
而奔流的生活化为幽影,
正甜蜜地在我们头上飞逝。

一八三四——一八三六年

海上的梦

海涛、风暴摇着我们的小舟,
困倦的我任随波浪来漂流。
我感到两个无极,两个宇宙,
尽在固执地把我捉弄不休。
在我周围,山岩被击得轰响,
风和风相呼应,海浪在歌唱。
这一片喧嚣虽然震得我耳聋,
我的梦却超越这一切而飞腾。
它充满无言的魅力,光辉刺眼,
在繁响、黑暗和混沌之上飘旋。
那是由热病的光照明的世界:
大地绿油油,天空一片澄洁,
有曲折的花园、宫室和回廊,
还有一群无声的人在奔忙。
我认识了许多陌生的面孔,
许多珍禽异兽,美妙的生灵,
而我像上帝一般阔步云端,
看脚下的世界凝然闪着光。
但在这梦中,我还不断地听到
大海的轰响,好似巫师在号叫。
不料如此平静的梦之王国
竟溅来了咆哮的大海的泡沫。

一八三六年

"不,大地母亲啊"

不,大地母亲啊,我不能够
掩饰我对你的深深爱情!
你忠实的儿子并不渴求
那种空灵的、精神的仙境。
比起你,天国算得了什么?
还有春天和爱情的时刻,
鲜红的面颊,金色的梦,
和五月的幸福算得了什么?……

我只求一整天,闲散地,
啜饮着春日温暖的空气;
有时朝那碧洁的高空
追索着白云悠悠的踪迹,
有时漫无目的地游荡,
一路上,也许会偶尔遇见
紫丁香的清新的芬芳
或是灿烂辉煌的梦幻……

一八三六年

"被蓝色夜晚的恬静所笼罩"

被蓝色夜晚的恬静所笼罩,
这墨绿的花园睡得多甘美;
从苹果树的白花间透出了
金色的月轮,多动人的光辉!……

神秘得像创世的第一天,
深邃的天穹里星群在燃烧,
远方的乐音依稀可以听见,
附近溪水的谈心在花间缭绕……

当白日的世界被夜幕遮没,
劳作沉睡了,运动也筋疲力尽……
在安睡的城和林顶上,却飘着
夜夜都醒来的奇异的轰鸣……

这不可解的喧哗来自哪里?……
它可是人在梦中流露的思想?
或是随着夜之混沌以俱来的
无形的世界在空中扰扰攘攘?……

一八三六年

"在郁闷空气的寂静中"

在郁闷空气的寂静中,
好似雷雨的预兆,
玫瑰的香气更浓重,
蜻蜓的嗡嗡更响亮了……

听! 在白色的云雾后
一串闷雷隆隆地滚动;
飞驰的电闪到处
穿绕着阴沉的天空……

好像这炎热的大气
饱和着过多的生命,
好像有神仙的饮料
在血里燃烧,麻木了神经!

少女啊,是什么激动着
你年轻的胸脯的云雾?
你眼里的湿润的闪光
为什么悲伤,为什么痛苦?

为什么你鲜艳的面颊
变白了,再也不见一片火?
为什么你的心胸窒压着,
你的嘴唇这么赤热?……

穿过丝绒般的睫毛
噗地落下来两滴……
或许就这样开始了
一直酝酿着的雷雨？……

　　　　　　　　　　一八三六年

"杨柳啊,为什么你如此痴心"

杨柳啊,为什么你如此痴心,
对急流的溪水频频垂下头?
你的叶子好似干渴的嘴唇
微颤着,只想获取一口清流……

尽管你的枝叶痛苦得战栗,
那溪水只是哗哗地奔跑,
它在阳光的抚爱下,舒适地
闪着明亮的眼睛对你嘲笑……

一八三六年

"是幽深的夜"

是幽深的夜,凄雨飘零……
听,是不是云雀在唱歌?……
啊,你美丽的黎明的客人,
怎么在这死沉沉的一刻,
发出轻柔而活泼的声音?
清晰,响亮,打破夜的寂寥,
它震撼了我整个的心,
好像疯人的可怕的笑!……

一八三六年

"灰蓝色的影子溶和了"

灰蓝色的影子溶和了,
声音或沉寂,或变得喑哑,
色彩、生命、运动都已化做
模糊的暗影,遥远的喧哗……
蛾子的飞翔已经看不见,
只能听到夜空中的振动……
无法倾诉的沉郁的时刻啊!……
一切充塞于我,我在一切中……

恬静的幽暗,沉睡的幽暗,
请流进我灵魂的深处;
悄悄地,悒郁地,芬芳地,
淹没一切,使一切静穆。
来吧,把自我遗忘的境界
尽量给我的感情充溢……
让我尝到湮灭的存在,
和安睡的世界合而为一!

一八三六年

"啊,多么荒凉的山林峭壁"

啊,多么荒凉的山林峭壁!
一路上,溪水朝我流得欢腾——
它忙于到谷中去另觅新居……
而我则往山上缓缓地攀登。

我坐在山顶,伴着一株白松,
这儿一片静,令人感到欣慰……
溪水啊,你朝着山谷和人群
奔流吧:尝尝那是什么滋味!

一八三六年

"从林中草地"

从林中草地,白鸢一跃
而飞起,朝天空,朝云端
盘旋上升,越飞越小,
终于没入高空而不见。

啊,造物主给了它一双
有力的灵活的翅翼,
而我,自命为万物之王,
却黏固在地面和泥里!……

一八三六年

"紫色的葡萄垂满山坡"

紫色的葡萄垂满山坡，
山上飘过金色的云彩，
河水奔流在山脚下，
暗绿的波浪在澎湃。
目光从山谷逐渐上移，
直望到高山的顶巅，
就在那儿，你会看到
圆形的、灿烂的金殿。

高山上不凡的居处啊，
那儿不见世俗的生存，
在那儿，回旋的气流
更轻快、空廓而清新。
声音飘到那儿就沉寂，
只能听到自然的生命；
一种欢乐在空中浮荡，
有如复活节日的恬静。

一八三六年

"河流迂缓了"

河流迂缓了,水面不再晶莹,
一层灰暗的冰把它盖住;
色彩消失了,潺潺的清音
也被坚固的冰层所凝固,——
然而,河水的不死的生命
这凛冽的严寒却无法禁闭,
水仍旧在流:那喑哑的水声
时时惊扰着死寂的空气。

悲哀的胸怀也正是这样
被生活的寒冷扼杀和压缩,
欢笑的青春已不再激荡,
岁月之流也不再跳跃,闪烁;——
然而,在冰冷的表层下面,
生命还在喃喃,并没有止息,
有时候,还能清楚地听见
它那秘密的泉流的低语。

一八三六年

"午夜的大风啊"

午夜的大风啊,你在哀号什么?
为什么怨怒得这样的疯狂?
你的凄厉的声音意味着什么?
忽而幽怨低诉,忽而大吼大嚷?
你以这心灵所熟悉的语言
在倾诉一种不可解的苦痛,
你朝它深深挖掘,从那里面
有时竟发出多狂乱的呼声!……

哦,是的,你的歌在对人暗示
他可怕的故乡,那原始的混沌!
夜灵的世界听到你的故事
正感到多么亲切,听得多凝神!
别再唱吧! 不然,它就要从胸中
挣出来,与无极的宇宙合一!……
哦,别把这沉睡的风暴唤醒——
那下面正蠕动着怎样的地狱!……

一八三六年

"我的心愿意做一颗星"

我的心愿意做一颗星,
但不要在午夜的天际
闪烁着,像睁着的眼睛,
郁郁望着沉睡的大地,——

而要在白天,尽管被
太阳的光焰逼得朦胧,
实则它更饱含着光辉,
像神仙一样,隐在碧霄中。

一八三六年

"我的心是一群幽灵的乐土"

我的心是一群幽灵的乐土——
这些无言的幽灵,明朗,美丽,
既不受热狂的年代的摆布,
也无感于忧伤或欢喜。

我的心是一群幽灵的乐土,
心啊,你和生活是多么不同!
谁想到这群幽灵如此麻木
把逝去的好时光纳为幻影!……

一八三六年

"我独自默坐"

我独自默坐,
以泪眼望着
　　燃尽的壁炉……
往事的回忆
令我沉思郁郁,
　　语言怎能表述?

往事如烟云,
今朝也只一瞬
　　就永远逝去——
像过去那一切;
无尽的岁月
　　已被幽暗吞去。

一年年,一代代……
人何必愤慨?
　　这大地的谷禾!……
很快就凋谢,
新的花和叶
　　又随夏日而复活。

于是一切如前,
玫瑰重又鲜艳,
　　荆棘也再滋长……
但你啊,我的花朵,

你却不再复活,
　　从此不再开放!

唉,是我的手
把你摘下枝头,
　　带着多少欢喜!……
贴在我胸前吧,
趁它还能迸发
　　爱情临终的叹息。

　　　　　　　　　　　一八三六年

"冬天这房客已经到期"

冬天这房客已经到期,
却死赖着不肯迁出,
她白白发了一阵脾气,
春天却来敲打窗户。

这惊动了自然的一切,
大家都纷纷起来撵她;
听,天空中几只云雀
已把赞歌洒上一片云霞。

冬天还是对春天咆哮,
并作出凌人的姿态,
但春天只是对她大笑,
并且比她嚷得更厉害……

那老巫婆被逼得跑开;
但是为了发泄怒气,
最后还抓起一把雪来
向那美丽的孩子掷去……

春天一点也没有受害,
索性在雪里洗个澡;
真出乎对手的意外,
她的面颊倒更红润了。

一八三六年

喷 泉

看啊,这明亮的喷泉
像团团云雾,不断飞腾,
你看它燃烧在阳光中,
如何化为一片水烟!
它的光线向天空飞奔,
一旦触到庄严的高度,
就注定向地面散布,
好似点点灿烂的火尘。

哦,人类的思想的喷泉!
你无穷无尽,从不止息;
不知是本着什么规律
你永远喷射和飞旋?
你多么想要凌云上溯!……
但无形的命运巨掌
却打断你倔强的飞翔,
于是你变为水星洒落。

一八三六年

"山谷里的雪灿烂耀目"

山谷里的雪灿烂耀目,
但积雪会融化而不见,
春天的禾苗布满山谷,
但它闪耀不久,也就凋残。
然而,是什么在那雪山顶峰
永远光灿而不衰萎?
啊,那是由朝霞所播的种,
至今还鲜艳的玫瑰!……

一八三六年

"大地还是满目凄凉"

大地还是满目凄凉,
空中已浮现春的气息;
田野里的枯树在摇晃,
白松的高枝微微战栗。
大自然还没有醒来,
然而她的睡意淡了,
在梦中听到春的声息,
也不禁漾出一丝微笑……

心啊,心啊,你也还没有醒……
但突然,是什么使你不宁?
是什么抚慰着你的梦,
并且把冥想镀上了金?
一堆堆雪在闪烁,在消融,
风光变得明媚,血在跃动……
你是感到了春天的柔媚?……
还是有了女人的爱情?……

一八三六年

"我的朋友,我爱看你的眼睛"

我的朋友,我爱看你的眼睛
闪着奇异的灵光,当你突然
抬起它们来,把在座的一圈人
匆匆一瞥,好似天空的电闪……

然而比这更迷人的,是目睹
在热情的一吻时,你把两眼
低低垂下,从睫毛间却透出
沉郁而幽暗的欲望的火焰。

一八三六年

"昨夜,在醉人的梦幻里"

昨夜,在醉人的梦幻里,
你的眼睑被月光的残辉
照耀着,倦慵而无力,
你迟迟坠入梦中而安睡。

在你周围,一切突然沉寂,
暗影的眉头皱得更暗,
你胸中的平匀的呼吸
更清晰地流动在空间。

然而,透过轻盈的窗纱
夜的幽暗只流进一瞬息,
你的飘扬如梦的鬈发
又已和无形的幻想嬉戏。

轻轻地流着,徐徐地飘着,
仿佛随一阵细风流入,
烟一般轻,幽洁如百合,
有什么突然扑进窗户。

看,有什么无形地流过
那在幽暗中灼烁的地毯,
啊,它已经悄悄地攀着
被子的一角,顺着它的边——

像一条蛇蜿蜒地爬行,
终于来到了卧榻上,
看啊,它已窥进帐帏中
好似一条丝带在飘荡……

突然,它以颤动的光线
触着了少女的前胸,
又以洪亮的、绯红的叫喊
张开了你睫毛的丝绒。

一八三六年

一八三七年一月二十九日①

是谁的手射出致命的一弹
把诗人的高贵的心击中?
是谁把这天庭的金觥
摧毁了,好似易碎的杯盏?
让世俗的法理去判断吧,
不管说他是有罪,是无辜,
那天庭的手将永远把他
烙为"刺杀王者"的凶徒。

诗人啊,过早落下的夜幕
将你在尘世的生命夺去,
然而,你的灵魂得享安息,
在一个光明的国度!……
不管世人怎样流言诽谤,
你的一生伟大而神圣!……
你是众神的风琴,却不乏
热炽的血在血管里……沸腾。

你就以这高贵的血浆
解除了荣誉的饥渴——
你静静地安息了,盖着
民众悲痛的大旗在身上。
让至高者评判你的憎恨吧,

---

① 这一天是普希金决斗被杀的日子。

你流的血会在他耳边激荡；
但俄罗斯的心将把你
当作她的初恋，永难相忘！……

一八三七年

一八三七年十二月一日[①]

好吧,就是注定在这个地方,
我们要最后道一声珍重……
别了!我们将告别那一切
曾使心灵久久沉迷的情景,
那一切把你的生命烧完了,
只有灰烬还留在痛苦的胸中!

别了……多年,多年以后,你将会
战栗地想起这一隅地方,
想到这灿烂的南方的海岸,
它不谢的花朵,永恒的阳光,
还有迟暮的、苍白的玫瑰
如何把腊月的空气烧得芬芳。

一八三七年

---

① 本诗写于意大利的热那亚,这一天是诗人和他的情人德恩伯格夫人诀别的日子。

"曾几何时,啊,幸福的南方"[①]

曾几何时,啊,幸福的南方,
曾几何时,我当面看到了你,——
而你,好似金身显圣的神,
让我,一个游子,一览无遗……
啊,曾几何时,尽管我没有
如醉如痴,却充满新鲜的感情,
当我面对着伟大的地中海,
并且听到它波涛的声音!

我想到当年,这汹涌的波浪
曾扬起多么和谐的歌唱!
它看过灿烂的维纳斯女神
从她深渊的故乡跃出海上[②]……
这浪花的跳跃犹似当年,
一样的轰响,一样的闪烁,
而在它天蓝色的平原上
仿佛还有神的幻影掠过。

而我,我却和你告别了——
我又被命运牵引到北方……
那沉郁的铅灰色的天空
又重重地压在我的头上……

---

① 本诗所记,是诗人离开热那亚、回到意大利北部都灵后的心情。
② 据神话,维纳斯女神是从赛普拉斯岛附近的海上诞生的。

这儿的空气割人皮肤，
山和谷都铺满了冰雪，
而寒冷，那威严的巫婆，
只有她统治这儿的一切。

然而，在这冰雪王国的南方，
那儿，那儿，在陆地的边缘，
我仿佛还远远地望得见
你，那金色的、明媚的地方！
在朦胧中你显得更美丽，
你的天空更蔚蓝、更清新，
你的低语听来也更悦耳，
它深深打动了我的灵魂！

一八三七年

春

不管命运的手如何沉重,
不管人如何执迷于虚妄,
不管皱纹怎样犁着前额,
不管心里充满几多创伤;
不管你在忍受怎样的
残酷的忧患,但只要你
碰到了初春的和煦的风,
这一切岂不都随风飘去?

美好的春天……她不知有你,
也不知有痛苦和邪恶;
她的眼睛闪着永恒之光,
从没有皱纹堆上她前额。
她只遵从自己的规律,
到时候就飞临到人间,
她欢乐无忧,无所挂碍,
像神明一样对一切冷淡。

她把花朵纷纷洒给大地,
她鲜艳得像初次莅临;
是否以前有别的春天,
这一切她都不闻不问。
天空游荡着片片白云,
在她也只是浮云而已,
她从不想向哪儿去访寻

已飘逝的春天的踪迹。

玫瑰从来不悲叹既往，
夜莺到晚上就作歌；
还有晨曦，她清芬的泪
从不为过去的事而洒落；
树木的叶子没有因为
害怕不可免的死而飞落，
啊，这一切生命，像大海，
整个注满了眼前的一刻。

个体生活的牺牲者啊！
来吧，摈弃情感的捉弄，
坚强起来，果决地投入
这生气洋溢的大海中！
来，以它蓬勃的纯净之流
洗涤你的痛苦的心胸——
哪怕一瞬也好，让你自己
契合于这普在的生命！

一八三八年

日 与 夜

为这神秘的精灵的世界,
这无可名状的无底深渊,
由神的至高旨意盖上了
一层金色的帷幕——白天。
白天啊,这幅璀璨的画帷,
白天啊,你医治病痛的心魂,
你给世间万物充满生气,
人和神都把你当作友人!

但白天消逝了——黑夜降临;
夜来了,就把恩赐的彩幕
一下子拉开,使无底的深渊——
使那致命的世界赫然暴露
在我们眼前,于是我们看见
它那幽暗的、可怕的一切,
而我们面对它,又没有遮拦——
这就是何以我们害怕黑夜!

一八三九年

"少女啊,别相信"

少女啊,别相信,别相信诗人,
别把他唤作你的意中人——
要知道,诗人的绵绵情意呀,
比一切怒火还容易焚身!

别以少女的纯洁的灵魂
来接受诗人的心!要知道,
你那一层轻盈的面纱
掩盖不了他热情的燃烧。

诗人像自然力一样磅礴,
他主宰一切,只除开自己;
很可能他的桂冠烧上了
你年轻的鬈发,全出于无意。

轻率的世人总是任意地
或者颂扬,或者咒骂诗人,
他并不是毒蛇噬咬人心,
他呀,只像是蜜蜂把它吸吮。

诗人的纯洁的手不会
把你视为神圣的东西破坏,
但无意间,他会把生命窒息,
或者把它送往九霄云外。

一八三九年

"我站在涅瓦河上"

我站在涅瓦河上,遥望着
巨人一般的以撒大教堂;
在寒雾的薄薄的幽暗中,
它高耸的圆顶闪着金光。

白云缓缓地升上夜空,
好像对冬寒也有些畏缩;
夜是凄清的,死一般静,
冻结的河面泛着白色。

我默默地、沉郁地想到
在远方,在热那亚的海湾,
这时太阳该是怎样燃烧,
那景色是多么迷人、绚烂……

哦,北方! 魔法师的北方!
是不是我中了你的符咒?
或是我真的被锁在你的
花岗石地带,不能自由?

啊,但愿有飘忽的精灵,
在幽暗的夜里轻轻翱翔,
那就把我快快地载去吧,
去到那儿,那温暖的南方!

一八四四年

"我还被思念的痛苦所折磨"[①]

我还被思念的痛苦所折磨,
这颗心啊,依旧充满着旧情;
在"回忆"的暗雾中,热望的火
驱使我去追索着你的形影……
啊,无论何时何地,在我眼前
总浮现你难忘的、可爱的面容,
无法抓得住,但也永远不变,
好似夜晚天空中的一颗星……

一八四八年

[①] 这首诗是诗人追念第一个妻子爱琳娜而作。

给一个俄罗斯女人

远远离开阳光和大自然，
接触不到社会和艺术，
没有爱情，和生活也疏远，
你青春的岁月如此荒芜。
你活跃的感情暗淡了，
你的幻想也不再缭绕……

你的一生悄悄地过去，
在荒凉而无名的地方，
没有人知道你，看见你，
好像在阴暗、低沉的天上，
一缕烟云消逝得无踪
在秋日的无边的幽暗中……

一八四八或一八四九年

"庄严的夜从地平线上升起"

庄严的夜从地平线上升起,
可爱的白日啊,我们的慰安,
立刻像一幅金色的画帷
被它卷起,露出无底的深渊。
外在的世界梦幻似地消失……
而人,突然像孤儿,无家可归,
只有站在幽暗的悬崖之前
软弱无力,赤裸裸地颤巍。

智力已无用,思想失去了依据,
他只有靠自己了,因为外间
再也没有任何支持或藩篱,
惟有心灵,像深渊,任由他沉湎……
现在,一切明亮、活跃的感印
对他都好似久已逝去的梦……
而那不可思议,幽暗和陌生的,
他看到:原来是久远的继承。

一八四八或一八四九年

"太阳怯懦地望了一望"

太阳怯懦地望了一望,
立刻收回了它的光彩;
听,乌云后面一片轰响,
大地皱着眉,满面阴霾。

热灼的旋风忽起忽歇,
远方响着雷,也有阵雨……
碧绿的无际的田野
在雷雨下更显得碧绿。

看,乌云时时被划破,
驰过了蓝色的电闪——
那仿佛是一条流火
给乌云边镶着银线。

时时落下一阵急雨,
田野的尘土跟着飞旋,
这时雷声响得更急,
更愤怒地震摇着天。

太阳又一次皱着眉
从云端露出了眼睛,
并且以明亮的光辉
把惊惶的大地浸润。

一八四九年

"静静的夜晚"

静静的夜晚,已不是盛夏,
天空的星斗火一般红,
田野在幽幽的星光下,
一面安睡,一面在成熟中……
啊,它的金色的麦浪
在寂静的夜里一片沉默,
只有银白的月光
在那如梦的波上闪烁……

一八四九年

"在戕人的忧思中"

在戕人的忧思中,一切令人生厌,
生活像一堆石块压着我们,
突然间,天知道从什么地方,
有一丝欢欣飘到我们的胸间
在那儿回荡、爱抚:这刹那的幸福
暂时给心灵解除了可怕的重负。

正是这样,在秋天,当田野枯索,
一片凄凉,树林的枝子都赤裸,
天空变得苍白,山谷更暗淡了,
突然会有一阵风,湿润而暖和,
把枯黄的落叶追得飞舞,飘旋,
好像给我们的心带来了春天……

一八四九年

"在深蓝的海水的平原上"

在深蓝的海水的平原上
我们踏出一条狭窄的路,
一条喷火的、暴怒的海蛇
把我们带上茫茫的旅途。

天上的星星照耀着我们,
在脚下,波浪迸溅着火花,
它以阵阵水尘的旋风
朝我们身上不断扑打。

我们坐在海船的甲板上,
很多人已经沉入梦乡……
划水的轮子更清晰地
划着轰响的波浪而歌唱……

我们快乐的一群安静了,
女人们不再谈话和喧腾,
她们以雪白的肘支起了
多少亲切的、美好的幻梦。

在神秘而醉人的月光下,
美梦欢舞在无际的空间,
大海正以轻柔的海波
抚慰着它们静静安眠。

一八四九年

"我又看到了你的眼睛"

我又看到了你的眼睛,
啊,只是你南国的一瞥,
就逐开了我寒冷的梦
和这幽黑的、沉郁的夜……
它又重现在我的眼前,
那一个国度——我的故乡——
好似亚当失去的乐园
又对他的子孙闪着光……

我看到了摇摆的月桂
荡漾着蓝色的空气,
从海上飘来阵阵轻风
把夏日的炎热扬起;
一整天,金色的葡萄
在阳光下长得更熟了,
而在大理石的回廊间,
神话般的历史在缭绕……

致命的北方消失了,
好像遗忘的一场噩梦,
在我的头上闪耀着
那轻淡而明媚的天空。
我的眼睛又在饥渴地
啜饮着你活跃的光辉,

在它的纯净的光波里，
我认出了那奇幻之地。

一八四九年

"世人的眼泪"

世人的眼泪,啊,世人的眼泪!
你不论早晚,总在不断地流……
你流得没人注意,没人理会,
你流个不尽,数也数不到头——
你啊,流洒得像秋雨的淅沥,
在幽深的夜里,一滴又一滴。

一八四九年

诗

当我们陷在雷与火之中，
当天然的、激烈的斗争
使热情沸腾得难以忍耐，
她就从天庭朝我们飞来，——
对着尘世之子，她的眼睛
闪着一种天蓝的明净，
就好像对暴乱的海洋
洒下香膏，使它安详。

一八五〇年

罗马夜色

在天蓝色的夜里,罗马沉睡了,
月亮升上天空,静静把它拥抱,
她以自己的默默无言的光荣
洒遍了这安睡的、无人的名城……

在她的光辉下,罗马睡得沉沉,
这不朽的遗迹和月光多么相衬!
仿佛这安息的城,这清晰的月夜,
就是那魅人的、久已逝去的世界!

一八五〇年

"宴会终了"

宴会终了,歌声沉寂,
酒瓮都已倾倒一空;
篮子倒了,杯盘狼藉,
只有残酒还留在杯中;
头上的花冠已经揉乱,
留下余香还缭绕在
明亮而空旷的厅堂间……
宴会终了,我们迟迟走开——
只见满天的繁星闪耀,
啊,这已经是子夜了……

大街上是车马和喧声,
不睡的人们熙熙攘攘,
暗红的光到处闪动……
就在这城市的动荡
和一片殿宇街屋上空,
当谷中的烟雾缭绕,
在那山上的高空中,
纯洁的星星却在燃烧;
它以明净无邪的光
回答着世人的瞭望……

一八五〇年

"请看那在夏日流火的天空下"

请看那在夏日流火的天空下,
风尘仆仆,踯躅在大路上的人,
他从花园旁走过,像一个乞丐,
天哪,请拿一点安慰给他的心。

他朝花园望了望,只见一片
树木的浓荫和碧绿的幽谷,
那儿有他享受不到的清凉
在明媚而茂盛的草地上飘忽。

那树木的阴影是多么宜人!
但树阴并不是为他而铺开,
那喷泉的水雾也不是为他
悬在半空,像一片美丽的云彩。

蔚蓝的岩洞好像从浓雾里
诱惑着他,徒然使他望眼欲穿,
犹如喷泉的水尘不会有一滴
落在他头上,给他以清新之感。

请看那在夏日流火的天空下,
彳亍在炎热的生活小径的人,
他从花园旁走过,像一个乞丐,
天哪,请拿一点安慰给他的心。

一八五〇年

在涅瓦河上

在涅瓦河的轻波间
夜晚的星又把自己投落,
爱情又把它神秘的小舟
寄托给任性的浪波。

在夜星和波浪之间
它漂流着,像在梦中,
载着两个影子,朝向
缥缈的远方开始航程。

这可是两个安逸之子
在这儿享受夜的悠闲?
还是两个天国的灵魂
从此要永远离开人间?

涅瓦河啊,你的波涛
广阔无垠,柔和而美丽,
请以你的自由的空间
荫护这小舟的秘密!

一八五〇年

"阴霾的天空吹起了风"

阴霾的天空吹起了风，
河水变得浑浊而汹涌，
铅灰的云笼罩着水波——
就在这阴惨的光照下，
还有一片暗紫的彩霞
使黄昏在水波上闪烁。

金色的火星不断迸发，
燃烧的玫瑰纷纷落下，
然后就被河水所席卷。
那正是狂暴、火红的黄昏
向着暗蓝的波浪投进
自己片片扯下的花冠……

一八五〇年

"凋残的树林凄清、悒郁"

凋残的树林凄清、悒郁,
整个萦绕着安息的预感,
夏日的叶子所余无几,
被秋阳染得金光闪闪,
还弥留在枝头上抖颤。

因为从乌云后,像闪电,
忽然漏下了一线阳光
直射在斑驳的树木间
和衰枯残败的黄叶上,
使我呆呆望着,不禁感伤……

这凋落的生命多么妩媚!
又多么可亲! 令人想到
她曾经那么蓬勃,那么美,
而今竟然萎缩和枯凋,
在临死以前还带着微笑!……

一八五〇年

"尽管炎热的正午"

尽管炎热的正午
在敞开的窗口喘气,
在这平静的大厦
一切幽暗而静谧。

这儿有暗香回荡,
在芬芳的幽暗里
你尽可以浸沉在
朦胧的梦幻中憩息。

这儿有不倦的喷泉
在一隅日夜歌唱,
它以无形的水尘
洒在昏迷的暗影上。

热恋的诗人尽可
在飘忽的光与影中,
让隐秘的热情化为
回旋的、轻盈的梦。

一八五〇年

两个声音

1

振奋起来,朋友们,不停地战斗,
尽管力量悬殊,胜利毫无希望!
在你们头上,星宿沉默无言,
在你们脚下,坟墓也一声不响。

让奥林匹斯的众神怡然自得,
他们是不朽的,不知劳苦和忧虑;
劳苦和忧虑只为人的心而设……
对人来说,只有终结而没有胜利。

2

振奋起来,战斗吧,勇敢的朋友们,
别管斗争多么持久,多么残酷!
在你们头上,是无言的一群星辰,
在你们脚下:沉默的、荒凉的坟墓。

让奥林匹斯的众神以羡慕的眼光
看着骁勇不屈的心不断奋战。
那在战斗中倒下的,只败于命运,
却从神的手里夺来胜利的花冠。

一八五〇年

"看哪,在广阔的河面上"

看哪,在广阔的河面上,
水流下坡时变为活跃,
朝着那吞没一切的海洋,
一块冰跟着一块冰流泻。

或者在阳光下五色缤纷,
或者在深夜里暮气沉沉,
冰块总是不可免地融解,
而且都向一个目的航行。

无论大,无论小,一起漂流,
而且丧失了原有的形状,
彼此没有区别,好似元素,
汇合了——与那命定的深渊!……

哦,我们的神思所迷恋的
命题啊,这人类的"小我"!
你的意义岂不就是如此?
你的宿命和冰块也差不多。

一八五一年

新　绿

新抽的叶子泛着翠绿。
看啊,这一片白桦树木
披上新绿,多么葱茏可喜!
空气中弥漫一片澄碧,
半透明的,好似烟雾……

多久了,树林在沉睡中
梦着春季,和金色的盛夏,
而现在,这些活跃的梦
初次遇上蔚蓝的天空,
就突现在光天化日之下……

嫩叶受到阳光的洗濯
又投下了新生的阴影,
它们是多么美,多么欢跃!
我们从它们的沙沙响动
可以听出:在这树丛中,
你绝不会见到一片枯叶。

一八五一年

"你不止一次听我承认"[①]

你不止一次听我承认:
"我不配承受你的爱情。"
即使她已变成了我的,
但我比她是多么贫穷……

面对你的丰富的爱情
我痛楚地想到自己——
我默默地站着,只有
一面崇拜,一面祝福你……

正像有时你如此情深,
充满着信心和祝愿,
不自觉地屈下一膝
对着那珍贵的摇篮;

那儿睡着你亲生的
她,你的无名的天使,——
对着你的挚爱的心灵,
请看我也正是如此。

一八五一年

---

① 本诗是写给杰尼西耶娃的。"无名的天使"指诗人和她所生的第一个女儿。

波浪和思想

思想追随着思想,波浪逐着波浪,——
这是同一元素形成的两种现象:
无论是闭塞在狭小的心胸里,
或是在无边的海上自由无羁,
它们都是永恒的水花反复翻腾,
也总是令人忧虑的空洞的幻影。

一八五一年

"七月的夜毫无凉意"

七月的夜毫无凉意,
炎热,窒息,发着电闪……
天空充满了雷雨,
俯临着昏暗的大地,
每一闪光都使它抖颤……

好像对着大地,天空中
有谁的浓重的睫毛
不断张开,又不断闭拢,
只见那凶恶的瞳孔
迅速闪射,像怒火燃烧……

一八五一年

"黄昏冉冉而来"

黄昏冉冉而来，夜临近了，
山峰的投影越来越长，
天空的彩云已不再燃烧……
日暮了。白天正在渐渐消亡。

我并不痛惜白日的消殒，
也不畏惧黑夜的袭来，
只要你，我迷人的幻影啊，
只要你伴着我，永不离开！

请把你的翅膀给我披上，
使心灵的激动从此平复，
只要这颗心能随你飞翔，
黑夜对于它就是幸福。

但你是谁？从哪里来的？
你是地面的，还是在天之灵？
也许，你确是虚无缥缈的——
但却具有女性的热情的心。

一八五一年

"夏天的风暴是多么快活"

夏天的风暴是多么快活!
它吼叫着,卷起了飞尘,
而雷雨急急推送着乌云
把蔚蓝的天空密密掩遮,
接着疯狂地,像瀑布一样,
整个朝树林猛力扑来,
被袭击的林涛开始澎湃,
阔叶的海洋在颤动,喧响! ……

树木的巨人好似突然
被无形的脚踏弯了身躯,
树梢都在急切地低语,
仿佛正为此计议,商谈,——
这时,透过这骤然的繁响,
可以听到小鸟的呼哨,
而且不知从哪儿,飘下了
第一片黄叶,飘到路上……

一八五一年

"我们的爱情是多么毁人"[①]

我们的爱情是多么毁人!
凭着盲目的热情的风暴,
越是被我们真心爱的人,
越是容易被我们毁掉!

才多久啊,你曾骄傲于
自己的胜利说:"她是我的了"……
但不到一年,再请看看吧,
你那胜利的结果怎样了?

她面颊上的玫瑰哪里去了?
还有那眼睛的晶莹的光,
和唇边的微笑?啊,这一切
已随火热的泪烧尽,消亡……

你可记得,在你们初见时,
唉!那初次的致命的会见,——
她的迷人的眼神,她的话语,
和那少女的微笑是多么甜?

但现在呢?一切哪里去了?
这好梦究竟有多少时辰?
唉,它竟好像北国的夏季,

[①] 本诗有感于诗人自己和杰尼西耶娃的爱情而作。

只是一个短暂的客人!

你的爱情对于她来说,
成了命运的可怕的判决,
这爱情以无辜的耻辱
玷污了她,一生都难洗雪!

悔恨的生活,痛苦的生活啊!
只有绵绵无尽的回忆
还留在她的深心里啮咬,——
但连它也终于把她遗弃。

人世对于她成了一片荒凉,
美好的幻景都已逝去……
匆忙的人流把她心中的
鲜艳的花朵踏成了污泥。

从长期的痛苦中,是什么
被她珍藏着,好像珠贝?
那是邪恶的、酷虐的苦痛,
既没有慰安,也没有眼泪!

我们的爱情是多么毁人!
凭着盲目的热情的风暴,
越是被我们真心爱的人,
越是容易被我们毁掉!

一八五一年

命　数

爱情啊,爱情啊,——据人传说,
那是心灵和心灵的默契,
它们的融会,它们的结合,
两颗心注定的双双比翼,
就和……致命的决斗差不多……

在这场不平衡的斗争里
总有一颗心比较更柔情,
于是就不能和对手匹敌,
它爱得越深,越感到苦痛,
终至悲伤,麻木,心怀积郁……

一八五一年

"别再让我羞愧吧"

别再让我羞愧吧:我承认你的指责!
但请相信,在我们两人间,你的命运
更令人羡慕:你爱得真挚、热情,而我——
我望着你,只感到苦恼和妒火如焚。

我像个可怜的魔术师,站在自己
创造的奇异世界之前,却毫无信仰——
而今,使我脸红的是,我竟把自己
充作你的心灵所膜拜的死的偶像。

一八五一或一八五二年

"你怀着爱情向它祈祷"

你怀着爱情向它祈祷,
它在你心中像一件圣物,
然而命运却把它交给
世人的流言任意凌辱。

没有人能阻拦那一群人
冲进你的心灵的圣殿,
因此你感到那内心的秘密
和膜拜,都已经无可栈恋。

啊,但愿你心灵的翅翼
能超越世人之上翱翔,
从而把它救出这种迫害——
这社会的永恒的诽谤!

一八五一或一八五二年

"我见过一双眼睛"

我见过一双眼睛——啊,那眼睛!
我多么爱它的幽黑的光波!
它展示一片热情而迷人的夜,
使被迷的心灵再也无法挣脱。

那神秘的一瞥啊,整个地
呈现了她深邃无底的生命,
那一片柔波向人诉说着
怎样的悲哀,怎样的深情!

在那睫毛的浓浓的阴影下,
每一瞥都饱含深深的忧愁,
它温柔得有如幸福的感觉,
又像命定的痛苦,无尽无休。

啊,每逢我遇到她的目光,
我的心在那奇异的一刻
就无法不深深激动:看着她,
我的眼泪会不自禁地滴落。

一八五二年

孪 生 子

有一对孪生兄妹,——对人来说
就是一对神,——那是死和梦;
他们多么逼肖!虽然前者
看来比较阴森,而后者温存……

但另外还有一对双生兄妹,
世上哪一对比他们更美丽?
也没有任何魅力更可畏,
使心灵感到如此的战栗……

他们有着真纯的血缘关系,
只在致命的日子,这兄妹
才以他们不可解的秘密
迷住我们,使心灵为之陶醉。

谁能在情绪充沛的一刻,
当血液既冷缩而又沸腾,
不曾感到过你们的诱惑?
双生兄妹啊,——自杀和爱情!

一八五二年

"哦,我的大海的波浪呀"

像波浪一样无常。①

哦,我的大海的波浪呀,
不羁的波浪,你多么任性!
无论你憩息,或是嬉闹,
你都充满多奇异的生命!

或者在阳光下一片笑靥,
你的笑反映着整个天穹;
或者骚乱,激动,你就把
孤寂的深渊都搅得沸腾;——

我爱听你悄悄的低语,
它那么甜蜜,充满了爱情;
但你愤怒的怨声我也懂,
那是你的预见的呻吟。

尽管在粗犷的大气中,
你时而明媚,时而沉郁,
但此刻,在这蔚蓝的夜晚,
请珍惜你所拿去的东西。

那并不是定情的指环

---

① 原文为法文。

被我投进了你的波浪，
也不是光灿透明的宝石
要请你深深埋入心脏。

不,在这动人神魂的一刻,
我被你的神秘的美所迷,
唉,是我的心,这颗活的心,
不自觉地落入你的海底。

一八五二年

"午日当空"

午日当空,河水亮闪闪,
一切在微笑,万物滋荣,
树林的枝叶欢乐得轻颤,
好似沐浴在蔚蓝的空中。

树木在歌唱,流水在闪耀,
大气之中融合着爱情,
这欣欣向荣的自然界
仿佛充满了过多的生命。

然而,在这过分的欢乐中,
有哪一种欢乐能企及
由你那忍受痛苦的生命[①]
所发的一丝感伤的笑意?……

一八五二年

---

① 指杰尼西耶娃。

"树林被冬天这女巫"

树林被冬天这女巫
用魔咒迷住,呆呆站定,
只见一片冰雪的流苏
垂在额际,它既安静
而又闪着奇异的生命。

啊,它站着,如此固定,
仿佛有美妙的梦缭绕,
既不像死,也不像生,
而是被轻柔、松软的镣铐
整个捆住,捆得牢牢……

不管冬日太阳的光线
怎样对它斜送眼波,
林中也不见一丝轻颤;
那时,它像全身烧着火
闪着光灿夺目的美色。

一八五二年

最后的爱情

啊,在我们迟暮残年的时候,
我们会爱得多痴迷,多温柔……
行将告别的光辉,亮吧!亮吧!
你最后的爱情,黄昏的彩霞!

夜影已遮暗了大半个天空,
只有在西方,还有余晖浮动;
稍待吧,稍待吧,黄昏的时光,
停一下,停一下,迷人的光芒!

尽管血管里的血快要枯干,
然而内心的柔情没有稍减……
哦,最后的爱情啊!你的激荡
竟如此幸福,而又如此绝望!

一八五二——一八五四年

一八五四年的夏天

多么美丽的夏天,多么迷人!
简直像是魔法师使用幻术;
唉! 为什么要如此炫示给我们?
我要问:这究竟是什么缘故?……

我迷惑不解地望着天空,
这阳光,这景色,太耀人眼睛……
这是不是有意对我们嘲弄?
不然,何必要如此笑盈盈?

唉,当少女的眼睛和嘴唇
对我们微笑时,岂不就是这样?
这笑意已不能使迟暮的老人
倾心和迷醉,除了使他怅惘!……

一八五四年

"这一条电线的铁丝"

这一条电线的铁丝
从海洋直达到海洋,
它有时对人宣告着
多少光荣,多少悲伤!

旅人一路上不停地
望着它,因为有时候
预卜的鸟儿就坐在
通讯的电线上啁啾。

看,一只乌鸦从林中
飞出来,落在电线上,
一面聒噪,一面快活地
跳来跳去,扇着翅膀。

它尽在啼叫和欢舞
而不离去:是不是它从
塞瓦斯托波尔①的电讯
嗅到了死人的血腥?

一八五五年

---

① 在克里米亚战争时期,这曾是一座被围的城。

"穷困的乡村"

穷困的乡村,枯索的自然:
这景色哪有一点点生气?
你长期来忍受着苦难,
啊,你这俄国人民的土地!

异邦人的骄傲的眼睛
不会看到,更不会猜想
在你卑微的荒原的底层
有一些什么秘密地发光。

祖国啊,在你辽阔的土地上,
那背负着十字架的天主
正把自己化作奴隶模样
向你的每一个角落祝福。

一八五五年

"在生活中有一些瞬息"

在生活中有一些瞬息,
　　我无法用言语表述,
仿佛我把世界都已忘记,
　　暂享一刻天庭的幸福。
在我头上,喧响着一片
　　高耸云霄的、碧绿的树,
只有鸟儿在和我对谈,
　　谈着那些奇异的事物。
一切虚伪和无聊的言语
　　都已远远地离开耳边,
而一切不可能的、美妙的,
　　都亲切地飘到了心间;
一个可爱而甜蜜的世界
　　充塞着、抚慰着我的胸怀,
而我被美梦轻轻地摇曳——
　　时光啊,暂伫吧,不要移开!

一八五五年

"初秋有一段奇异的时节"

初秋有一段奇异的时节,
它虽然短暂,却非常明丽——
整个白天好似水晶的凝结,
而夜晚的天空是透明的……

在矫健的镰刀游过的地方,
谷穗落了,现在是空旷无垠——
只有在悠闲的田垄的残埂上
还有蛛网的游丝耀人眼睛。

空气沉静了,不再听见鸟歌,
但离冬天的风暴还很遥远——
在休憩的土地上,流动着
一片温暖而纯净的蔚蓝……

一八五七年

"炙热的阳光溢满树丛"

炙热的阳光溢满树丛,
看,树叶绿得多么耀眼!
在树阴里,是怎样的倦慵
飘下每一片叶,每条枝干!

让我们走进林子,在山泉
所灌溉的树根上憩息,
那儿正有一片暗影飘旋,
而泉水在幽静中低语。

浸沉在日午的炎热中,
林顶在我们的头上梦呓,
只有时候,苍鹰的叫声
从高空传来,打破了静寂。

一八五七年

"她坐在地板上"

她坐在地板上,面对着
一大堆旧日的书信,
她每捡一些,就投在
纸筐中,像冷了的灰烬。

她拿起那熟悉的信笺,
望了望,仿佛很诧异,
仿佛是幽灵从天界
望着自己抛下的躯体……

唉,这里有多少心绪,
多少一去不返的生命!
不知有多少痛苦的时刻,
多少死去的欢乐和爱情!……

我沉默地站在一边,
很想跪下来向她求情——
仿佛我替那本来是
可爱的幽灵,感到很伤心。

一八五八年

"皇村花园的暮秋景色"

皇村花园的暮秋景色
是可爱的:被静静的一片
半透明的雾霭笼罩着,
仿佛它正在睡意绵绵。
在湖水的晦暗的镜面上
掠过了一群白翅的幻影,
啊,它们多么恬静,多么安详,
默默飞进那茫茫的雾中!……

女皇的宫室一片沉静;
在那花岗石的台阶上
十月的黄昏已把暗影
早早地铺下;和树林一样,
花园的幽暗也逐渐加浓;
繁星点缀着夜的幕帷——
这时啊,你能看见一座金顶
在闪耀,仿佛过去的光辉……

一八五八年

归　途

一

凄凉的景象,凄凉的时刻,
我们在蹒赶着迢遥的路程……
看,在夜空上,苍白得像幽灵,
升起了月亮;而从雾霭中
闪出了那荒无人迹的远方……
　　不要忧郁吧,路途还很长……

啊,就在此刻,在我们曾经
留下足迹的遥远的南国,
同是这个月亮,正映影在
莱芒湖①的碧波上,却更灵活……
啊,奇异的景色,奇异的地方——
　　不要回忆吧,路途还很长……

二

乡土的景色啊……那远方
　被大块大块的雪云所弥漫,
泛着蓝色;而凄清的树林
　笼罩着一片暮秋的幽暗……

---

① 莱芒湖,在瑞士的日内瓦,即日内瓦湖。

到处是赤裸的、无边的荒凉,
　　一样的单调、死寂、无声……
只有些斑斑点点的闪光,
　　那是死水刚刚结的一层冰。

这儿没有声音、色彩、活动,
　　生命消失了……一切都听从
命运的摆布,像已昏迷、无力,
　　而人,只有蜷伏着做梦。
好像日色,他的目光是暗淡的;
　　尽管也看过南方,谁能相信
那儿会有彩虹色的山峰
　　在蔚蓝的湖水里闪着眼睛?

一八五八年

腊月的破晓

中天一轮明月——夜影
还在主宰人间,浓浓密布,
它没有感到白日已经
在暗暗地准备一跃而出;

尽管懒洋洋的光亮
一线接一线地探出头来,
但有什么用? 在天空上
依旧是黑夜的胜利的主宰。

然而,不过几个瞬息,黑夜
就在大地上烟消雾散,
不料白天的灿烂的世界
竟突然在我们周围呈现……

一八五九年

"尽管我在山谷中营着巢"

尽管我在山谷中营着巢，
但有时，连我也感到
在山顶上飘流的空气
是多么爽神，多么美好！
我们的心胸一直企望
摆脱这浑浊的气层，
在那高山上自如地呼吸，
再也没有什么窒息心灵！

对着高不可攀的峻岭
我呆立着，凝视了几点钟，
仿佛高山的寒气和露水
在朝我们汩汩地奔涌！
突然间，在洁净的白雪上
有什么灿烂光辉地一闪，
啊，那岂不是天使的脚
悄悄走过绝壁的顶巅？……

一八六一年

"我认识她时"

我认识她时,还是当她
正处在神话的年代中,
那时候,在晨光之下,
原始时代的一颗星
刚刚没入碧蓝的天空……

那时她还没有摆脱
曙光之前的一层幽暗,
而且充满清新的美色,
正当露水落在花间,
悄悄无声,也看不见……

那时她的整个生命
是如此纯洁,如此完美,
一点也没有沾上凡尘,
而她的消失,我以为,
也好似星星没入晨辉。

一八六一年

"嬉笑吧,趁这时在你头上"

嬉笑吧,趁这时在你头上
还是蔚蓝无云的天空;
和人间戏弄,和命运戏弄吧,
你啊——一心渴望暴风
你啊——只要生活在斗争中。

我常常怀着沉郁的思潮
看到你如此充满朝气,
泪水不禁蒙住我的眼睛……
为什么?我们有什么共同的?
你正迎着生活——而我将离去。

我听着刚刚苏醒的白日
在讲着它清晨的梦幻……
然而,那随后的活跃的雷雨,
热情的眼泪,激荡的情感——
不,这一切都将和我无缘!

但也许,在夏日的炎热中,
你会想起自己的春光……
啊,但愿你也想到这一刻,
好像那破晓前模糊的梦象
有时会不意地浮在心上。

一八六一年

"好似在夏日"[1]

好似在夏日,有时候小鸟
从窗口突然飞到屋里来,
随着它流进了生命和光明,
使一切栩栩生动,焕发色彩;

它从外界——从蓬勃的自然
给我们暗淡的一角带来了
碧绿的树林,淙淙的流水,
和那蔚蓝的天空的闪耀;

和小鸟一样,她,我们的客人,
尽管来得短暂,又如此轻灵,
在我们这拘谨的小世界里,
她的莅临却把一切唤醒。

生命突然被点燃了起来,
变得活泼、热炽,迸出火花,
连彼得堡的冰冷的夏天
也好似被她的光彩融化。

连老成持重的都年轻了,

---

[1] 本诗所写的少女是纳杰日达·谢尔盖耶夫娜·阿金菲耶娃,她是外交部长戈尔恰科夫的甥女。第十九和二十行诗句影射戈尔恰科夫对她的迷恋。

连博学的都要重作学童,
我们看到,那外交界的迷阵
都随着她的意愿而转动。

连我们的房子也像活起来,
高兴有了这样的客人,
吵闹的电报不再放肆,
我们有了更安静的气氛。

可惜这魅力是短暂的,
我们的来客只待了一瞬息
就必须和我们告别了,
但我们很久、很久不能忘记

那不平凡的美丽的印象,
那玫瑰色的面颊的酒涡,
那具有磁石吸力的身材,
那优美的线条,柔和的动作,

还有彩虹的笑,清脆的声音,
和那眼睛的狡猾的闪耀,
啊,还有那细长的金色发丝,
连仙女的手指都难以抓到。

一八六三年

"北风息了"

北风息了……日内瓦湖上的
碧蓝的波浪也跳得和缓,
小舟又浮泛在水面上,
天鹅又把水荡出一圈圈。

像夏天一样,太阳整日燃烧,
斑斓的树木在阳光下闪耀,
空气以柔波轻轻抚慰着
它那衰败的、彩色的枝叶。

在那边,白峰①从清晨起
就脱下了云雾的衣裳,
它庄严而宁静,寒光灼灼,
好像神的启示写在天上。

在这儿,这颗心本可把一切
都忘了,也忘了自己的痛苦,
假如在远方——在故国——
能够减少那一座坟墓②。

一八六四年

---

① 瑞士的一座名山,常年积雪,故称白峰。
② 指杰尼西耶娃的坟墓。

"哦,尼斯"

哦,尼斯!① 这南国明媚的风光!……
这温暖的太阳使我多么不宁!
生命像一只鸟,想展翅飞翔,
然而它不能;只有望着天空
白白张开它已折断的翅膀
扑打着,却无法一跃而起,
终于它还是依附在尘土上,
由于无能和痛楚而轻轻战栗……

一八六四年

---

① 尼斯,法国的城市。

"一整天她昏迷无知地躺着"①

一整天她昏迷无知地躺着,
夜的暗影已把她整个隐蔽。
夏日温暖的雨下个不停,
雨打树叶的声音是那么欢愉。

以后她在床上缓缓地醒来,
开始听着淅淅沥沥的雨声,
她凝神听着,听了很久,
似已浸沉在清醒的思索中……

好像她在和自己谈话,
不自觉地脱口说了出来:
(我伴着她,虽僵木,但清醒)
"啊,这一切我多么喜爱!"
………………
你在爱着,像你这种爱啊,
不,还没有人能爱得这么深!
天哪……受过这一切,而还活着……
这颗心怎么还没有碎成粉……

一八六四年

---

① 本诗所写的,是杰尼西耶娃的临终时刻。

"夜晚的海洋啊"

夜晚的海洋啊,你是多么美——
那儿一片暗蓝,这儿粼粼闪耀,……
在月光之下,起伏的海水
像充满生命般呼吸,闪动,奔跑……

在这自由、广阔的领域中,
只见灼烁和活力,轰鸣和澎湃……
而月辉洒在海上一片朦胧,
在夜晚的荒芜里,你多么自在!

巨大的波浪,海洋的波浪啊,
你为谁的节日这么欢腾?
滚滚的浪涛奔跑,闪烁,轰响,
伶俐的星星在高空眨着眼睛。

我对着这一片动荡和光影
看得出了神,恍如做梦,
啊,我多么渴望把整个心灵
深深浸入那大海的魅力中……

一八六五年

"不管她怎样爱着"

不管她怎样爱着,怎样痛苦,
但若是上天不同意,——唉,心灵!
你苦到头还是得不到幸福,
这爱情徒然把心血耗尽……

心啊,心啊,爱情是你的渴望,
你的苦痛!你把一切情思
都只向神圣的爱情献上,
但愿上帝给你幸福的恩赐。

他是仁慈的,无所不能的,
他温暖的光辉不仅能照到
地面上盛开的花,也能被及
海洋底层的纯洁的贝壳。

一八六五年

"在我的痛苦淤积的岁月中"[①]

在我的痛苦淤积的岁月中,
有一些时日比悲伤更可怕……
那沉重的时刻,致命的负担,
我的诗也无法承受,无法表达。

突然一切静止。眼泪和悲哀
全闭塞了,只剩下空虚和幽暗;
过去不再像幽灵轻轻地回翔,
而是埋葬在地下,像死尸一般。

唉,埋葬了! 面前是明朗的现实,
然而没有爱情,没有一丝阳光:
是这么一个冷酷无情的世界,
不知有她,把她已经完全遗忘!

而我孤独的,带着呆滞的忧郁,
我想认识自己,但这也困难——
好像一只残破的小船被波浪
抛到了荒芜的、无名的岸沿。

天啊,还给我灼热的痛苦吧,
驱散我心灵的死沉沉的麻木;
你夺走了她,但请留给我

---

① 本诗为悼念杰尼西耶娃而作。

对她的回忆,那活跃的痛苦,——

让我想着她,想着她曾怎样
在无望的奋斗中自强不懈,
不顾人言,也不顾命运的指令,
她竟爱得这么火热,这么炽烈。

想着她,想着她吧！她虽不曾
战胜命运,却也不曾被它驱遣;
想着她,想着她吧！到死为止,
她都会受苦,祈祷,虔信和爱恋。

一八六五年

"在海浪的咆哮里"

河边的芦苇中有音乐的和声。①

在海浪的咆哮里有一种节拍,
在元素的冲击里有一种和声,
当芦苇在河边轻轻地摇摆,
簌簌的音乐就在那儿流动。

万物都有条不紊,合奏而成
一曲丰盛的大自然的交响乐,
只有在我们虚幻的自由中,
我们感到和自然脱了节。

噫,为什么要有这种不谐和?
为什么在万物的大合唱里,
这颗心不像大海一般高歌?
或像沉思的芦苇那样低语?

一八六五年

---

① 原文为拉丁语。

"东方在迟疑"[①]

东方在迟疑,沉默,毫无动静;
到处屏息着,等待它的信号……
怎么？它是睡了,还是要等等？
曙光是临近了,还是迢遥？
当群山的顶峰才微微发亮,
树林和山谷还雾气弥漫,
城市在安睡,乡村无声无响,
啊,这时候,请举目望望天……

你会看到:东方的一角天空
好像有秘密的热情在燃烧,
越来越红,越鲜明,越生动,
终至蔓延到整个的碧霄——
只不过一分钟,你就能听到
从那广阔无垠的太空中,
太阳的光线对普世敲起了
胜利的、洪亮的钟声……

一八六五年

[①] 本诗以象征的手法,写出东方斯拉夫民族的政治觉醒。

"在那潮湿的蔚蓝的天穹"

在那潮湿的、蔚蓝的天穹,
多么鲜明,多么出乎意外!
突然有一座拱门横空,
闪着刹那的胜利的光彩。
它的一端伸到树林中,
另一端消失在白云间,
这圆拱拥抱了半个天空,
越高越邈远,终至看不见。

啊,这一片五色的幻影
对眼睛是怎样的欣慰!
它只是暂时地给了我们,
抓住它吧,趁它还没有飞!
看,它已经逐渐暗淡了,
再过一分钟,两分钟——怎么?
消失了!——就像你赖以生活、
赖以呼吸的东西,整个隐没。

一八六五年

"夜晚的天空是这么阴沉"

夜晚的天空是这么阴沉，
不像在皱眉，也不像脑中
郁闷的思绪；那漫天乌云
倒像凋残的、凄苦的梦。
只有火焰般闪电的光辉
不断把阴霾的天点燃，
仿佛那是聋哑的魔鬼
在天边用暗号彼此商谈。

仿佛按照约定的暗示，
天空突然闪出一条光带，
于是，从远近一片幽暗里
树林和田野呈现了出来。
但只一瞬，一切又没入
敏锐的暗影中，一片沉静——
好似有什么秘密的事务
刚刚在天上获得协定。

一八六五年

"我的心没有一天不痛苦"

我的心没有一天不痛苦,
往事的回忆尽把它煎熬;
唉,语言又怎能把心事表述!
它只有一天天地萎缩,枯凋。

这好似怀着火热的渴望,
一个天天想念故乡的人
忽然听到了大海的波浪
已使他的乡里永远沉沦。

一八六五年

"金碧辉煌的楼阁"

金碧辉煌的楼阁,静静地
倒映在湖水里,随波荡漾,
啊,多少逝去的英雄淑女
曾经伫立在湖边观望。
太阳在燃烧,生活在变幻,
然而奇异的是,就在这
无常的生活和太阳下面,
逝者常青,不减当年的美色。

金色的太阳照耀着天空,
湖水的涟漪灼灼闪耀……
在这儿,过去的辉煌的梦
仿佛还在波光中明灭;
它正无忧地、甜蜜地睡着。
奇异的梦啊,连那突然间
掠过高空的天鹅的歌
都没有能惊扰它的安恬……

一八六六年

"我又站在涅瓦河上了"

我又站在涅瓦河上了,
而且又像多年前那样,
还像活着似的,凝视着
河水的梦寐般的荡漾。

蓝天上没有一星火花,
城市在朦胧中倍增妩媚;
一切静悄悄,只有在水上
才能看到月光的流辉。

我是否在做梦?还是真的
看见了这月下的景色?
啊,在这月下,我们岂不曾
一起活着眺望这水波?①

一八六八年

---

① 这里写出对杰尼西耶娃的忆念。

"白云在天际慢慢消融"

白云在天际慢慢消融；
在炎热的日光下，小河
带着炯炯的火星流动，
又像一面铜镜幽幽闪烁……

炎热一刻比一刻更烈，
阴影都到树林中躲藏；
偶尔从那白亮的田野
飘来阵阵甜蜜的芬芳。

奇异的日子！多年以后，
这永恒的秩序常青，
河水还是闪烁地流，
田野依旧呼吸在炎热中。

一八六八年

"无论别离怎样折磨着心"

无论别离怎样折磨着心,
我们从没有对它屈服——
现在我们才知道,有比别情
更难以忍受、更深的痛苦。

分离的时刻已经过去,
我们的心并没有变冷,
只是有一块纱帷被悬起,
使我们看彼此有些朦胧。

我们知道,在这烟幕后面
是那使心灵最向往的一切;
仿佛有些什么隐而不见,
奇异而缥缈——却没有宣泄。

这样的捉弄是为了什么?
心灵不自觉地感到困窘,
尽管不情愿,它还是随着
怀疑的轮子旋转个不停。

分离的时刻过去了,然而
我们在这相会的良辰,
却不敢触动或稍稍撩开
那纱帷:啊,它是多么可恨!

一八六九年(?)

给 Б.[①]

我遇见了你,——那逝去的一切
又在我苍老的心中复燃,
我回忆起那金色的时光,
啊,我的心又变得如此温暖……

就好像在凄凉的晚秋季节,
常常会有那么一阵时光
忽然像是飘来了春天,
使我们的心不禁欢欣激荡;——

过去年代的心灵的丰满
又在我的胸中轻轻浮动,
我怀着久已忘却的欢乐
望着你的亲切的面容……

我看着你,仿佛是经过了
永世的别离,又像是在梦中,
而渐渐——越来越清楚地听到
我那从未沉寂的心声……

啊,这不仅仅是回忆而已,
整个生命又燃烧得旺盛;

---

① 本诗是写给克吕德纳男爵夫人的,他们相会于卡尔斯巴德,这时她已再嫁阿德勒伯格伯爵。丘特切夫早年所写的"啊,我记得那黄金的时刻"就是为她而作。

你的魅力还和以前一样,
我心中的爱情也没有变更!……

一八七〇年

"我们遵从统率的旨意"

我们遵从统率的旨意
做着禁闭"思想"的卫兵，
虽然一支枪拿在手里，
我们对这职务却不热心。

我们不情愿地握着武器，
很少对"思想"发威，宁愿
把她当作上宾，待之以礼，
而不当作阶下的囚犯。

一八七〇年

"在这儿,生活曾经如何沸腾"

在这儿,生活曾经如何沸腾,
人喊马嘶,血水流成了河!
但那一切哪里去了?而今
能看到的,只有坟墓两三座……

是的,还有几株橡树在坟边
生得枝叶茂盛,挺拔动人,
它们喧响着——不管为谁追念,
或是谁的骨灰使它们滋荣。

大自然对于过去毫不知道,
也不理会我们岁月的浮影;
在她面前,我们不安地看到
我们自己不过是——自然底梦。

不管人做了怎样无益的事业,
大自然对她的孩子一视同仁;
依次地,她以她那吞没一切
和创造一切的深渊迎接我们。

一八七一年

失 眠 夜

在城市的荒原中，在深夜里，
有一个时刻令人沉思郁郁；
整个城市都铺着一层夜影，
到处加倍的昏黑，一切肃静
而沉默；月亮开始在天际呈现，
透过夜雾，洒下灰蓝的光线。
只有远方迷离的几座教堂
这时露出金顶，闪着忧郁的光，
啊，好像黑暗张着野兽的嘴
阴森森的，和不眠的眼睛相对；
我们的心会像弃婴一般，
对生命，对爱情嚎叫和哭喊，
但有什么用？它白白在祈祷，
周围一切是荒凉，黑暗和寂寥！
可叹它的哀呼顶多也只能
延续一两刻，以后就衰弱，沉静。

一八七三年

译 后 记

费奥多尔·伊万诺维奇·丘特切夫(1803—1873)是一个极有才华的俄国诗人,以歌咏自然、抒发性情、阐扬哲理见长,曾一度受到同时代作家的热烈称颂。但他生前很少发表作品,读者面狭窄。上世纪五十年代以后,人们对他相当冷漠。直至九十年代中期,俄国诗坛上出现了象征派,才把他当作象征主义诗歌的鼻祖,重新加以肯定。至于他的诗作大量出版并得到认真的研究,则是十月革命后的事。

对于我国读者来说,这个诗人的名字还比较陌生。因此,译者想根据有关的俄文资料作一综合的介绍,就中有些地方自然也写到个人的一些见解和体会。

一

一八〇三年十二月五日,丘特切夫诞生在奥廖尔省奥夫斯图格村一个贵族家里。他的童年是在莫斯科度过的。父母把当时的诗人谢·叶·拉伊奇(1792—1855)请来做他的家庭教师,因此从幼年起,丘特切夫就熟读诗歌,喜欢写诗。十四岁的时候,他在"俄国文学爱好者协会"朗诵了自己的一篇译诗,被选为该会的会员。

他在家读完中学课程以后,于一八一九年进入莫斯科大学,一八二一年毕业。次年他被派往驻巴伐利亚的使馆工作,从此一连在国外生活了二十二年,并两次和外国女子结婚。这二十二年当中,他多半住在慕尼黑。

在慕尼黑的社交界,丘特切夫很活跃,不久就崭露头角,一八二六年和一位年轻的贵族寡妇爱琳娜·彼得孙结了婚。通过妻子的关系,丘特切夫和巴伐利亚的贵族过从更密了。当时慕尼黑是欧洲的文化中心之一,虽然丘特切夫在使馆中地位低微,甚至在任职十五年之后仍旧是个低级秘书,但他既博学而又善于谈吐,他的隽智引起了文人的注意。诗人海涅和他很熟悉,把他称为"自己在慕尼黑的最好的朋友"。丘特切夫译了海涅不少篇诗,并受到他的诗歌的相当影响。唯心主义哲学家谢林也是丘特切夫的朋友,尽管丘特切夫曾和他争论得很激烈,他仍然认为丘特切夫是"一个卓越的、最有教养的人,和他往来永远给人以欣慰"。这两位著名的德国友人所以如此重视他,倒不是因为他写诗:他们多半还不知道他是诗人呢;他们喜欢的是他的智慧和非凡的记忆力,是他对文学、科学、政治和哲学的浓厚兴趣。

在慕尼黑期间(1822—1837),丘特切夫写了几十首抒情诗,其中有不少篇是他早期的杰作,例如《春雷》《不眠夜》《病毒的空气》《西塞罗》《沉默吧!》《海上的梦》《"好似把一卷稿纸"》《"灰蓝色的影子溶和了"》《"不,大地母亲啊"》《"啊,我记得那黄金的时刻"》和《"午夜的大风啊"》等。从当时俄国诗歌的全景来看,这些诗无论在形象、构思或语言的情调上,都带有鲜明的独创风格。

一八三六年,丘特切夫把自己的一组诗寄到彼得堡,由诗人维亚泽姆斯基和茹科夫斯基转到普希金手里。三位诗人都很赞赏这些作品,据说普希金阅读后很兴奋,把诗稿带在身上有一星期之久,以后选出二十四首,分两批连续发表在他主办的《现代人》杂志上。

一八三七年,丘特切夫因家庭纠纷,被调到撒丁王国(今意大利境内)首府都灵的俄国使馆任职。都灵既不是文化中心,又远离他所熟悉的朋友。据诗人自己说,他在那里生活的两年,就和流放差不多。他到任后刚一年,便经历了丧妻的悲痛,接着又由于工作上的严重失误而被免职。

从一八三九到一八四四年,他和续弦夫人厄尔芮斯金娜在慕尼黑赋闲。这期间,他用法文写了一篇题名《俄国与德国》的文章,认为这两个国家应通力合作以对付法国。文章于一八四四年以小册子的形式出版,颇引人注意,据说曾得到沙皇尼古拉一世的赞赏。也许因为这个缘故,丘特切夫又恢复了官职,并于同年秋天调回俄国,仍留外交部。一八四八年,他担任该部的外国书刊审查官,十年后改任外国书刊审查委员会主席,直到逝世。

丘特切夫终其一生,不过是沙皇政权的一名官吏,事迹很平凡。然而在创作上,他的经历却比较复杂。二十年代时,他有过爱自由的思想,曾写过响应普希金《自由颂》的诗。但随着欧洲各种革命事件的发展,他逐渐趋于保守。在四十年代,他作诗甚少,政治观点带有泛斯拉夫主义的色彩,主张俄国联合斯拉夫各民族来对抗西方和革命,以宗法社会的道德和基督教的自我牺牲及忍让精神来排斥资本主义社会的自私自利的个人主义。他的一些政论文和政治诗就表达了这种见解。但这只是丘特切夫的一个方面。他还有一个方面,那是他的隐藏在生活表层下的深沉的性格。他把这另一个自己展现在他的抒情诗中,在那里,他仿佛摆脱了一切顾虑、一切束缚,走出狭小的牢笼,和广大的世界共生活,同呼吸,于是我们才看到了一个真正敏锐的、具有丰富情感的诗人。关于他这种双重性,屠格涅夫很早就说过:"他是个斯拉夫主义者,但不是在他的诗中;而那些使他表现为斯拉夫主义者的诗,也只是一些恶浊的诗。"

从四十年代末至五十年代初,是丘特切夫诗歌创作的高潮期。这个期间,评论界开始全面论述他的诗。一八五〇年,涅克拉索夫首先在《现代人》上著文推荐。这篇文章虽然名为《俄国的第二流诗人》,涅克拉索夫却认为丘特切夫"肯定是俄国的第一流诗才",并且说:丘特切夫的"主要优点在于对自然作了生动、雅致和形象逼真的描绘"。

丘特切夫的第一本诗集于一八五四年出版。这是由屠格涅夫编定的,诗人自己并未参与其事。它辑录了约一百首诗,先是作为《现代人》杂志的增刊,以后才单独成书。诗集问世后,屠格涅夫写了一篇书评推崇丘特切夫说:

"如果我们没有弄错的话,他的每篇诗都发自一个思想,但这个思想好像一个星火,在深挚的情感或强烈印象的影响下燃烧起来;因此,由于丘特切夫君的作品的这一特点——如果可以这样说的话,——他的思想对于读者从来不是赤裸的、抽象的,而总是和来自心灵或自然界的形象相融合,不但深深浸润着形象,而且也不可分地、连续地贯穿在形象之中。丘特切夫君的诗歌的抒情境界是不平常的,几乎是瞬息即逝的,这使他必须写得短小,仿佛他是把自己局限在腼腆的、精致的小小范围内。"

同时,车尔尼雪夫斯基、杜勃罗留波夫、托尔斯泰等也从各种不同的角度对丘特切夫下过评语,一致承认他拥有杰出的诗才。

五十至六十年代,丘特切夫创作了他最优秀的情诗,即"杰尼西耶娃组诗"。叶连娜·杰尼西耶娃是他两个女儿就学的那所学院院长的侄女,从一八五〇年起,双方相爱了十四年,直到杰尼西耶娃因肺病去世为止。这期间,丘特切夫和她组织了另一个家庭,并生了三个子女,这件事招来社会的非议和宫廷的不满,而舆论的压力都落在女方的头上。虽然两人都非常痛苦,但爱情并未因此而减弱。一八六四年,杰尼西耶娃的死引起诗人深深的悲伤,这使他继情诗之后,又写出一些动人的含蓄的悼亡诗。

一八七三年一月,丘特切夫患了瘫痪症。在病床上,他对生活的兴致不减,仍旧约人来谈政治和文学等问题,并写了不少诗和信。同年七月二十七日在皇村逝世。

二

作为诗人的丘特切夫成长于十九世纪二十年代和三十年代之间。那时的欧洲经历了法国大革命的风暴,新的、资产阶级的社会秩序已逐渐形成。旧的道德观念和生活方式虽然还保持着残骸,但是在新生力量的冲击下,已经摇摇欲坠了。人民革命运动和民族自决运动风起云涌,席卷着希腊、法国、波兰、比利时、意大利、德国等地,预示着巨大的变革即将到来。

正是在这种时际,丘特切夫从落后的、封建宗法制的俄国,来到了被新潮流冲击着的西欧,而且在那儿长期生活着、观察着、体验着。他的生活背景以及他所处的特殊地位,使他比别人更敏锐地感到了这个新变化的内容、幅度和必然性。他预料革命也必然会降临到俄国。诗人的双重性的根源也就在这里,他既热烈地渴求生活的和谐与平静(这是由于他早年的教育的影响),也对历史的变革、对社会与生活的风暴有深刻的共感(这是新兴时代的精神给他的感染)。请看他在一八三〇年所写的《西塞罗》吧,这首诗是有感于法国的一八三〇年七月革命而写成的。诗人在这里借古典而咏今事。他一方面和古罗马的政治家西塞罗一样,对罗马帝国的衰亡难免感伤,但另一方面也感到,衰亡乃是自然的过程,是不可避免的,罗马虽然沉没在黑夜里,但是仍将有白天和新世界的出现,而诗人赞美着这死亡与新生交替的一刻:

> 幸运的人啊!只要能看到
> 世界的翻天覆地的一刻——
> 只要是能被众神邀请
> 作为这一场华筵的宾客,
> 那他就看到庄严的一幕……

试问若是反对革命,怎能对革命写出这样的诗来?他所憧憬的巨大变化,当然只不过是资产阶级革命所造成的幻象,由于在一定历史时期内,它是朦胧的,未定型的,所以还给人以热烈的期望。但这儿重要的不是诗人是否看清了这一革命的性质,而是他能和当时要求革命的广大人民一起,渴望一个新的美好的世界从旧世界的废墟中诞生出来;他的诗就是通过对朦胧的新世界的赞美而表达了这一渴望。再看他所写的《阿尔卑斯》,其中也涉及死亡和新生的过程:

> 阿尔卑斯的雪山峻岭
> 刺透了湛蓝的夜幕,
> 峰峦睁着死白的眼睛
> 给人以彻骨的恐怖。
> 虽然都在破晓前安睡,
> 却闪着威严的容光,
> 雾气缭绕,峥嵘可畏,
> 像一群倾覆的帝王!
>
> 但只要东方一泛红,
> 死亡的瘴气便消散,
> 最高的山峰像长兄
> 首先亮出他的冠冕;

>　　接着,曙光从高峰流下,
>　　把辅峰也都一一点燃,
>　　顷刻间,这复活的一家
>　　金冠并呈,多么灿烂!……

诗人指出:虽说这些雪山已经死了,却还"像一群倾覆的帝王",给人以权势之感。这个比喻,立刻使阿尔卑斯山扩大为整个世界,使读者想到全体帝王的覆灭,想到他们虽然还有权势,还"可畏",却已是死了,只等待自然的程序来把他根本消除。接着,诗中就指明:世界虽然死亡,但在死亡的基础上有新生;"只要东方一泛红",我们就看到一片重新形成的、灿烂的风景。这篇诗的前后两节,是一个多么鲜明的对照啊!诗人把垂死的世界写得那么阴森可怕,又把新生的世界写得那么欢腾可喜!同是那些峰峦,它们在黑夜,彼此间的关系是敌对的,各不相容的,像一个个的帝王;可是在新生的世界里,它们却亲如手足,如"复活的一家",个个光辉灿烂。这里岂不正是对新世界的无比的赞美?诗人对新世界的喜悦,固然不总是如此直接陈述出来的;更常见的,是他从自然的描写中,透出一种极为清新的感觉,好像诗人是从暴虐的环境中刚刚挣脱出来,对着新的天地不自禁地舒了一口气。(如《夏晚》、《山中的清晨》、《雪山》、《恬静》。)在《山中的清晨》里,我们看到:美好的清晨,天空蔚蓝的笑,露珠铺满的山谷——这一切都是在"一夜雷雨"后诞生的;由于想到它所经历的狂暴的时刻,这新生的清晨更显得英挺刚劲了;而在这美好的境界中,诗人还不忘记提醒我们那已被推翻的旧世界的遗迹:

>　　仿佛于高空中倾圮着
>　　那由魔法建成的官殿。

　　诗人的心灵不仅仅向往一个洁净的、清新的世界,而且常常和产生新世界的风暴起着共鸣。在《西塞罗》中,他喜爱社会历史的风暴;在《"午夜的大风啊"》中,他有感于自然间的狂风,对它又害怕,又"感到多么亲切,听得多凝神!"因为它和他心中的风暴相呼应,对他讲着"心灵所熟悉的语言"。

　　在革命的风暴之前,诗人不能不感到他所熟悉的那个社会秩序的脆弱和不稳定,不能不感到自己在生活中的孤立无援。这种空虚、疲弱、孤独之感,构成他的诗歌的另一潜流,恰恰是和风暴、雄壮与饱满的感觉对立的。一八二九年的《不眠夜》,就是写出自己的世界将被时代冲毁、被人们遗忘的悲哀。在丘特切夫的诗中,我们时常遇到两类概念、两类形象,它们是对立的,例如"海"和"梦","山顶"和"山谷","日"和"夜",文明和自然,社会和"混沌"……这些概念构成他的抒情诗的哲学体系,不理解他所赋予它们的涵义,就不易理解他的诗。

丘特切夫在诗里常常使用"混沌""深渊""元素""夜灵""无极"这些名词,因此,过去唯心主义的批评家和诗人,就给他的诗以神秘主义的解释,认为其中传达着超现实的音讯。这种解释忽视了一个重要事实,即一个深刻的诗人的诗总是和现实相结合着的;他的概念或感觉都必植根于他的社会生活的土壤中。即使他受着某种哲学的影响,那最终原因也必是为他的生活感受所决定着的。

总的说来,丘特切夫由于生活在巨大变革的时代中,由于出身于没落阶级而深感在现存秩序(无论自然或社会)的表面稳定下,存在着暴乱的力量;在人的明显的意识下,存在着混乱的根源(或潜意识)。他把这一切隐秘的力量,统称为"混沌"或"元素";他认为社会、自然和心灵,都是出自一个"深渊"——"混沌";在"混沌"中,由"元素"构成有条理的世界,这就是我们所习见的秩序,所喜爱的光影声色,所享受的文明。他把这一切和"白日"联系起来。但"白日"是不稳定的、表面的,它只是"一层金色的帷幕"(见《日与夜》)。与"白日"对立的,是"夜灵的世界",是"混沌",它吞没一切,诞生一切。只有"混沌"才是真实的、永恒的,而我们所生活、所意识到的世界,在诗人看来却如浮光掠影。对于"混沌"所具有的原始力量,诗人又是怕、又是迷恋。这原因,也是不难从他的生活感受来推测的。因为,虽然革命的风暴与他的心情一致,革命却终究会摧毁他自己和他所从属的那一阶层。而可贵的是:尽管如此,诗人还是作出了客观的估计:他重视"混沌",歌颂它的破坏力和创造力,把它写得比他所习见的那个画帷世界更坚实有力。我们从邦奇-布鲁耶维奇的回忆录中,可以看到列宁对丘特切夫这一特点的论述:

"弗拉基米尔·伊里奇……所特别重视的一个诗人是丘特切夫。他非常欣赏他的诗。一方面,他很理解他是来自哪一阶级的,而且完全精确地估计到了他的斯拉夫主义者的信念、心情和体验;但另一方面,他谈到了这个天才诗人的原始的反抗性,恰恰是预感到当时在西欧业已酝酿成熟的伟大事件的到来。"

三

在十八世纪末和十九世纪初,欧洲的浪漫主义作家和诗人都或多或少带有泛神论的倾向。在当时,泛神主义打破旧的宗教观念,把对神的崇拜引导到物质的自然界和现世上来,是具有一定的进步意义的。不过它在革新人的精神世界的同时,又制造了另一个上帝来束缚它,归根结底并未脱离唯心主义的范畴。

歌德、拜伦和丘特切夫都写出过一些带有泛神主义色彩的诗,但是由于他们所处的时代和社会环境不同,各人的感受和动机不同,他们的诗歌的现实内容也就各异其趣。丘特切夫的诗通过泛神主义表现了他的奔放的心灵。他希求生活的美满和丰富,渴望扩展自己的心灵,享受现世所能给予他的一切。通过泛神主义,他表现了对生活和自然界的热爱。在他和自然景物的某一瞬息的共感中,他往往刻绘出了人的精神的精微而崇高的境界。

在《漂泊者》中,他指出广大的世界是人的惟一财富,人只有在这一"色彩万千的奇异世界"中去体验生活,才能得到"启示、教益和喜悦"。但是如何可以做到这一步呢?那就是,首先他必须成为"宙斯悦纳的贫穷的香客",——朝拜异教的神宙斯,这意味着摆脱基督教会的信仰;至于要变为"贫穷的",这里就可能有许多涵义。在《"不,大地母亲啊"》里,有如下几行是可以作为提示的:

> 你忠实的儿子并不渴求
> 那种空灵的、精神的仙境。
> 比起你,天国算得了什么?
> 还有春天和爱情的时刻,
> 鲜红的面颊,金色的梦,

和五月的幸福算得了什么？……

从这里可以看到，"贫穷的香客"、"无家可归的流浪者"所要抛弃的是什么——那是空虚的精神世界，无结果的梦，理智和情感的游戏，也就是诗人所熟悉的上层阶级的"文明"生活。他看到它的空虚，所以要求抛弃它而去追寻一种更充实的生活：

通过村庄、田野和城市，
他的道路无比光明——
整个大地任随他步行，
他看见一切并称颂上帝！

这里所呈现的，是一颗多么蓬勃的心灵。它不怕去开辟草莽的道路，而且以此为乐。这颗不断扩张的心不但能接受风暴、雷雨和海浪，也能和任何自然现象起共鸣。无论诗人看到了什么——或是白鸢从林中草地飞起，或是杨柳对溪水频频垂下头，或是山溪向谷中流去，或是秋日凋残的树林，或是山上落下的石头……这一切，由于诗人心灵的博大，似乎都变成了他自己的一部分。仿佛他的生命由于接触到这一切自然现象，而不断朝着新的边界伸展，从而获取了无限丰富的新的内容。我们读着他的这些诗，也禁不住和诗人一起感到精神生活的新的情趣，在心灵深处有了更精微的激动，而这是和是否信仰它的泛神主义完全无关的。

丘特切夫从泛神论观点出发，把人和自然结合为一个整体，这是他的写景诗的一大特色。屠格涅夫和托尔斯泰在小说中所使用的人景交融的描写手法，受到了这些诗篇的影响。诗人笔下的大自然有它自己的"心灵"、"自由意志"、"语言"和"爱情"，常常被写成一个活的性格。例如《春水》一诗把春水写成到处报信的人，"五月"则像一群孩子似的跳起了环舞；《冬天这房客已经到期》把春天的降临整个戏剧化了；《杨柳啊，为什么你如此痴心》指出杨柳对溪水的单恋；"一八五四年的夏天"在诗人看来，竟是一个捉弄人的美丽的少女。此外，请看在《新绿》、《"树林被冬天这女巫"》和《"凋残的树林凄清、悒郁"》这三篇以树林为描写对象的诗中，这些树林都各自具有不同的性格、历史、遭遇和心情。这里虽然写的是自然，在我们看来，却好似写出了戏剧中的人物。再请看《腊月的破晓》、《"东方在迟疑"》、《"夜晚的天空是这么阴沉"》、《"夏天的风暴是多么快活"》等诗，其中是充满了多么紧张的戏剧冲突！仿佛诗人在向我们展示着历史上的重大时刻。这些作品虽然都是写景诗，然而它们句句饱和着思想，把自然和人类历史合而为一，在短短的十几行诗中，以惊人的丰富内容激荡着人的心灵。

丘特切夫生活在矛盾中，他既有积极处世的态度，也有消极的心情。对于泛神主义哲学，他的态度也是复杂的；由于他自己的蓬勃的心灵，他接受的是那种哲学的入世的精神；而对那一哲学的终极目的，即离开人世而走向"宇宙精神"，走向那个泛神主义的上帝，——他却有时甘愿、有时迟疑，有时甚至反对。

他这种复杂心情是可以理解的。在贵族和资产阶级社会中，积极处世和面对生活的人，就必然接触到那个社会的黑暗、虚伪与庸俗，从而感到厌倦。因此，丘特切夫也写出一些心情消极的诗（如《"啊，多么荒凉的山林峭壁"》、《"尽管我在山谷中营着巢"》），渴望走出人世的"山谷"，去到能使他自由自在呼吸的"山顶"去。他向往于高山的，是它摆脱了"浑浊的气层"，"没有什么窒息心灵"，高山上的空气是爽神的。根据这种倾向，在《"紫色的葡萄垂满山坡"》一诗里，诗人企图把世界组织在泛神主义的理想中。

> 紫色的葡萄垂满山坡，
> 山上飘过金色的云彩，
> 河水奔流在山脚下，
> 暗绿的波浪在澎湃。
> 目光从山谷逐渐上移，
> 直望到高山的顶巅，
> 就在那儿，你会看到
> 圆形的、灿烂的金殿。
>
> 高山上不凡的居处啊，
> 那儿不见世俗的生存，
> 在那儿，回旋的气流

>   更轻快,空廓而清新。
>   声音飘到那儿就沉寂,
>   只能听到自然的生命;
>   一种欢乐在空中浮荡,
>   有如复活节日的恬静。

这篇诗的第一节,首先描写山谷的斑斓彩色和动荡。以后目光逐渐移上去,我们就从自然,混沌的、无组织的自然,过渡到"文明",就是那"圆形的、灿烂的金殿",生活的至高理想。可是在那儿怎样呢?"那儿不见世俗的生存","声音飘到那儿就沉寂,只能听到自然的生命",这种存在虽然被描写为一种幸福,一种新生,可是我们不能不感到它过于空虚、沉寂,毫无色彩。诗人写到这里仿佛也失去了信心和力量。在另一处,他曾说到"高山的寒气",足见他自己对这种理想生活,并不是抱着十分的热诚。

值得注意的是,诗人对于远离现实的生活理想曾有过激烈的否定。他管那想要到云端里去探索真理的人叫作"疯狂"。在名为《疯狂》的那首诗里,他指出,对于干旱渴雨的人(亦即寻求真理、寻求生活理想的人),雨水不可能来自云端,只有在地下才有"沸腾的奔流声",只有依赖沸腾的生活,才有可能创造出一个新世界。所以诗人在最后说:

>   啊,流水在唱着摇篮曲,
>   并且喧腾地从地下迸涌! ……

对于人的生活目的及性格发展,丘特切夫的诗表现着积极的关切,这是它时常涉及的主题之一。这一问题的提出,在当时俄国极端反动的统治下,具有特别的意义。当诗人由国外返回祖国的时候,给他印象最深的,就是祖国的死气沉沉。在他的诗中,"南方"和"北方"是对立的,"南方"对于诗人来说,不仅意味着某些地区(瑞士、意大利等地),也代表生气勃勃和光辉灿烂的生活;而"北方"则永远是和秋、冬,和心灵的沉郁与压抑相联系的。因为诗人在"北方"(俄国)看到的,不仅是风景死气沉沉,连人也是这样,在白日,人"只有蜷伏着做梦",而这梦是"铁一般沉重"的。在俄国,即使有生命的浮动,那也只是——

>好像热病患者的梦呓
>惊扰这死沉沉的寂静。

至于西方资产阶级革命所提倡的"个人自由",丘特切夫则称之为"虚幻的自由"(见《"在海浪的咆哮里"》),因为它使"我们感到和自然脱了节",也就是说,它使人离开了美好的精神世界,并使他丰富的内心生活日渐枯萎。因此诗人感叹说:"为什么在万物的大合唱里,这颗心不像大海一般高歌? 或像沉思的芦苇那样低语?"

既否定了俄国的沉重的现实,又否定了西方的"个人自由"以后,丘特切夫给自己留下了一个问题,而提不出合理可行的答案。

四

丘特切夫的创作道路,反映了俄国诗歌由浪漫主义过渡到现实主义的道路。他早期的创作活动集中在二三十年代,自一八四〇至一八四八年的八年中几乎没有写诗。这期间他结束了长久的国外生活,和俄国的现实有了较多的接触,从此,他的诗便趋向于现实主义和民主主义。特别是在克里米亚战争(1853—1856)以后,他充分看到沙皇统治的腐败无能,感到了专制政体的必将灭亡,并随之对泛斯拉夫主义失去了热情。虽说他的世界观并未见有显著的变化,诗的题材和手法仍旧和前期大致相似,但是,即使在旧题材的基础上,我们也能看到一种新的倾向,即现实主义倾向,在他后期的作品中隐隐呈现着。

把诗人前后期所写的题材近似的作品拿来对照一下,比较容易看出他的创作的进展情况。一八三〇年的《秋天的黄昏》和一八五七年的《"初秋有一段奇异的时节"》,都是描写秋景的。前一诗的最后四行是:

>一切都衰弱,凋零;一切带着
>一种凄凉的,温柔的笑容,
>若是在人身上,我们会看作

　　　　神灵的心隐秘着的苦痛。

这里说到秋日的景色带有"凄凉的,温柔的笑容",是把自然拟人化了——这种浓厚的泛神主义色彩在第二首诗中已完全不见。此外,前一首诗里的秋景没有地域色彩,它带有普遍性;后一首诗却是描写俄国的景色和劳动者的,农民的秋天:

　　　　初秋有一段奇异的时节,
　　　　它虽然短暂,却非常明丽——
　　　　整个白天好似水晶的凝结,
　　　　而夜晚的天空是透明的……

　　　　在矫健的镰刀游过的地方,
　　　　谷穗落了,现在是空旷无垠——
　　　　只有在悠闲的田垄的残埂上
　　　　还有蛛网的游丝耀人眼睛。

　　　　空气沉静了,不再听见鸟歌,
　　　　但离冬天的风暴还很遥远——
　　　　在休憩的土地上,流动着
　　　　一片温暖而纯净的蔚蓝……

在这一首诗里,我们看到"矫健的镰刀"和"悠闲的田垄",指出这个秋天是农民在辛勤的劳动和收获以后所取得的休憩的时光,这时光之所以美,其主要精神即在于此,而不是像前首诗那样,在于"一种凄凉的,温柔的笑容"。对秋景的美的这一重新估价,只有在诗人和农民有了比较深切的共感之后才能作出。他知道农民将要忍受"冬天的风暴",因而在秋收以后,冬寒以前,"悠闲"的时光很短。这个非常短促的金色时光,它的轻灵的愉快感觉,以及俄国田野所特有的风味,都被诗人以如下这两行名句集中表现了出来:"只有在悠闲的田垄的残埂上还有蛛网的游丝耀人眼睛。"这是多么精细的观察啊!若不是心灵贴近土地,这一细节是来不到诗人笔下的。苏联评论家曾指出:诗人用"水晶"来形容秋日,也非常恰当,因为水晶不仅美丽透明，而且予人以"脆弱易碎"和"短暂"的感觉，能把全诗的旨意点明出来。还值得注意的是，诗中的秋天，不是作为一个戏剧性的关头（如临死前的微笑那样），而是作为劳作与风暴之间的休整阶段，亦即作为一段毫不紧张的平凡的日子来写的。这表示诗人除了注目于自然和生活过程中"致命的"一刻而外，除了寻求戏剧性的场景、冲突的顶点而外，还能着眼于平时毫无浪漫色彩的现实，而且能如实地写出它的美来，这里也体现着一种现实主义的精神。

一八四九年丘特切夫所写的《"太阳怯懦地望了一望"》和《"静静的夜晚"》也有同样的特色。前一首诗以雷雨为主题，起始，也和其他这类诗一样，写着大自然的戏剧——乌云、雷雨、电闪和田野如何构成紧张的一幕，使太阳怯懦地躲开了。可是，这首诗所不同的，是在写过雷雨之后，又写出一切恢复平静，太阳又从阴云下出现的情景。这表示诗人意识到，现实不仅有紧张的一刻，还有许多平凡的时刻；这表示他对事物的整个过程发生了兴趣，而不是仅仅注意那高潮的一刹那。《"静静的夜晚"》同样把平凡的景物作为歌颂的对象：

> 静静的夜晚，已不是盛夏，
> 天空的星斗火一般红，
> 田野在幽幽的星光下，
> 一面安睡，一面在成熟中……
> 啊，它的金色的麦浪
> 在寂静的夜里一片沉默，
> 只有银白的月光
> 在那如梦的波上闪烁……

这是诗人的另一篇名作，是许多选集所珍爱的一首小诗。乍看来，仿佛它只是对自然风景作了朴素的描写，人们不易察觉在这短短八行诗中，是蕴藏着多么丰富的思想！确实，这些思想并没有突现出来，因为被描写的对象本身在生活中就是不甚惹人注意的，不鲜明的，虽然它含蓄着崇高的意义。那是一片普通的田野，在七月的夜晚静静地安睡。这时没有白日的劳作与匆忙，也没有阳光赋予它以明媚和热力，可是就在这时，这片田野（它是人类生命的源泉——食粮的诞生地)并没有停止它的生命的进程,它一边安睡,一边还在继续"成熟"着,在梦幻中成长着。人们以劳动所播种和灌溉的生命,已经变成了自然的一部分,随着时序在向前进展。在这里我们看不到生命的顶点,甚至看不到它的运动,可是自然和历史却在表面的隐晦下向前运动着。这篇诗可以说是对人的劳动,对人与自然的平凡而又伟大的日程发出了默默的赞颂。

丘特切夫这一时期的现实主义和民主主义精神,还可见于这样一些诗中,如《给一个俄罗斯女人》《"世人的眼泪"》《"穷困的乡村"》。这些诗表明诗人的视野有了扩展,能开始离开自己的感觉,触及到"我"以外的别人。《给一个俄罗斯女人》并不是一篇赠诗,因此不是专指某个人,而是泛指一般俄国妇女。它写出了俄国妇女所处的被压迫地位和不幸的生活。《"世人的眼泪"》描写被侮辱和被损害的人的悲哀。虽是短短的几行诗,它的情感和思想却远超出表面字句所传达的那些。由于字句的对称,舒缓的节奏,雨和泪的滴落似乎不可分,令人感到悲哀的广大和沉重。这诗的语言近似民歌,从而又暗示到那哭泣的人是什么人——农民或近郊的流浪者。《"穷困的乡村"》注意到社会的贫困问题,这贫困令诗人感到忧心,虽然最后他又以宗教概念把它的严重性冲淡了。

自一八五〇年起,诗人由于对杰尼西耶娃的爱情而写出的一些诗篇,统称为杰尼西耶娃组诗。这些诗很早以来即被认为是俄国诗歌中的杰作。它们以其心理刻画的深度和对社会的控诉,在情诗中独具特色,和诗人早期的情诗以及其他写景抒情作品都有显著的区别;以内容的性质来说,倒是和屠格涅夫、托尔斯泰及陀思妥耶夫斯基的社会心理小说更为接近。诗人在写作它们的时候,很少想到文学;他所以要写它们,是为了给自己的情感作一个严格的审判和记录。他带着沉重的心情,对于因为接受他的爱情而遭到不幸的女人,说出自己的罪责,并希望以此抵罪。如果诗人不是受到民主主义思想的影响,就不会感到他的爱情关系中的这种悲剧性;也不可能不顾自己的利益而如此大胆、如此精确地写出其复杂性,无畏地把自己的爱情置于被审判的地位,不断地质询它,要从自己的感情中找出真与伪,或哪些是合理的,哪些是有罪的。在这些诗篇中,当然也不乏单纯的喜悦或痛苦;但是就整体来看,它们的基调却是分析、解剖和推理,其中深挚的感情是和清醒的理性分不开的。

杰尼西耶娃组诗以《"请看那在夏日流火的天空下"》为开始。这第一首诗就确定了沉思和反省的调子。在这首诗里,诗人自比为一个在烈日下踯躅于大路上的乞丐,他渴求花园中的清凉亭荫——爱情,却又觉得自己没有权利得到它。他向所恋的人发出了恳求,这恳求虽然是热情而大胆的,却也是迟疑的,因为它通过了内心的反复思考。一年以后,他写了另一首献给她的诗《"你不止一次听我承认"》,又提到"我比她是多么贫穷",仍旧充满自愧的感觉,反省的调子。

俄国心理小说基本上是社会问题小说。杰尼西耶娃组诗也有着社会的主题,因为它所触及的妇女问题正是当时一个尖锐的社会问题,在涅克拉索夫的诗和托尔斯泰的《安娜·卡列尼娜》中都有所反映。而丘特切夫刚从自己的爱情关系上触到了这一问题,他深深感到了由于男女社会地位不平等而产生的爱情悲剧。他看到:他和杰尼西耶娃虽然都是自愿进入一种"非法的"爱情关系中,并因此而受到社会的谴责,但男女所承担的重量不同;男子有可能随时摆脱这种沉重的命运,女子却不能不毕生承担其后果。一般浪漫的爱情词句在这儿是不适用的,诗人不愿意以它来欺人自欺;他要把那美丽的帷幕揭开,指出这爱情的实质。因为使他感到可怕的是,当女子失去名誉和社会地位以后,她就落入所恋的男人的掌握中;男人不仅对她占有优势,而且在社会生活中,他所忍受的牺牲也比女子少得多。更使诗人困惑的是:虽然两人都被排斥在社会以外,但由社会规定的那种不平等关系和男子的优越感,却仍旧不自觉地出现在他们两人之间;他必须和自己的意识不断做斗争,才能使他们的关系摆脱既定的旧轨道,走上合乎理想的新途径。

就是这样,杰尼西耶娃组诗由爱情生活的冲突而透露出社会的内容。另一方面,它细腻地刻绘了日常生活的现实图画,这也是和诗人早期诗作有别的一点。在早期诗作中,无论对自然或对生活的描绘,都带有一般性;从中只能见到感情或色调的渲染,而不见事物的细节。但在这组诗里,生活的现实感变浓厚了。我们从这里能看到具体的人和具体的情节,细微到连日常琐事都包括在内。《"我见过一双眼睛"》给杰尼西耶娃绘出了一幅肖像。《"你不止一次听我承认"》使我们看到她生了一个女儿,并如何摇着婴儿的摇篮;而且我们知道,这婴儿还没有命名。《"她坐在地板上"》写得更入微,把他们生活中一次极平常的事写成了诗。诗人告诉我们,她如何坐在地板上整理旧信,把它们看一看就掷在废纸筐中,而这使他感到悲哀,很想为逝去的生命向她求情。最后,从《"一整天她昏迷无知地躺着"》一诗中,我们知道了她临死时的一切细节。总之,这一组诗不仅使我们认识了杰尼西耶娃这个活生生的人,而且从许多琐事上看到了他们的爱情的进程。

《"我们的爱情是多么毁人"》《命数》《孪生子》这几首诗着重写了他们的爱情的悲剧性:这悲剧既是社会的,也是心理的。它的可悲不仅在于不幸的结果,而且更在于这结果原来是出于善良的愿望,这种愿望不知如何受到了事态进程的歪曲,使结果适得其反。谁想得到呢?他所爱的人终于被爱情所害,似乎竟是人力所不能扭转的!因此诗人谈到他们的一见钟情是"致命的会见",是"命运的可怕的判决"。在《命数》一诗中,他揭示出这种爱情的残酷的本质,所用的比喻尖刻、冷峭而奇突,以致这比喻成了今日俄文中的成语了:

> 两颗心注定的双双比翼,
> 就和……致命的决斗差不多……

爱情的结合竟好似"致命的决斗",这是多么惊人啊!在《孪生子》中,诗人还把爱情和自杀同等看待。这里有力地表明,那是多么残酷的力量把爱情歪曲成了这样,社会的因袭势力是怎样破坏着一种美好的关系!这破坏力不仅来自外界,也来自恋人的内心。《"别再让我羞愧吧"》所表现的正是这样一种情况:男主人公从心理上自居于优越的地位,以达到"被爱"的自私目的为满足;等对方予以指出时,他才羞愧地意识到这一点,并从而感到自己的不幸多于对方的不幸,因为相形之下,他未能像对方一样"爱得真挚、热情"。这种痛苦,自然已经使主人公超越了那一社会的道德准则,但却仍旧是那一社会的产物。

对于普希金以前的诗人,包括早期的普希金在内,情诗的主题不超出单纯感情的范围:恋人们只知有一种不幸,那就是他或她的爱情得不到响应,或是彼此不能接近。可是在杰尼西耶娃组诗中,恋人们却是从爱情的快乐中看到不幸,从彼此的接近中看到彼此的敌对。这些诗把爱情关系和社会关系结合起来,使人看到整个邪恶的生活,这就是它们所以深深感人的原因。

五

丘特切夫的诗就其艺术手法来说,有其鲜明的独创性。苏联的研究家曾指出他的继承传统的一方面,例如,德国浪漫主义诗人,特别是海涅和歌德,对他有不少的影响;从俄国文学发展的观点来看,他在有些方面也是继承了茹科夫斯基和杰尔查文的传统,并加以发展的。但这一切都掩盖不了一个事实,即丘特切夫有着他自己独创的、特别为其他作家所喜爱的一种艺术手法——把自然现象和心灵状态完全对称或融合的写法。

在丘特切夫的诗中,令人屡屡突出感到的,是他仿佛把这一事物和那一事物的界限消除了,他的描写无形中由一个对象过渡到了另一个对象,好像它们之间已经没有区别。

在普希金的诗歌里,事物是按照其本质的区分而被描写的。当普希金写出"海浪"这个词时,他的意思就是指自然间的海水;可是在丘特切夫笔下,"大海的波浪"(见《"哦,我的大海的波浪呀"》)就不止是自然现象,同时又是人的心灵。请看他的《波浪和思想》:

> 思想追随着思想,波浪逐着波浪,
> 这是同一元素形成的两种现象。

海浪和心灵仿佛都被剖解,被还原,变成彼此互通的物质。《"世人的眼泪"》也一样,使雨和泪的描写不可分。丘特切夫在语言和形象的使用上,由于不承认事物的界限而享有无限的自由;他常常可以在诗的情境上进行无穷的转化,在同一首诗中,可能上一句由"崇高"转到"卑微",由心灵转到物质,下一句又转化回来。这样,一首诗就可能有无穷的情调,和极为变化莫测的境界。

在这方面,《海驹》这首诗是极为特出的。初看时,它的一切语言都是用来描写一匹真正的马;可是,等我们读到结尾一句话时,才突然扭转了过去的全部印象,发现它竟是描写海浪的,原来被看作平凡的写实的语言,这时就变为非常诗意的了,写实和象征这两种境界同时并存,互相转化。这一切是因为诗人把马和海浪平行地描写下来,赋予了它们以一系列相似的特征。但本诗是否到此为止呢?还没有!因为我们还看到,它不仅仅是描写马和海浪而已,并且还在描写着更高的境界——人的心灵,人的性格。加入这一个因素以后,再读一遍,我们就会不仅想到马和海浪,还想到一个热烈生活的奋不顾身的人,他朝着自己的理想冲去,直冲到——

　　就变为水花,飞向半空!……

啊,这时我们的感觉和前一遍读时又是多么不同!如果仅仅当作描写马或海浪,读至这一句话,能感到奋力的欢乐和轻快;但若是当作描写人的心灵来看呢,心灵碰到现实(石岩)而粉碎为水花,那就是悲剧,是只能令人感到沉重的。由此看来,这一首诗写出了多少情境,多么繁复的感觉啊!

由于外在世界和内心世界的互相呼应,丘特切夫在使用形容词和动词时,可以把各种不同类型的感觉杂糅在一起。在译文中,译者也力图保留原作的这一特点,但由于两种文字的根本差异,有些在原文中极为新鲜突出的词,在译文中却不易感到。如原文中的 дымно-легко,译成中文的"烟一般轻",并不觉得怎样新鲜。再如原文中用 росисто(意思是"多露水")来形容山谷的蜿蜒,中文却根本直译不出来。虽说如此,我们还是可以看到诗人在语言使用上的特征。例如,他说阳光发出了"洪亮的、绯红的叫喊",这里阳光属于视觉,却用听觉"洪亮的……叫喊"来形容;"叫喊"本身属于听觉,却用视觉"绯红的"来形容。又如这样一句话:"她们以雪白的肘支起了多少亲切的、美好的幻梦","支起"本来是对实物使用的动词,在这儿却用于空灵的"幻梦"了。又如诗人对"幽暗"曾使用过各种形容词,说它"恬静"、"沉睡"、"悄悄"、"悒郁"、"芬芳",可以看出,这里是杂糅了许多种感觉的。

这种被称为"印象主义"的艺术描写,再加上丘特切夫诗歌中的某些神秘的唯心哲学,以及某种可以解释为颓废的倾向(如《我爱这充沛一切却隐而不见的恶》),使十九世纪末的俄国象征派诗人把他视为象征主义诗歌的创始者。可是,丘特切夫的艺术手法,并不是有意地模糊现实的轮廓,或拒绝描绘现实,像后来象征派诗歌所做的那样。他在自己的许多描写自然和心灵的作品中,是和当代的现实主义潮流相呼应的。他的诗歌在一定程度上正面反映了时代的精神,这却是俄国象征派诗人所不曾看到、更没有继承到的优良传统。

丘特切夫被称为"诗人的诗人",或诗艺大师。和他同时代的诗人费特曾指出,俄国诗歌在丘特切夫的诗中达到了空前的"精微"和"空灵的高度"。屠格涅夫在写给费特的信中说:"关于丘特切夫,毫无疑问:谁若是欣赏不了他,那就欣赏不了诗。"列夫·托尔斯泰对诗人更是推崇,认为他高于普希金,并且说过:"没有丘特切夫,我是活不下去的。"陀思妥耶夫斯基认为他是"第一个哲理诗人,除普希金而外,没有人能和他并列。"说来奇怪,《丘特切夫全集》是小小的一本书,诗人在长达五十多年的写作生活中,只留下了三百多篇短诗,其中除去五十多篇译诗和许多较差的政治诗和酬应之作外,有意义的作品不及二百首(本书译出一百二十多首),还不论其中有许多篇,在构思和意境上好像是互相重复似的。以如此少的作品而获得如此崇高的声名和如此深远的影响,这不能不归功于他的诗所特具的力量。革命民主主义批评家杜勃罗留波夫在对丘特切夫的评价上曾作过精辟的提示,和前面所引证的列宁的评语一起,可以作为我们研究诗人的指针。在《黑暗的王国》一文中,杜勃罗留波夫说过:

"根据作家洞察现象的本质时有多么深,和他在自己的描写中掌握生活的各个方面有多么广来判断,人们也就可以决定他的才能有多么大。若不这么做,一切都是空谈。举例说吧,费特君有才能,丘特切夫君也有才能:怎样来决定他们之间相对的意义呢?毫无疑问,没有其他办法,只有来考察他们每个人所达到的境界。那么,我们就能看出,前者的才能只能在面对平静的自然现象时获取浮光掠影的感印方面发挥全部力量;而后者呢,除了那以外,却还有炽热的激情、严峻的力量和深刻的思想,这种思想不仅是由自然现象,并且还是由道德问题,由对社会生活的关心引起的。对这两位诗人的才能的评价应该就包括在这一切的揭示中。那时候,读者即使没有任何美学的(通常是极为含糊的)评论,也会理解到这一诗人或那一诗人在文学中占有怎样的地位。"

一九六三年三月

朗费罗诗选

〔美〕 朗费罗 著

生 之 礼 赞

年青的心对歌者的宣告①

别对我,用忧伤的调子,
　　说生活不过是春梦一场!
因为灵魂倦了,就等于死,
　　而事情并不是表面那样。

生是真实的!认真地活!
　　它的终点并不是坟墓;
对于灵魂,不能这么说:
　　"你是尘土,必归于尘土。"

我们注定的道路或目标
　　不是享乐,也不是悲叹;
而是行动,是每个明朝
　　看我们比今天走得更远。

艺术无限,而时光飞速;
　　我们的心尽管勇敢、坚强,
它仍旧像是闷声的鼓,
　　打着节拍向坟墓送丧。

---

① 此处"歌者",有影射"圣经"中诗篇的作者大卫之意;但也可解释为诗人自己对自己的宣告。

在世界的广阔的战场上,
　　在"生活"的露天营盘中,
别像愚蠢的、驱使的牛羊!
　　要做一个战斗的英雄!

别依赖未来,无论多美好!
　　让死的"过去"埋葬它自己!
行动吧! 就趁活着的今朝,
　　凭你的心,和头上的上帝!

伟人的事迹令人冥想
　　我们都能使一生壮丽,
并且在时间的流沙上,
　　在离去时,留下来踪迹——

这踪迹,也许另一个人
　　看到了,会重又振作,
当他在生活的海上浮沉,
　　悲惨的,他的船已经沉没。

因此,无论有什么命运,
　　不要灰心吧,积极起来;
不断地进取,不断前进,
　　要学会劳作,学会等待。

奴 隶 的 梦

他躺在没割的稻田边，
　　一把镰刀还在手上；
乱蓬的头发埋在沙子里，
　　他袒露着胸膛。
又一次，在睡眠的迷雾中，
　　他看见了他的家乡。

在他梦寐的一片景色里，
　　广阔地奔流着奈杰河；
在原野的棕树下，他又成了
　　一个王，骑着马走过；
他听见了结队的商贩
　　叮叮当当地走下山坡。

他又看见他黑眸子的皇后
　　在孩子们中间站立，
他们搂他的颈，吻他的脸，
　　又把他的手紧紧抓起！
一滴泪涌出了睡者的眼，
　　静静地落在沙地。

于是，他的马有如风驰电掣
　　沿着奈杰河岸飞奔；
他的马缰是金黄的链子，
　　而且，随着每一跃进，

他都感到剑鞘撞着马侧,
　　发出钢铁清脆的声音。

在他前面,像血红的旗,
　　耀眼的火鹅在飞翔;
从早到晚,他追踪着它们
　　在罗望子树的平原上,
直到他看见凯弗族的
　　茅屋顶,和迎面的海洋。

夜里他听着狮子的怒吼
　　和猎狗的嚎叫,
还有河马,在隐蔽的河边,
　　把一丛芦苇压倒;
这一切,像胜利的咚咚鼓声,
　　在他的梦里飘摇。

那森林发出千万种音响,
　　都在把自由喊叫;
沙漠上的疾风也在高呼,
　　呼声自由而又粗暴,
这狂暴的欢乐使他一惊,
　　使他不由得微微一笑。

呵,他不再感到主人的鞭子,
　　白日的炎热也消失;
因为死亡照明了他的睡乡;
　　他的没生命的躯体
只成了残旧的枷锁,——
　　灵魂已把它打破和抛弃!

阴湿沼泽里的奴隶

在那阴湿低洼的沼泽
躲着被追捕的黑奴,
他窥伺着午夜的营火,
他时时听见马的奔跑
和远方猎狗的狂叫。

在那芦苇和灌木丛间
闪烁着飞萤和鬼火,
松树披着垂摆的苔藓,
还有杉木,和毒的藤蔓
像蟒蛇一样长着花斑;

人脚很难从那里穿过,
也没有人敢于尝试,
在那抖颤的绿色泥淖
他蜷伏着,在乱草丛中,
像是野兽潜伏在山洞。

一个老病残疾的奴隶:
脸上有大块的伤痕,
额上是耻辱底印记;
遮住他损毁的身体的
是碎布,耻辱底号衣。

头上一切都灿烂、美丽,

一切都自由而欢欣；
灵活的松鼠跳来跳去，
野性的鸟儿使天空
回荡着自由底歌声！

呵,只有他,从生命起头,
就注定了痛苦的厄运；
只有他,承受该隐①的诅咒,
像谷子承受打谷的枷,
重重地被打在地下！

---

① 该隐,据"圣经"载,是亚当长子,因杀弟而受上帝诅咒,到处有被杀的危险。

海 草

当赤道线上的风暴
　　巨大的风暴,
猛烈地降落在大西洋,
它就袭往内陆,愤怒地
　　鞭打滔滔的波浪,
并且把海草从乱石卷去:

从百慕大①的暗礁卷去;
　　从遥远而明媚的
亚速尔海岛②陷落的岸沿;
从巴哈马③,从圣·萨尔瓦多④
　　那冲击不息的
闪着银白光辉的浪波;

从埋葬了奥克内群岛⑤
　　那滚滚的波涛
(它向粗犷的极西岛⑥呼喊);
从复舟的碎片,从桅杆,
　　当它们漂流过

---

① 是北美洲东面大西洋中的群岛。
② 是大西洋中的群岛。
③ 属西印度群岛。
④ 中美洲萨尔瓦多的首都,是个海港。
⑤ 在苏格兰以北。
⑥ 在苏格兰以西。

荒凉的、阴雨绵绵的海面;

呵,永远漂流,漂流,漂流,
　　随着无定的水流,
在那永不平息的海上,
直到在小小隐蔽的海湾,
　　在沙滩的边上,
这些海草才复归于安恬。

正是这样,当情感的风暴
　　猛烈地侵袭了
诗人心灵的海洋,不久
从每个岩洞和石窟里,
　　在那广阔的洋面,
就会飘过来一段歌曲:

它来自神奇迢遥的岛屿,
　　上天曾在那里
种植了真理底金色果实;
它来自那闪烁的波浪,
　　闪着乐园的幻影
在"青春"那一片炎热地方;

它来自坚强的意志,和努力,
　　它们永不止息
对命运的浪潮的搏斗;
它来自被风暴撕裂的希望,
　　是破船的碎片
在枉然地、凄凉地浮荡;

呵,永远漂流,漂流,漂流,

随着无定的激流,
在那永不止息的心上;
直到最后,为书本所记载,
　　它就留存下来了,
像家常的成语,不再离开。

箭　与　歌

我射了一支箭在空中，
它落下，不知在什么地方；
因为它飞得这么急速，
眼睛追不上它的飞翔。

我唱了一支歌在空中，
它落在地上，也无法找到；
因为，谁的目力这么敏锐，
能够跟得上歌声的缭绕？

很久、很久以后，我看到
箭在橡树上，还没有折断；
而那支歌，从头直到尾，
我又找到在友人的心间。

破　晓

一阵风从海洋面上吹过，
它说，"雾呵，把位置让给我。"

它向船欢呼，叫道，"前进！
水手们呵，夜已经消隐。"

于是它远远地向内陆急驰，
一路喊着，"醒来！已经是白日。"

它进入树林，对它说，"呼啸！
让所有的绿叶旗帜飘摇！"

它碰一下林鸟折起的翅膀，
说道，"鸟呵，睁开眼睛歌唱。"
接着跑过了田庄，"喂，公鸡，
吹起你的号来，迎接晨曦。"

它对一片谷地轻声关照，
"低下头，欢迎清晨的来到。"

又穿过钟楼高声呼喊，
"醒来呀，钟！快报告时间。"

它叹息着走过了一片墓地，
低声说，"不！还不能静静安息。"

孩 子 们

到我这儿来呵,孩子们!
　我听见你们在嬉戏;
于是那些困扰我的疑问
　便都一股脑儿失去。

你们给打开东边的窗,
　那窗子直对着太阳,
在那儿,思想是歌唱的燕子,
　早晨的溪水在流荡。

你们心里有鸟儿和阳光,
　小溪在你们的思想里流过,
但是,我的心里只有秋风
　和雪絮的初次飘落。

呵,这世界会成了什么,
　假如我们没有儿童?
我们会留在后面一片荒漠
　比前面的幽暗更惊心。

有如树叶之于树林,
　以阳光和空气为食物,
直到它们甜蜜的汁液
　逐渐变成坚硬的树木,

儿童对世界正是这样；
 通过他们，世界才感受
比下面树干所能接触的
 更明亮、更美好的气候。

到我这儿来呵，孩子们！
 附在我的耳边低语；
告诉我，鸟儿和风唱着什么
 在你们煦和的大气里。

因为，我们的追求算得什么！
 书本的智慧有什么用？
它们怎比得你们的抚爱
 和你们欢喜的面容？

你们胜过所有的民歌，
 无论是说过的，唱过的；
因为你们是活的诗篇，
 其余的诗都没有生气。

雪 絮

挣脱开大气的胸膛,
　从它层叠的云裳里摇落,
在荒凉的、丰收后的田野上,
　在一片林莽,棕黄而赤裸,
　　静静的,柔软的雪花
　　缓缓地朝地面落下。

有如我们迷离的梦幻
　突然在庄严的字句里成形,
有如我们苍白的容颜
　显示了纷乱内心的衷情,
　　纷乱的天空也表白
　　它所感到的悲哀。

这是天空所写的诗,
　慢慢写在寂静的音节里;
这是绝望底秘密
　久久隐藏在阴霾的心底;
　　现在,对着树林和田野,
　　它在低低诉说和倾泻。

晴和的一天

呵,上帝的恩赐!美好的一天:
应该没有人工作,只是游玩;
这一天我足能够愉快:
不去做什么,只须存在!

我的每条血管,每根神经,
都感到了电流的激动;
脑中的每一纤维都受到
生命的触摸,似乎过于美好!

我听见轻风吹过树林
奏出了天庭的乐音,
我看见树枝向下弯而又弯,
像是一个巨大乐器的琴键。

高高的在我头上,天穹
展开了一幅绚烂的风景,
在那儿,太阳划过碧蓝的海面,
像一只金色的西班牙帆船。

它划向西方那云雾之乡,
向那远远的极乐岛浮荡,
岛上的层峦高高耸起
它白色的顶峰,参差地壁立。

风呵,吹吧! 把樱花的雪絮
轻轻吹到所有的房屋里!
吹吧! 把桃树的火红花朵
吹得低下身,任由我抚摸。

哦,生命! 爱情! 哦,快乐的思想
蜂拥而来。惟一的语言是歌唱!
哦,人的心灵! 你难道不能够
像空气一样愉快,一样自由?

我失去的青春

我常常想到那美丽的小城,
　　它就座落在海岸;
我常常幻想走进那古老的小城,
在它快乐的街道上来回步行,
　　于是青春又回到我身边。
　　　　那北欧歌谣里的一句话
　　　　仍旧在我的记忆里回荡:
　　　"少年的愿望好似风的愿望,
呵,青春的心思是多么、多么绵长。"

我能看见小城参差的树影,
　　我眼前还忽而掠过
环抱它的海上远远闪来的光明
和一列岛屿(它们为我少年的梦
　　做了乐园的守护者)。
　　　　那支古老的歌的叠唱
　　　　仍旧在对我低语、倾诉:
　　　"少年的愿望好似风的愿望,
呵,青春的心思是多么、多么绵长。"

我记得那乌黑的码头和停泊地,
　　和海涛的自由奔腾,
还有西班牙的水手留着髭须,
还有船只的可爱和神秘,
　　大海是这般迷人!

那一段固执的歌声
　　　　仍旧在诉说和振荡:
　　　"少年的愿望好似风的愿望,
　　　呵,青春的心思是多么、多么绵长。"

我记得海边和山上的碉堡;
　　在太阳初升的时候,
传过来大炮低沉的咆哮,
鼓也在不停地咚咚地敲,
　　号声壮阔而又颤抖。
　　　那支古老的歌的音调
　　　　仍旧在我的心里激荡:
　　　"少年的愿望好似风的愿望,
　　　呵,青春的心思是多么、多么绵长。"

我记得战争在远方的海上,
　　轰隆之声传过了水面!
我记得如何埋葬了战死的船长,
他们的坟墓就对着他们的战场——
　　那一片寂静的海湾。
　　　那悲哀之歌的音响
　　　　痛楚地刺过了我的心:
　　　"少年的愿望好似风的愿望,
　　　呵,青春的心思是多么、多么绵长。"

我能看见轻风拂着丛林的圆顶,
　　和狄令森林的荫翳;
于是旧日的友谊和青春的恋情
带着安息的乐音流往我心中,
　　像是鸽子回旋在寂静里。
　　　那甜蜜的古老的歌辞

  仍旧在起伏和低唱:
"少年的愿望好似风的愿望,
呵,青春的心思是多么、多么绵长。"

我记得那掠过学童的脑海的
  闪烁的光亮和幽暗;
我记得有过心灵的歌唱和沉寂
一半是预言,一半是热狂的
  枉然的追求与梦幻。
    而那任性的歌仍旧
    唱下去,仍旧在波荡:
"少年的愿望好似风的愿望,
呵,青春的心思是多么、多么绵长。"

有一些事物我不想再倾吐;
  有一些梦想从不死去;
有一些怀念使心灵变为脆弱,
它会给面颊带来苍白的颜色,
  使眼睛感到模糊。
    那致命的歌的一句话
    像一阵冷气扑到我心上:
"少年的愿望好似风的愿望,
呵,青春的心思是多么、多么绵长。"

我在那古老的小城所见的形体
  如今已显得陌生
但乡土的空气确是纯洁而甜蜜,
而那荫蔽每条熟悉的街道的
  树木,当它们来回摆动,
    就唱出一支美丽的歌,
    这歌曲仍在叹息和低唱:

"少年的愿望好似风的愿望,
呵,青春的心思是多么、多么绵长。"

狄令森林幽静、新鲜而美丽,
　我的心怀着一种
近似痛楚的快乐飞回到那里,
而当我萦回于那往日的梦迹,
　我又找到失去的青春。
　　那奇异而美丽的歌
　　在树林里发出了回响:
"少年的愿望好似风的愿望,
呵,青春的心思是多么、多么绵长。"

译 后 记

世界和平理事会今年号召全世界纪念的亨利·瓦兹渥斯·朗费罗（Henry Wadsworth Longfellow，1807—1882）是美国十九世纪"家喻户晓"的诗人。他出生在新英格兰的沿海城市波特兰，那是一个充满边界的粗犷生活的小城，使他从小就熟悉码头、水手、边界的开拓者以及印第安人的传说。但另一方面，他的家庭是富有的，他受到了当时资产阶级可能受到的最优良的教育，加以他的阅读兴趣广泛，他很快地精通了欧洲德、法、西、意等国的文字，担负起介绍欧洲的所谓古老文化的任务。他曾经两次到欧洲做较长期的旅行，这充实了他的知识和见闻，并且替他的教书职业取得资格。一八二九年，在第一次游历欧洲后，他在鲍杜因学院担任现代语文讲座。而在第二次游欧后，自一八三六到一八五四年的十八年间，则任哈佛大学的语文教授。离开哈佛后，他已经是一个著名的诗人，可以专门从事写作了。

朗费罗第一篇著名的诗作"生之礼赞"，是在一八三八年匿名发表的。它被誉为"真正美国心脏的跳动"。当时反蓄奴的文化战士与民主诗人惠蒂尔在它刚一发表后，就如此评论道："我们不知道作者是谁，但他或她绝不是等闲之辈。这九节单纯的诗比雪莱、济慈和华兹华斯等人所有的梦想加在一起都值得多。这篇诗是呼吸着、充沛着我们今天的时代精神的——它是一个有为的世纪的精神蒸汽机。"

朗费罗的诗所以流传很广，这些话道出了部分的秘密。是的，他的诗感染有美国的生活气息，虽然这在后代看来是很不够的。但在当时崇尚英国文学的美国文坛上，朗费罗坚持从美国生活背景中去寻找长诗的题材，他的诗在内容方面也或多或少地表现了美国人民的上升的清教精神生活，这已足够使他以显著的姿态出现了。

朗费罗写作的范围很广，数量也极多。他的第一本诗集是"夜吟"(1839),其中包括"生之礼赞""夜的赞歌""星光""花""天使的足迹"等名篇。自此以后,他平均每两年出诗集一本。一八四二年出版了他的"关于蓄奴制的诗"("奴隶的梦"和"阴湿沼泽的奴隶"即其中的两篇),对当时迫切的政治问题表现了他的正义感。这些诗增加了他的声望,但没有使他参加到实际的解放黑奴运动中去。一八四七年,他的长篇叙事诗"伊万吉琳"问世,给他带来热烈的赞扬。其中的故事和人物虽然是美化了的,但不乏现实的色彩。从伊万吉琳的坚忍有为的性格,可以窥见当时美国人民的形象。景物的刻绘特别深致细腻:那拓荒者的生活,那原野、森林和密西西比河的描写,都富于异常的魅力,这是只能由那一地区那一时代的生活提供出来的。继"伊万吉琳"之后,另一篇叙事诗杰作"海阿华沙之歌"在一八五五年发表。这是一篇美国的史诗,它取材于印第安人民的传说,叙述了印第安民族英雄海阿华沙一生的故事,使人看到那个民族怎样坚持劳动及和平的美德,在集体利益下把美好的生活建立起来。这里讲的虽然是印第安人,但却充满了当时美国人民开荒进取的精神和健康的情绪。另一篇叙事诗"迈尔斯·斯坦迪司的求婚"(1858)幽默地叙述早期殖民者的城市生活,比"伊万吉琳"有更多的现实色彩和戏剧性,人物的刻画也更逼真。它在伦敦出售的第一天,就售完了两千册,由此也可以见到朗费罗作品的风行,当时已不限于美国了。

　　除以上三篇杰出的叙事诗外,还有仿乔叟的长诗"夜店故事集"(1863)也应该一提。这是许多故事诗的集合,其中如"吉陵渥斯的鸟儿"一篇故事写出他的知识和见闻,并且替他的教书职业美国小镇的生活景色,充满了幽默和生趣。朗费罗也写过一些宗教长诗("圣行传"〔1851〕,"神圣悲剧"〔1871〕等)和诗剧("西班牙的学生"〔1842〕等),但这些都是失败的作品。他的多种样的译诗,尤其是但丁的"神圣喜剧",引起了更多的注意。

　　在短诗方面,除上面已提到的外,还有"海边与炉边"(1850)和"候鸟"两个集子也是为人所熟知的。脍炙人口的诗还有:"乡村铁匠""精益求精""船的建造""断念""上帝的园地""处女时期""穿甲胄的骷髅""我失去的青春"以及歌颂儿童、阳光和地方景色的一些诗篇。

总的来看,朗费罗不是一个激情的或政治的诗人,也不是(在浪漫主义风行的年代)一个浪漫诗人。他的一生是富裕、幸运而平静的;除了他的妻子在他第二次欧游时焚死于荷兰而外,他的生活中没有任何悲剧。因此,有人认为他的诗缺乏深刻的感情与思想,没有意境与形象的创新;认为他的灵感是来自书本的、转借的,他只不过是把别人的思想用好的词句装饰起来的修辞者而已。在他死后,他的声誉很快地衰退了,一至今日,这是一个事实。

这种说法也不无它的理由。我们看到,朗费罗的许多作品都和外国作品的阅读有直接关联,可以明显地指出其中所受到的是哪篇作品的影响;朗费罗并且善于采用格言、名句或民歌的某一句话作为他的诗的中心思想或叠唱(例如,"我失去的青春"采用北欧的民歌,"生之礼赞"模仿歌德的诗等)。我们还可以说,他的诗所以能在十九世纪的美国家庭与课本上广泛出现,还由于它那中庸的、感伤的、适合资产阶级口味的宗教与道德观所使然。就是这种宗教与道德观,使他的诗往往带有浓厚的训诫口吻,而这一切在今日看来,当然是他的缺点无疑。

但是,尽管如此,朗费罗仍不失为美国人民的诗人。最重要的是,他在惠特曼之前,以其自己的方式歌颂了美国人民的生活。在这方面,有他的三篇长诗"伊万吉琳"、"海阿华之歌"和"迈尔斯·斯坦迪司的求婚"作证;在短诗中,他所表现的情感,尽管有其阶级与宗教的局限性,尽管有很多时候渗透着悲观的、感伤的、消极的因素,但从我们所选译的诗来看,朗费罗仍旧有其情绪的光明的一面,那里表现着坚忍不拔、爱生活、爱劳动、爱青春、儿童与日常生活的温暖等。他的诗歌的这两方面恰好给从事于劳动的人民灌注了乐观进取的精神,而在他们(也是信奉宗教的人们)忧郁或不幸的时候提供了安慰。恐怕这就是他的诗何以在十九世纪如此家喻户晓的原因。那些向诗要求深刻思想的人,竟错将这些可贵的东西排除在诗的思想之外,因此就看不出而致抹杀了朗费罗的诗的思想。人有时需要反抗压迫,需要斗争;但他也必需有幸福而快乐的日常生活的时候。在这种时候,我们认为,朗费罗的诗理应是不该被人忘记的文学遗产。

罗宾汉传奇

〔英〕 查尔斯·维维安　著

前　言

一

  罗宾汉是英国数百年来家喻户晓的古代传奇人物。随着英国文学作品及电影电视的广泛传播,他也成为世界各国人民都很熟悉的绿林英雄,他的故事更是各国少年儿童最喜爱的古代传奇之一。英国广播公司拍摄的电视连续剧《罗宾汉》于一九八二至一九八三年在中国播映,曾给中国观众留下深刻印象。罗宾汉和中国梁山好汉有不少相似之处。他们都是因反抗暴政(罗宾汉还反对教会领主的盘剥压迫),同情弱者,见义勇为而被通缉,终于"官逼民反",逃入绿林。他和他的伙伴都武艺高强,机智勇敢,劫富济贫,惩治恶霸,为民除害(罗宾汉故事还反映了抵抗异族压迫的爱国心),受到人民的爱戴和保护。

  最早歌颂罗宾汉事迹的是大量民间歌谣,后来一些著名文学家如司各特、丁尼森、德·科文等又把罗宾汉的故事分别改写成小说、戏剧、歌剧等,以罗宾汉为主人公的通俗少儿读物,更是不计其数。英国至今还有不少以罗宾汉命名的地名,如罗宾汉湾、罗宾汉洞、罗宾汉井等。传说罗宾汉屡屡击败官兵的诺丁汉郡(位于英格兰北部),现在是英国的著名旅游点。诺丁汉郡现建了一个"罗宾汉中心",展出有关罗宾汉的资料和实物,包括传说是他用过的一副弓箭,供人瞻仰。诺丁汉郡还特别保留着罗宾汉故事中提到的"诺丁汉郡长"的官职,不过他现在的职责主要是发展当地旅游业,用各种方式把罗宾汉传奇开发为赚钱的旅游资源。

二

英国历史上是否有罗宾汉这个人，到现在仍有争议。有人认为实有其人，甚至具体地说他一一六〇年生于诺丁汉郡的洛克斯利，今年是他诞辰八百三十七周年，但迄今还提不出确凿的证据。有人则认为他只是人民大众想像中的一个农民英雄形象，也许有个原型，但到底谁是原型，也不能确定。英国现在多数历史学家认为，流传至今的歌颂罗宾汉的各种古歌谣最早流行时间，可上溯至十四世纪，这说明在那之前即已出现罗宾汉的传奇事迹。《大英百科全书》因此认为，这些真实的罗宾汉歌谣，是在那个动乱时代英格兰北部农民对当局不满情绪的诗歌形式的表现，农民不满情绪终于在一三八一年爆发为农民起义。值得注意的是，"从十六世纪以后，（罗宾汉）传奇的主要人物被歪曲了"（《大英百科全书》），这包括许多故事把罗宾汉说成原是一个失宠的贵族，罗宾汉终受"招安"（本书也有此情节）等等，减弱了最早古歌谣的批判社会的光彩。

罗宾汉传奇故事的历史背景是清楚的。书中提到的"好国王"理查德国王在英国历史上被誉为"狮心王"，但他穷兵黩武，耽于国外征战和参加十字军战争，在位十年（1189—1199）却只在国内住过十个月。他在参加第三次十字军东征时，曾被奥地利国王俘虏，英国花了重金才把他赎回。"红威廉"即英王威廉二世，一〇八七至一一〇〇年在位，因脸色发红，被称为红色国王。他在一次狩猎时被冷箭射死。

罗宾汉的时代是英国历史上最黑暗的时期之一。一〇六六年，英国被来自法国的诺曼人所征服，从国王、贵族、官吏到掌握教会的人物，都是异族。这些诺曼人霸占了本土撒克逊贵族的土地，自居为新领地的主人，只有撒克逊骑士阶层还保留有自己的土地，此外还有少数自由农民。大多数农民实际上沦为农奴，被迫在异族领主的土地上耕作，不得改变地方另找主人，否则便成为罪犯，可以被抓回鞭打，铁烙，或被投入地牢，以至绞死。和那些封建领主处于同等地位的是大修道院和大教堂，它们也掌握广大土地，并派诺曼贵族去经管。这些总管也率有人马,鱼肉乡民。许多备受压迫的农民忍无可忍,在官逼民反的情况下逃入绿林。

三

本书作者查尔斯·维维安(Charles Vivian),生平不详。该书是英国伦敦瓦德-洛克出版公司出版的《皇家丛书》的一种,是英国关于罗宾汉的最著名的一本少儿读物。原作书名为"Robin Hood and His Merry Men"(《罗宾汉和他的快乐伙伴》)。

四

这个译本原是著名诗人、翻译家穆旦(查良铮)生前在"文革"期间,为帮助其长女查瑗学习英语,随手翻译的初稿。他只初译了二十六章中的十五章,后因忙于其他译事,而未能译完。他于一九七七年二月不幸因突发心肌梗塞而过早辞世。近二十年来,他的遗作《穆旦诗选》、《穆旦诗全集》、《唐璜》、《拜伦诗选》、《英国现代诗选》、《丘特切夫诗选》等都已面世,只剩下这本未完成的译本尚未出版。为完成亡友的遗愿,李丽君和我把此书的后十一章续译完,并由我最后统一译名、统一文字风格等,因此对穆译的部分也略做了必要的改动。

自从穆旦的夫人周与良教授把这本未完成的译本交给我以后,不觉已拖数年,直到一九九〇年才完全译校完毕,此书终于得以同读者见面,相信穆旦地下有灵,一定也会高兴的。

杜运燮
一九九七年一月于北京

第 一 章
农奴西博德怎样得到食物

白色的冬天沉甸甸地压着舍伍德森林,并且从那里越过沼泽地带,远远铺到建有高耸的惠特比修道院的北国海边。林中干枯的树枝上压着积雪,白茫茫的地面只有羊齿植物的枯干稍露一点头。那是一个漫长得冷酷的冬季,虽然已临近春播,可是严寒仿佛还没有退让的样子。

在盖伊·吉斯本为富有的圣玛丽修道院负责管理的领地边上,进入森林只不过投石可及的地方,有一个衣着褴褛的人影在树木间跟跄地移动。傻子西博德,披着已变成破布条的短袄,一面张望林中小路,一面佝偻着身子,在堆雪的灌木丛间行走。他的腿脚为了保暖,都捆着干草把,可是在他向前一步步走去的时候,每个脚印都留下了红血斑,因为枯枝已把他冻僵的脚跟刺破了。他不断地向前走,总是背对田野而更深地进入森林。

突然他一动也不动地站定,只见随着一阵风,来了十几匹鹿,它们只顾在雪地里嗅食,没有觉察到他的存在。可是等到终于察觉就已经为时过晚了,西博德已从隐蔽的树后闪出,举弓射去,一只小鹿立刻翻身栽倒,四蹄朝天乱踢;其他的鹿则仓皇逃去。西博德跑到受伤的鹿跟前,一刀结束了它的生命。

他像疯了似的忙碌着,先从死鹿的腰身扒下一块皮,切了一块温热的肉,狼吞虎咽地吃下去。吃过后,他变得仔细一些了,找最嫩的鹿肉割下一条条堆在雪地上。正在这么做时,他忽地惊跳起来,手里还攥着刀子,发出一声狗吠似的狂叫,因为他看见一个高个子的人影落在他的面前。

这不速之客是一个年轻人,微红的头发,下巴有一小撮尖尖的胡须,从体格看来膂力过人,动作敏捷。西博德朝他举起了刀,瘦削的脸上充满恐怖,每一条皱纹都透露着饥饿和畏惧。

"放下刀吧,西博德,"高个子静静地说。

"罗宾,原来是罗宾·洛克斯利啊!"西博德喘口气说,"大爷,我可饿慌了。"

"而且想要挨绞了,"罗宾·洛克斯利说,"这不是找死吗,西博德,要是看林人发现有一头鹿被杀的话。"

"死吗?绞死和饿死,还不都一样!"西博德顽固地说。"您瞧,罗宾大爷,入冬的时候,我有老婆和两个孩子。可是我病了,一个农奴怎么能生病?盖伊·吉斯本就把我们一家人从茅屋撵出去让给秃子瓦尔特住。盖伊说,农奴要是干不了活,就别想在他的地段里吃住;他们把我们撵出来,连老婆带孩子,可我的孩子还都病着呀。"

"唔,确实是这样,"罗宾点点头,"盖伊·吉斯本是铁石心肠,够残酷的。可是谁要去碰鹿那就是找死呵,西博德。"

"死吗?死难道不是个恩典?"西博德问。"我的老婆就得到了这个恩典。她被寒冷裹着睡下,再也不会在这世上醒过来了。弗雷达那孩子也得到了这个恩典,至少她不必再挨饿了;现在我只剩下一个小子瓦尔塞奥夫,他总是饿得嗷嗷叫,可我也没有东西喂他。凭十字架起誓,罗宾大爷,假如我挨绞,也要吃饱肚子挨绞,也要我那孩子再吃一顿好饭才行!"

罗宾眼里现出怜悯的神情,问道:"你那男孩儿在哪里?"

"就在那里,"西博德指着他走过来的路。"在一棵死榆树洞里,我弄到一点破烂布把他裹着,以免在我找来食物之前就冻死。"

"那么你是住在这森林里?"罗宾问。

西博德点点头。"要不我就得回到盖伊·吉斯本那里去了,原来是他的人嘛,"他答道。"回去,就意味着脊背挨鞭子,日夜干活,干完活还得挨更多的鞭子,因为我手脚不灵,活做得慢,他们都叫我傻子,罗宾大爷。我告诉您吧,"他的声音突然变得恶狠狠的:"我们撒克逊英国人在这些诺曼狗的统治下,就没有公道可说!"

"确实是这样,"罗宾沉郁地回答。"听着,西博德,你带着孩子到我的田庄去吧。那时我们再决定该怎么办最好。"

西博德显得有点不敢相信。"到您的田庄去,罗宾大爷?可是——可是我杀了国王的鹿啦!"

罗宾的眼里慢慢露出笑意。"我有时候也射击过一两支箭哩,好西博德,"他说,"因为这些鹿吃了我的庄稼并不付钱。带孩子来吧——至少他挤在牲口中间可以取暖。"

"罗宾大爷,"西博德噙着眼泪说,"无怪人家说,从诺丁汉到约克郡这一带,您的心肠是最好的。"

"算了,算了!"罗宾说着转过身子。"想来就来吧,到我家去。我要和盖伊·吉斯本谈一谈,看看能不能把你算做我的人。"

他转身离开森林,穿过一片空旷的田野,约摸走了两英里远,便来到一座结实的木头房子,四周有马厩、牛房和干草堆。就在这里,罗宾·洛克斯利自从父亲死后独自居住着,他是一个自由民,在圣玛丽修道院的领地上拥有二百英亩田地。这是他的祖父在亨利一世时从修道院租来的最好的地。他的父亲去世后,盖伊·吉斯本曾想撵走罗宾,把这片田庄收归修道院使用,可是没有得逞。

就在罗宾慢慢往回走,痛苦地思索着像西博德这类人所受的虐待时,他留下了一条脚印,从死鹿的地方直接延伸到他的家。不一会儿,来了西博德和他的儿子瓦尔塞奥夫,那是个十岁的孩子,尽管靠在爸爸身旁,却还是哆嗦着,不断叫冷。他们在雪地上又留下两条脚印。

当天下午,看林人赫伯特沿着罗宾田庄边上的森林走过来,他看到雪里的脚印,就停下来注视。有一长串清晰的脚印,那是由罗宾的穿鞋的脚跨大步留下来的,赫伯特知道那是谁的脚印,便放过它。接着他看到由西博德捆草的脚踢乱的不成形的痕迹,在它旁边还有孩子瓦尔塞奥夫走过的小小凹痕。赫伯特还看到西博德刺破的脚在雪里留下的血斑。

"啊哈!"他说,"这里有人杀野兽了!"

于是他跟着脚印走进森林,直走到西博德放置孩子的那个榆树洞。从那里再走下去,看到了一个小雪丘,附近的雪都被翻开,小雪丘上还有西博德的手印。

"杀了野兽啦,"赫伯特自言自语,"还埋起来了。"

他用手刨进雪丘,立刻摸到了一对鹿角。他抓住鹿角,把西博德割剩的整个鹿尸拉出来,摊在面前。

"原来是这样!"赫伯特想,"主人和奴隶一起出来打猎!好消息啊,对盖伊爵爷真是个好消息!我想他终归要把罗宾的田庄拿到手了,就冲这个消息他得赏我个管家当。"

他把死鹿往肩上一搭,就快步朝吉斯本的庄宅走去。那是一座石头建筑,坚固得像古堡一般,盖伊·吉斯本就住在那里替雨戈·雷诺特管理圣玛丽修道院的全部土地。雨戈·雷诺特是诺曼贵族,在老亨利王仍在世时就已经被封为圣玛丽修道院的院长了。

盖伊是一个高大凶残的黑脸膛汉子,他憎恨撒克逊人,而且经常嘲笑他们是懦夫。撒克逊农奴的脊背被他指挥的鞭子打得血淌成河,有时使得院长雨戈看到血流太多都对他的总管劝几句。可是雨戈开口的时候并不多,因为他也是纯种的诺曼人,他恨起撒克逊人时可就一点不像教士了。

看林人赫伯特走进盖伊的大厅,肩上还搭着那只死鹿。大厅尽头的壁炉里木头烧得正旺,盖伊·吉斯本正背着手烤火。赫伯特走到他跟前,把鹿丢在地上。

"怎么,伙计——怎么啦?"盖伊咆哮道。"谁嚼了鹿肉?怎么不是全鹿?"

"罗宾·洛克斯利嚼了它。"赫伯特说。

"啊哈!"盖伊的眼睛亮起来。"圣彼得明鉴,这回咱们捉住他啦!有证据吗,赫伯特?"

"有足够的证据,老爷,"赫伯特说,"他的脚印从埋着死鹿的雪地开始穿过他的田地直到他家门口,随着他的脚印还有一个农奴和孩子的,他得有他们帮助一起干这坏事吧。证据足够了,老爷。"

"啊,"盖伊说,"证据足够了。我们可以把洛克斯利田庄收归修道院了,还要把主人罗宾的手砍下来;要是院长雨戈吩咐一句,我想还可以挖掉他的两只眼睛。这个撒克逊狗崽子可把咱们欺侮得够久了。是吧,赫伯特?"

"够久了,盖伊老爷,"赫伯特应声说。"接着我该当洛克斯利的管家了,您说是不是?"

"那可得院长雨戈来决定,"盖伊说,"可是为了奖赏你报告这件事,我会替你向上面说句话的。去吧,我现在要武装起来。"盖伊命令道:"吩咐十几个壮勇穿上盔甲,把我的花毛马装上鞍子,我保管明天太阳照在雪地上以前洛克斯利田庄就要少一名住户了。好赫伯特,快行动吧! 要是你巴望管家这美差的话。"

他穿戴盔甲完毕,赫伯特纠集了人马,他们便在日落前一小时从石堡向洛克斯利进发。天是灰色的,雪地上吹着潮湿的风,十几名全副武装的随从壮勇喘着气跟在盖伊的马后赶路。

在洛克斯利田庄的一间空旷的牛房里,小瓦尔塞奥夫正在温暖的草垛里睡觉,这是那一冬他第一回吃饱了肚子;西博德睡在他旁边,也是又饱又满意。罗宾站在大门口,望望天又嗅嗅风,说:

"再这样过一个礼拜,我们就可以种大麦啦。冬天就要过去了,绝没有错。"

这时,他看见在田庄和森林之间的白茫茫的雪地上,有一小群人在行进。他们原应顺着田埂曲径走,但竟是踩着耕地笔直走过来。

"这些诺曼猪要干什么?"罗宾愤怒地自言自语。"他们非得用蹄子踩坏我的新麦来找我吗?"

第 二 章
罗宾怎样逃进森林

盖伊·吉斯本和他的壮勇们还在一英里以外，罗宾锐利的眼睛就已经看到领头的是盖伊，并立刻联想到早些时他瞥见看林人赫伯特向他的田庄张望过，又想到牛棚里的西博德和他打死的鹿。不料这一天临了会突然出现这最严重的凶险，可是罗宾是会应付这一切的。

他一点也不慌张，走进屋里带上剑，又拿出他的弓和箭袋。他叫管家威尔·斯卡雷也同样拿起武器，并唤出农奴们。这时盖伊一伙人还在半英里以外。

西博德从牛棚里跑出来，跑到站在大门口的罗宾面前，跪下来喊道：

"罗宾大爷，罗宾大爷！都是我给您带来这场祸害。一条命对我算得了什么？让我把自己交出去吧，假如他们确是为了死鹿来的，那就满足他们好了。"

可是罗宾摇摇头说："不要说了，西博德，你躲起来吧。信任我的人，我绝不能甩手不管，即便祸害再大也罢。你退下去，我倒要和这不可一世的盖伊管家计较一番。"

他的右边站着威尔·斯卡雷，左边是一个拿着红豆杉做的大弓的胖少年。这小伙子名叫马奇，是磨坊主老马奇的儿子，本来应该呆在磨坊里帮父亲干活，可是他生性懒惰，却偷跑出来和斯卡雷一块喝啤酒。既然喝了罗宾的啤酒，现在发生了麻烦事儿，他就拿起弓来站在罗宾身边，虽然究竟是什么样的麻烦，他一点也不清楚。

站在这三人背后的，是罗宾的六个农奴，他们都是善于使用弓箭或铁头木棍的，因为罗宾平时就教他们练武，以防不测，这九个人站在前头，西博德蹲在后面一个角落里。当可以听到盖伊·吉斯本一伙人走来的声音时,冬天的黄昏很快黑下来了。

罗宾拿出一支箭搭在弦上,轻举着弓,斯卡雷和马奇也照样做。盖伊早已知道他的对手的弓法,所以当他看到箭已上弦时,就勒住马喊道:

"罗宾·洛克斯利!你们放下武器投案吧!我是雨戈·雷诺特院长的忠诚大管家,来给你应得的惩罚!"

但罗宾举弓像在瞄准。盖伊的壮勇们看在眼里,也解下了盾牌。

"大管家,话重了,"罗宾安详地回答说,"我们为什么要投案?"

"因为你和你的人在舍伍德森林里杀了国王的鹿,"盖伊喊道。"因此我宣布,你罗宾·洛克斯利,财产要没收,还要剁下你的右手,叫你不能再拉弓。"

"不经过审判吗,大管家?"罗宾不敢置信地问道。"你不听声辩,不经询问,就判决吗?"

"审判,农民?"盖伊轻蔑地回答说。"你以为你是什么人?是这领地的贵族,要求审判吗?罪证已经确凿,我以雨戈院长的名义,要对你和你同伙犯罪的人执行法理。别想跟我要审判!"

"法理,你这诺曼强盗?"罗宾驳斥道,"自从理查德国王带领十字军出征后,我们英国就没有法理了,不然像你这种坏人怎么能够骑在诚实人的头上!只要你们这伙人再往前走十步,你们有些人就别想看见明天的阳光!"

盖伊在马上静坐不动将近一分钟,然后招手叫一名壮勇上前来。那个壮勇用盾牌防护着自己的头和胸,生怕被箭射中。

"给我朝那高个子罪犯射他一两箭,打开一条通到洛克斯利庄宅的路,"盖伊轻声命令着。

这壮勇走回队里,闪在别人的盾牌后面把一支箭搭在弓上,嗖的一声,把一支羽箭出其不意地射了出去。一个靠后站在罗宾和斯卡雷中间的农奴没吱一声就倒下了,箭头正射中他的脑子。目不转睛地看着盖伊的罗宾瞧见了这一切。

"开始流血啦!"他喊道,"现在你可要提防好,盖伊·吉斯本!你要过来就是死!"

随着这喊声,一支箭从他的弓上射出,在空中吱溜溜发出颤声,直射到盖伊·吉斯本头盔的舌檐上。它射得好有劲啊,把盖伊震得头晕目眩,几乎从马上栽下来,头一支箭刚落,第二支箭接着穿进那射死农奴的弩手的脖子,他立即倒下了,一片鲜血喷溅在雪地上。

"现在咱们要是被他们捉住就是死路一条,"罗宾对他的手下人说,"因此狠狠地射多多地射吧,顶好射穿铁甲!可是马奇,这不是你的事,你跑开吧。"

马奇说:"只要一满桶啤酒能撒腿跑开,我也就能跑开。好大爷,这里有了乌七八糟的事,我不能看着不管。"说完,他一松弓,一支箭轻响着飞出,落到一个壮勇的盾牌上,徒劳无功地滑下来。另有七支箭在空中唱着歌似地飞,一支找到了一个壮勇的脑袋,另一支穿过了一个壮勇的腿肚子,他坐在雪上嚎叫着把箭从伤口里拔出来。

"结果了三个啦,而洛克斯利还是安然无恙,"罗宾说。战斗一开了头,他倒冷静下来了。这时一个壮勇正拿着弓瞄他,他发一支响箭射中那人的手腕,箭从肉里直穿到肘部。那人转身就跑,一路嚎叫。"四个啦!"罗宾喊道。"大管家,我们的欢迎仪式怎么样?你还没拿到我的右手,可是总算尝了一点它的滋味了吧!"

他用全力朝盖伊的头盔又射出一箭,那里第一支箭头还没有拔下呢。这支箭射得稍高,打在头盔的钢上,虽然不能刺穿它,震力却很大,把盖伊·吉斯本打得昏昏沉沉一头栽到雪里。正当他躺着的时候,突然从罗宾身后飞跃出一堆破烂布条,奔向对方,发出一声尖叫。原来是傻子西博德愤怒地扑到看林人赫伯特的身上了。

"这一刀,是为了我挨饿的妻子!"西博德叫着,"这一刀,是为了你把我的孩子赶进冰天雪地!"他用杀鹿的刀狠刺了两下。赫伯特虽然倒下,奄奄一息,却还能拔出自己的匕首刺进西博德的胸膛,使西博德也倒在那个奉盖伊的命令把他撵出茅屋的人的尸体上。

盖伊的队伍里有一个高个子壮汉,他看见主人倒下,立即拔剑护卫,于是盖伊又爬了起来,拔出剑,他们两个就领头向庄宅挺进。这时站在庄宅暗影下的,除两人已被射死外,还有七人没受伤。可是盖伊一伙人离他们还有三十码远,面对的又是英国最精良的射手,而且在深雪里走路非常笨重吃力,所以结果只有他们两人能走上前来;其余的,三个受重伤,坐在雪地里用盾牌保护自己,其他人都倒毙了。

盖伊·吉斯本倚仗穿着厚盔甲,继续和他的那个壮勇前进。这时磨坊主的儿子马奇跑过来,拿铁头木棍朝那个壮勇的头上一扫,把他打昏了。罗宾手拿着剑等盖伊·吉斯本走近,斯卡雷和农奴们都围上前来观战。

这场战斗只可能有一个结果,因为盖伊·吉斯本身披重甲,加以他刚被罗宾的箭打得头晕目眩,动作很迟钝,而罗宾却可以绕着他,随心所欲地要打哪里就打哪里。终于他举起剑来,重重砍到头盔上,把剑都劈断了。看着盖伊摇摇晃晃要栽倒时,罗宾就扔掉手中已无用处的剑柄,把盖伊的剑从他无力的手中夺了过来。

"现在投降吧——向我的法理投降吧,大管家!"罗宾命令道。

"绝不!"盖伊咬牙切齿地说。

"捉住他,斯卡雷。"罗宾说,"来,农奴们,把他捆得结结实实的,现在该和他算账了。"

他们捆人时,罗宾走开去牵盖伊骑的花毛马。等到他把马牵来时,盖伊已成了俘虏,并且正在用最脏的话骂人。

"住嘴!"罗宾对他吼道,"难道正直的农奴能容忍你这种人弄脏他们的耳朵!凭十字架发誓,大管家,你的死期就在眼前了。"

"杀掉我算了,"盖伊说,"与其受辱,不如就死。"

"这可不成,"罗宾说,"因为今天杀得够多了,受辱却还不够。听着,大管家!这场杀伤使我变成了法外的人,连这些效忠我的可怜人都是——这一点我很清楚。雨戈院长一定很高兴有了借口,可是我想在他悬赏捉我以前,顶好给他送一个信差去报告今天发生的事。斯卡雷,把他放在马上,让他脸朝着马尾巴。"

他们照此吩咐办理。斯卡雷和农奴们用尽力气把这个挣扎乱踢的大管家抬到马上,然后再弄来一些绳子,磨坊主儿子马奇把盖伊的双脚紧紧绑在马肚子下面,使他无法动脚下马。

"好吧,大管家,"罗宾说,"现在你就这样骑着马去见雨戈院长,或者先回你的石头堡也行,随你便吧。但你要告诉雨戈院长,从今天起,他可以夺去洛克斯利田庄,给圣玛丽修道院里那些戴教士头巾的肥贼们使用。还要告诉他,他和他的下属要为这田庄付出代价,因为从今天起,我对他和他的所有同党宣战,当然也对从石墙里面出来残害诚实人的你和你的一伙宣战。"

"诚实,哼!"盖伊粗野地咆哮着。

"啊,"罗宾说,"这个字使你恼怒了,因为你和诚实是水火不相容的。我要明白告诉你和你的院长:对你们这些把妇女儿童逼得饥寒交迫的暴虐者,我是要算账的。斯卡雷,给他一手抓一根缰绳,让他走吧。"

这时罗宾捡起大管家的剑照马身一拍,盖伊就骑马走了,不过是面朝着他们,嘴里还不断地用雨戈院长将要报复等话来高声恫吓,直到他在黑暗中消失,声音听不到为止。

"好吧,"罗宾说,"现在我们有不少事要干。先把这些为我们战死的自己人埋起来,但把盖伊的人留下,他再来时自会料理。"

这件事做完以后,罗宾把手下人都集合在宽敞的前厅里,摆出啤酒和肉,在一盏微弱的烛光下对他们说:

"天一亮盖伊就会再来。如果被抓住的话,单单为了今天的事,我们每个人都要受刑和挨绞。"

"我们将追随你,主人,"斯卡雷说。

"啊,可不是在绞刑架上。"罗宾回答。"至于我,我要到舍伍德森林深处去,叫人无法跟踪找到我们。那是一种自由的生活,开阔的生活啊,小伙子们!有的是树木,可供生火取暖,只要打来野味,就可以烤肉吃。要和那些榨尽我们血汗的人作对,他们只要我们拼命干活,好把他们在安适中养得肥肥的——谁愿意跟我走?"

"我,"斯卡雷和马奇同时说,接着其他人也都答了声。最初一共只有九个人要跟罗宾·洛克斯利到森林里去,可是,他知道他们都是勇敢的人。

"我谢谢你们,朋友,"他说,"我们将寻求比在这里过得更好的生活。现在就尽可能带着我们所需要的东西走吧。这个化雪天会化去我们的脚印。现在,马奇,你先把瓦尔塞奥夫这孩子领到你爸爸的磨坊去,好在那里受到照顾。"

时到午夜,洛克斯利庄宅已经空无一人了。

第 三 章

罗宾怎样和郡长同桌吃饭

罗宾·洛克斯利是在三月中旬,进入舍伍德森林的,那时他还没有以"罗宾汉"遐迩闻名。他知道自己一定会被悬赏缉拿,不只因为他杀了盖伊·吉斯本的壮勇,另外更因为他使盖伊本人受尽羞辱。当时没有人比他更熟悉这片林野了,他带领着九个人来到一个峡谷的林间空地,那里有一个山洞可以居住,还有一条溪水可以饮用。鹿是很多的,不愁没肉吃。再加上他们把洛克斯利田庄的储备都带了来,所以他们暂时足可以安乐地过日子。

然而罗宾很清楚,他们不能单靠鹿肉度日,而且他还没忘记他对盖伊·吉斯本说过的诺言,那就是雨戈院长必须为他垂涎的洛克斯利田庄付出代价。因此罗宾就召集当时仅有的九个伙伴,向他们宣布自己的意图。

"我们全是自由人了,"他说,"如果说我要你们服从我,那也是为了你们的自身利益。在我们中间没有农奴,也永远不会再有了。现在你们应该注意,快乐的伙伴们,不要伤害自由农民,不要伤害那些庄稼汉,或者那些对穷人厚道的骑士或乡绅。至于那些剥削穷哥们的主教和院长,还有那些郡长警官,他们不但捆人打人,还割人耳朵和施用酷刑,所有这些人,你们都要削减他们的不义之财。不过,凭圣母起誓,你们可不要欺侮妇女。"

这就是罗宾对他一伙人订下的约法。第二天,他和伙伴们就在通向诺丁汉的大道旁边埋伏下来,那时正有纽瓦克大修道院的副院长带着六个修士牵着驮骡走过,而随行的卫兵只有两人。这两个卫兵一看见有九个态度坚定的弓箭手和一个戴兜帽的人站在那里——罗宾常以兜帽蒙面,因此被称为罗宾汉[①]——立刻就拨马逃跑,所以

---

① "汉"是 Hood(兜帽)的汉语方言译音,"罗宾汉"意即戴兜帽的罗宾。

没有发生战斗。可是他们却留下了两小桶美酒和400金马克,这是副院长从领地上收来的租金,还有成捆的棕色棉布和许多袋优质白面粉,全都由罗宾一一点收了。副院长和修士们这时被牵骡的绳子捆着,站在一边。

"真是个精明人啊,这个副院长,"罗宾说,"即使早通知他我们缺什么,他也不会置办得更好呢。"

"你这蒙面歹徒!"副院长咆哮道,"你怎么胆敢抢劫教会的东西!"

"说得对,副院长,"罗宾说,"我就是要抢那玷污修道院的肥贼和一切像你这样的家伙。现在我们要把你们一伙人都捆在骡子上,每人留出一只手可以自由使唤骡子回家,一到家里你就可以报告有个罗宾汉开始统治舍伍德森林,并且和一切压迫穷人的人为敌。"

憋着一肚子气的副院长和修士们垂头丧气地回到纽瓦克去,这时,罗宾和他的一伙人则兴高采烈地带着战利品回到森林里。从那一天起,这位杰出的亡命徒就以"罗宾汉"扬名天下了。

不过,他们潜伏在森林深处,得不到外界的消息,于是罗宾决定自己出去探听一下。春天还刚开始。罗宾走在从曼斯菲尔德村到诺丁汉市镇的小路上,遇见曼斯菲尔德村的陶器贩子,他正推着一车碗碟要到诺丁汉去贩卖。

"卖碗的,你好,"罗宾说,"你这一车货不少啊。"

"够多的,"小贩回了一句,继续赶车。但罗宾挡在道中间,使马不得不停住。

"让开,伙计,"小贩说,"不然我要轧上你啦。"

"别这样,卖碗的,"罗宾说,"咱们谈一宗买卖好不好。我需要你的马车和陶器。我想当一天卖碗碟的,到诺丁汉去见识见识。"

"现在我可要倾家荡产了,"小贩说,因为他看见斯卡雷等几个人隐伏在道旁,知道自己碰上了亡命徒。"如果我失去这车子和马——"

"你不会由于我而失去什么,"罗宾说,"把你这一车陶器都卖给我,就照你在诺丁汉要的价钱付给你,另外再给你两个金马克作为马车的押金。可是也要把你这一身带陶土灰的衣服借我穿一下,省得

213

诺丁汉的人们认出我是罗宾汉来。"

"罗宾汉?"小贩吃了一惊。"你就是带了五十条汉子劫过纽瓦克副院长的人?"

"五十个人吗,"罗宾说,"没有那回事。不过等副院长再把那次经历多说几遍,就要变成一百人了。可是你就借给我这马车和衣服吧,不借可不成。"

小贩对两个金马克和陶器的售价很满意,于是成了交。罗宾赶车去诺丁汉,把陶器贩子交给手下人,待他回来再放走。到了市场上,他把自己的货物照平时的价格减半出售,妇女们把这廉价消息一传开,他的便宜货很快就卖光了。但他留下十几个大盘子大碟子,那是他这一车货中的上等货。

市场对面,耸立着一所大房子,那是圣玛丽修道院院长雨戈·雷诺特的弟弟、诺丁汉郡长罗伯特·雷诺特的住宅。罗宾把盘子装在篮子里,走过市场,敲了敲郡长的门。一个女仆立刻走出来。

"在你们这市场生意做得不错,"罗宾躬身说,"我特地拿这点薄礼来送给雷诺特太太,要是太太肯赏脸的话。"

"是你送礼吗?"女仆问。

罗宾点点头。"是我,曼斯菲尔德的陶器贩子,"他说,然后留下篮子,走回他的车旁等着。

稍过一会儿,那女仆走过广场,到车子旁对他说:

"好贩子,我的主人说你的礼物送得好,我们正缺盘子哩,他要你进宅去吃一顿肉。"

"很乐意,"罗宾说,"要是有肉又有啤酒那就更好了,叫卖碗碟可是口干舌燥的活儿。"

他跟着女仆走进雷诺特的宅子。他很清楚,若是主人猜想到他是谁,定会把他吊起几码高的。他们让他坐在长桌的下首,和雷诺特的差役们在一起,把他的餐盘堆满吃的,旁边还摆着一大牛角杯啤酒。过一会儿,雷诺特和他的妻子和朋友们都来了,坐在桌子上首,谈着话,这正是罗宾所盼望的。

"四十个金马克呢,"郡长说,"今天号丁就要在全镇宣告。"

"四十个?"他的一个朋友说,"对任何人头,这都是个高价。"

"可这是一个危险的家伙,"郡长解释道,"他亲手杀了盖伊·吉斯本的七个壮勇,还把盖伊弄得让人耻笑。他又带领七十多手下人把纽瓦克的副院长劫得精光。"

"好啊,现在又由五十人变成七十人了,"罗宾心中暗说。

"真是个危险的歹徒!"郡长太太说,"但愿他别来到诺丁汉。"

"让他来吧!"雷诺特喊道,"我要亲手抓住他,把四十马克奖金给你一半买新衣服穿。"

"可是你能抓得着吗?"罗宾心里暗笑。

郡长继续说:"今天就要在诺丁汉街上宣告,宣布他是喂狼的人,是通缉犯,谁看见都可以抓住他,杀他,只要证实是他,无论是死是活,都能得到四十马克奖赏。我们这个好地方非除掉这种败类不可。"

罗宾吃饱了,便从位子上站起,走到郡长前面,深深一鞠躬。

"多谢您的好饭食,郡长大人,"他说,"我现在要回去干我的行当了。"

"你是谁?跟班的?你干的是什么行当?"郡长傲慢地问。

"我相信您尊贵的夫人会喜爱我的碗碟,"罗宾说,所答非所问。

"啊哈!"雷诺特说,"原来是我们的陶器贩子!卖碗碟的,你的盘子真不错,我想你在我的饭桌上吃得好吧?现在你要去哪儿?"

"回曼斯菲尔德去做碗碟,因为存货都卖光了,"罗宾回答。

"那你就一路小心吧,"郡长告诫他,"因为在舍伍德森林出现了一个极凶恶的强盗,他要是碰上你,就要抢去你的所有银角子。我们已经悬赏四十金马克捉拿他,盖伊·吉斯本也正在集合人马,要在下星期去搜索森林,把他铲除掉。如果你得到他的消息,这里就能赏你一个银马克。"

"郡长大人,"罗宾态度卑恭地说,"如果我能挣到那个银马克,我当然会来报信。不过我是个爱和平的人,和这个通缉犯走不上一条道。我祝您日安。"

"祝你日安,陶器贩子,谢谢你的盘子,"郡长太太说。罗宾向她鞠了一躬便走出房子。

第 四 章

小约翰的铁头木棍

罗宾赶车离开诺丁汉。他知道必须把伙伴们迁进舍伍德森林的深处,因为盖伊·吉斯本就要来追捕他们,他也知道任何人都可以杀掉他而得到四十个金马克,这在当时确是一大笔财富。可是他仍旧轻松地吹着口哨赶车,因为他知道在舍伍德森林里是安全的。至于他被通缉,那在他把洛克斯利田庄留下准备让雨戈院长来占据时,就已经预料到了。

他在预定地点找到了陶器贩子,归还他的马车和衣服,然后叫威尔·斯卡雷带领弟兄们回到森林里去,他自己拿着弓和从盖伊·吉斯本手里俘获的剑,独自走向他的洛克斯利田庄去再看一眼。他在午后到了那里,看到盖伊的庄稼汉们已在播种他原来想要播种的大麦,因为春天来得很快,树木已经开始披上春装了。

他看着这一切,并且想到通缉自己的悬赏,心里再一次念着对盖伊说过的话:雨戈院长必须对这田庄付出全部代价,还有所有那些用别人的贫困来养肥自己的院长和权贵们也不例外。从此只有绿林是他的家,他知道他再也回不了洛克斯利田庄了。

他回身沿着一条小道向森林走去。下了林坡是一条小溪,溪上有一棵砍倒的树搭成的桥。他走近桥边时,对面正走来一个大高个儿手拿一根粗大橡木做的铁头木棍①。他和罗宾一样,想快步抢先过桥。他们同时踏上桥的两头,谁也不肯退下去。

"退回去!"大高个儿说,"退回去,小个儿,给我让开路,除非你想在河里洗个澡。"

"且慢,"罗宾说,"也许是我自己想替别人洗个澡,使他浑身

---

① 古时英国公民用的一种武器,五至七英尺长。

湿透。"

大高个儿把他那根沉重的铁头木棍在罗宾的鼻子前面一晃。"退回去!不然我可要打伤你啦。"

但罗宾拿箭搭上了弓。大高个儿同时举起了木棍,威胁说:"你要是敢拉弓,这根大棍就砸碎你的头!"

"蠢家伙!"罗宾轻蔑地说,"等不到木棍打到我,这支箭就穿透你的心窝啦。"

大高个儿放下木棍,半倚着它站在桥头。"我碰上了一个胆小鬼,因为我没有弓,"他说,"要是我有弓,我就要教你怎么射箭。"

"我不是胆小鬼,"罗宾说,"我要是有你那根木棍,我就可以教你如何耍棍,那会比你教我射箭教得好多了。"

"那你就去砍一根木棍吧,"大高个儿说,"反正这里有的是树。我在这儿等你,咱们就在桥上打。谁把对手打到水里,谁就先过桥。"

"你这人倒是好样的,"罗宾说,"我喜欢这种人。你在这里等着,大伙计,你还要替我看着我的弓。"

他把弓箭放在桥头上。这时大高个儿也坐了下来,脸带微笑,因为他发现了一个像自己一样的好汉。罗宾用他的猎刀砍下一根大木棍,去掉枝杈,拿了回来。大高个儿站起来,于是开始了交手。

大高个儿从对手的态度看,知道他也不是好惹的,所以开始时很谨慎,先试探罗宾的棍法如何。这很快就发现了,因为交手不到一分钟,罗宾就横扫他肩膀一棍,把他激怒起来,随后两人便都躲闪防护对方的攻击,只闻抢棒在空中的嗡嗡响声。大高个儿灵巧地躲闪着袭击,在桥上不断跳跃,险些落到水里。

"加把劲儿吧,精小子,"他叫道,"教练课才刚刚开始。你防守得不错,可是我也刚开始熟悉你这一套。小心你的头!"

呼的一棍,擦过罗宾的耳朵,罗宾反扫一棍,又被大高个儿用棍接住,两棍乒乒乓乓打了一阵。罗宾退后一步,大高个儿又用棍朝他的脚扫去,罗宾急忙跳起。这时两人都已气喘吁吁,因为交手快速而猛烈。

"停手吧!"罗宾喊道,并后退一步。大高个儿身靠着木棍,也在舒一口气。

"我也正想喊停手哩,"他说,"凭良心说,这倒真是一场好交手。不过我绝不让你先过桥。"

"那么接着打,"罗宾说。于是他们又打起来。

攻、防、躲、劈了好一阵。仍不分胜负。接着罗宾朝大高个儿猛力打下一棍,若是稍差的对手定会被砸碎头骨。

"接受了这一击,"罗宾说,"你就得让我先过桥了。"

"别想!"大高个儿咆哮着,挥舞大棍,又奔上来。尽管他的头被罗宾一棍震得嗡嗡响,却巧妙地躲过另一击,接着猛扫罗宾脚部,罗宾站不稳,扑通跌落溪中,水花四溅。

"啊,"大高个儿高兴地说,"现在我先过桥了。可你跑到哪里去啦?"

"我在这儿,跟着水漂游哩,"罗宾在水里回答,同时手抓住木桥向上蹿。大高个儿弯腰把一只手伸给他,看着他那湿淋淋的样子哈哈大笑起来。接着他们并肩坐在桥上。

"大高个儿,"罗宾说,"我从没有见过像你这样使棍的高手。我承认你使得最好。"

"这场交手打得真痛快,"大高个儿说,"要是每天能碰上这样一个对手就好了,可惜好汉不多。等哪天你身上不湿的时候,咱们比比弓箭——当然是射靶子,不是面对面。"

"好啊,"罗宾回答,"但人们怎样叫你呢,大高个儿?"

"叫我?"大高个儿说,"每回有好饭食,人们总是晚叫我,所以我常挨饿。我名叫约翰·曼斯菲尔德,因为我是曼斯菲尔德村人。"

"你在这森林里干什么?"罗宾追问。

"躲藏呀,"约翰说。"我是村里拉尔夫家的人。有一天早上我醒晚了,主人拉尔夫可凶啦,他要抽我四十鞭子,可是我夺过鞭子,把要打我的人给打昏了,然后,当然只有一跑了事。"

"原来如此!"罗宾说,"这又是一个像盖伊·吉斯本的家伙。"

约翰大笑道:"他们真像是一个模子做出来的。听说,有一个叫罗宾的人把盖伊捉住,还把他脸朝马屁股捆着,以后他被通缉,逃到森林里去了。"

"人们这么说,是吗?"罗宾微笑着问。

"是啊。就是这个罗宾,不久以后带着一帮人又劫了纽瓦克的胖子副院长。听来他准是个真正的好人,正顺我的意,有可能我就要加入他一伙。"

"为什么呢?"罗宾问。

"我要把手放在他手里,做他的手下人,"约翰说。"你知道,弓箭手,我使铁头木棍比谁都不差,可是人不能光靠耍铁头木棍生活呀,这个森林里若没有伙伴可不是个安身所在。"

"那就把你的手放在我的手里吧,"罗宾说,并且伸出手来。

大高个儿端详着他。

"来吧,"罗宾说,"在我们那僻静的地方,还剩下纽瓦克副院长的一小桶美酒,还有精美的白面包就着鹿肉吃。我想起来了,威尔·斯卡雷昨天还射了一只野猪——肥嫩的猪肉,约翰,烤得刚好酥脆呢。"

"你——你就是那个罗宾?"约翰惊诧地问。

罗宾大笑道:"而且需要些好帮手哪。我说,小不点儿,怎么样?你要把手放在我的手里吗?现在机会来了,你可要入伙?"

"当然愿意,现在就入,"约翰说,"不说别的,光是酥脆的烤猪肉就替我决定了。还有那桶美酒。罗宾,让我们一起到你收藏这些好东西的地方去互敬一杯酒吧,因为在我们这场激烈交手以后,别看你的外面全湿透了,你的肚子里一定很干。也许我们吃完了猪肉,还能有半条鹿腿给我当零食吃吧。"

"半条鹿腿?"罗宾应声说,"伙计,你是不是要我的伙伴们为了把你喂饱,日日夜夜去打猎?"

"好罗宾,如果我来当你的帮手,我是会挣出我自己的给养的,这你可以放心,"约翰说。

罗宾严肃地点点头。他说:"那样的时候会来的。这个星期以内,盖伊·吉斯本就要带着人马来搜林,追捕我。这里绝不会过舒服的日子,我告诉你。"

约翰说:"只要给我一张好弓,让我吃饱了,我就能和你的头号射手顶住盖伊的人马。可是我们该走啦,罗宾,因为酥脆的烤肉对我的吸引力太大了。"

"那我们就走吧,小约翰·曼斯菲尔德,"罗宾表示同意,"我们要走一英里路才能到那烤猪肉的地方。我看你只有一个半人高,却有大约三个人的食量,我们以后就叫你小约翰。"

于是他们走了。罗宾的伙伴们对这新入伙的朋友表示热诚的欢迎,因为他们已经听罗宾讲了那次桥上的搏斗,特别当他说到如何在木棍的比赛中失败时,他们都大笑起来。这正是使罗宾深孚众望的品质之一,他能愉快地接受失败,并承认击败他的人的技艺,丝毫不怀恶意。

当时在舍伍德森林里,还有许多像约翰一样离开农场主的流浪汉,听说罗宾如何劫了纽瓦克副院长,便去找他想入伙。但他只选择那些最精通武艺的好汉,然后叫这些人发誓遵守他对洛克斯利的九个伙伴所订的约法。尽管这样,他的人数在盖伊·吉斯本带人来搜林时,还是大大增加了。

他的实力虽然还没有达到以后那样的高峰,威名也还没有传得太远,可是乡民们都听到过他如何对待盖伊·吉斯本和副院长,因此没有什么人认为值得去谋取缉拿他的那四十马克悬赏。

第 五 章

盖伊·吉斯本的第一次追捕

在罗宾汉时代,雨戈·雷诺特所主持的富有的圣玛丽修道院坐落在奥勒顿和沃克索普之间。修道院北面不远,有一座俯瞰广大平原的小山,山上耸立着巨大的贝拉姆城堡,这是邪恶的约翰国王手下最邪恶的领主伊桑巴特·贝拉姆的堡寨,他就在这里称霸一方,鱼肉乡民。可是伊桑巴特和院长雨戈达成某种瓜分领地的默契,即雨戈的教会拥有东部和南部的田地,伊桑巴特收租的土地在西北边,直达约克郡的边界。为了这种好处,伊桑巴特在雨戈有困难时就支援他。

从伊桑巴特的父亲(他和伊桑巴特一样坏)时代起,贝拉姆城堡就有个外号叫"魔窟",到罗宾迁入舍伍德森林的时候,它更是恶名远扬。那时人们很少旅行,可是许多人都风闻过它的名字,并且知道谁要是落入伊桑巴特的魔爪,就算是走上绝路,别想生还了。

可是对雨戈院长来说,伊桑巴特是有用处的,所以不管伊桑巴特怎样残害乡民,他和伊桑巴特一向融洽相处。现在,既然发生了罗宾凌辱盖伊·吉斯本和劫掠纽瓦克副院长的事,雨戈院长就唤伊桑巴特来见他和盖伊,商量怎样消灭这个胆大妄为的通缉犯。

这三个人在圣玛丽修道院院长的一间密室里举行了会议。雨戈是个大胖子,经常讲诺曼人的法语,虽然他也懂英语。伊桑巴特呢,是细高个儿,鼻子像鹰钩,两眼闪着凶光,微笑地听着盖伊如何在洛克斯利田庄被罗宾绑在马上的故事。

可是当雨戈说到纽瓦克副院长如何被罗宾汉率领的约一百名匪徒劫夺的时候,他不再微笑了。罗宾的人数,在纽瓦克副院长每重讲一遍这件事时,总要增加一次。

"事情总是这样,"院长说,"只要有一个人敢于起来干点触犯我们的坏事,那些森林里的通缉犯就会围着他转。伊桑巴特爵士,你知道我们修道院的武装人员是很少的。"

"比你们去捉拿这个罗宾·洛克斯利时的原来数目又少了五六名,"伊桑巴特表示同意。

"盖伊这个人认得去舍伍德森林的道路,"院长接着说,"现在我想向你借三十名武装壮勇,和我的人员一起由盖伊率领,趁这个罗宾还没有成为我们的大害之前,就把他铲除了事。"

"要是借给你三十个人,我能得到什么呢?"伊桑巴特问道。

"你能得到在困难时刻为神圣教会出力的荣誉,"院长说。

伊桑巴特狡狯地微微一笑。"那是低廉的报酬,"他说,"好雨戈,自从我的妻子死后,我在贝拉姆古堡里成了单身汉。如果我在这件事上帮你的忙,你应当把由你监护的姑娘玛丽安给我。她虽然现在寄养在柯克里斯女院长那里,但还是你愿意把她给谁就给谁的。"

"哈!"院长说,"你要的报酬可太大了。"

"确是不小,"伊桑巴特说,"因为你想要让玛丽安当修女,然后把她的大量田产添到你圣玛丽修道院的产业上去。可是她当修女未免长得太美了,不如当我的妻子。"

"你要的太多了吧,"院长说。

"就算太多也罢,"伊桑巴特说,"可是如果眼看这个鲁莽的通缉犯就要烧掉你的修道院,那你就会宁愿在他放火以前为我的三十个人付出这个代价了。"

"好吧,"院长匆忙结束说,"等盖伊完成他的任务后,你就领走那个姑娘。咱们一言为定。"

"不能这样成交,"伊桑巴特的态度坚决,"只要我借你三十人给盖伊使用,你就得给我那个姑娘,不管他是不是杀了罗宾。咱们这样成交吧。"

院长盘算着,自己有二十人,加上伊桑巴特的三十人,这支人马就足以轻而易举地把一小撮衣衫褴褛的通缉犯消灭掉,他无妨答应下来。

"好吧,伊桑巴特爵士。你把壮勇交给我的总管去搜林,然后盖伊把玛丽安姑娘护送到你的城堡,在你那里的教堂成婚,由他做证婚人。"

"三天后我把壮勇交给你。"伊桑巴特许诺说。

他们商定的时间,正是罗宾在诺丁汉卖碗碟的那一天。三天后,伊桑巴特实践诺言,派了三十个全副武装的壮勇到盖伊·吉斯本的石头堡去报到。盖伊集合起他的手下人,然后向舍伍德森林出发。

他们带着两天的口粮,估计这次搜捕可能要花些时间。因为在那个时代,舍伍德森林的范围有今天的十倍大,里面满是树丛和阴暗的角落,有可以藏人的洞窟,也有幽深的山谷。据说那里时常有鬼怪和小妖精出现,变成奇形怪状,能使过路人迷失道路,甚至还能把人变为动物形状。那是一个迷信的时代,人们相信任何奇怪的事情,从仙女到毒龙。

罗宾从小就探索过这森林深处的各个角落,当他从远处侦察到盖伊在石堡外集合了多少人时,就决定要大大捉弄他们一番。他现在有三十多个弟兄,都是经过他首肯的,可以不把盖伊的一伙放在眼里;这帮家伙都武装得非常笨重,把他们引进羊肠小道后,很快就会累得筋疲力尽。

太阳刚刚升起,盖伊就领着队伍从石头堡出发了。罗宾和小约翰隐蔽在一旁偷偷窥望。当他们看到队伍即将从那里进入森林时,罗宾便急忙跑到小路的入口处,放下一把不带鞘的剑,剑尖指着盖伊一伙人走来的路。然后他和小约翰又藏起来。

过一会儿,全副武装、拉下脸盔的盖伊骑着马、领着队伍来了。看到草上有一把剑,就叫手下人捡起来。可是,正当一个人弯腰去捡时,森林里面传出一声尖叫。

"放下那把剑! 死人要剑也没用。"

那壮勇被这可怕的尖叫声吓得倒退一步,仿佛那把剑是一条毒蛇。他认为这叫声是林中的妖精发出的。

"把它捡起来呀!"盖伊咆哮道,"难道你害怕声音不成?"

壮勇又弯腰去捡那把剑,刚刚弯腰那声音又喊了:

"碰它就是死——碰它就是死!"

壮勇又吓得缩了回去。"老爷,"他颤抖着说,"我可不敢拿! 那是一把妖剑。"

"你真是个中了妖术的蠢货,"盖伊嚎叫着,"给我牵住马。"

223

他披戴着全身盔甲准备下马去捡那把剑。正当他抬起一条腿要跨过马鞍时,一支长箭从林中嗖地飞出,射中他的头盔侧面,使他稳不住,像一箱铁器似地一头栽到地上。接着他的部下都嚎叫着向回奔跑,因为那把剑在草地上自己动起来了。

盖伊没有受伤,从地上爬起来,呆呆地望着那把移动的剑。突然他看出它是由路边一根引向森林深处的细绳捆着的。他冲上前去抓住剑,扯断绳子。

"骗人的把戏——骗人的把戏!"他喊叫着。"快回到这边来,你们这些蠢货!顺着那根绳子跑,跑到头我们就捉住那个坏蛋了!"

他顺着绳子跑进丛林。哪里知道罗宾却把这根绳子绕在一棵树上,自己躲在小路另一端较高的地方。有十几个壮勇这时惊魂稍定,就跟随主人跑下去。但他们已找不到那根引路的绳子,因为罗宾很快把绳子卷收起来了。

正当他们朝灌木丛东砍西砍,又用剑往树后乱扎的时候,突然树后扬起一片笑声,这种怪声使他们毛骨悚然。

"哈哈哈!哈哈哈哈哈!"笑声在树林里到处回荡,不知来自哪里,也不知是谁发出的。连盖伊·吉斯本也害怕得不断画着十字。

"这是林妖呀,"一个吓坏的人对另外一人说,"现在它们要使我们团团转,弄得我们精疲力竭,最后倒下饿死。在舍伍德要是碰上林妖,谁也跑不掉。"

"住口,蠢货!"盖伊怒冲冲地说,"这全是那恶毒的通缉犯在捉弄我们。只要我骑上马追到他,他就要不了花招了。快回到路上来,大家一块走。"

他把大伙又集合起来,只有两个人除外,因为他们一撒腿跑起来就收不住脚,一口气跑回到圣玛丽的石堡;他们报告说,盖伊·吉斯本和全队壮勇都在舍伍德森林深处被妖精迷住,再也找不回来了。但盖伊还是领着队伍继续沿着小路往前走,壮勇们也振作起精神跟在后面。

他们来到一个两边夹着大树的地方,路非常窄,有一处只能容单人穿过。盖伊先骑马过去,其他人一个接一个地走过去。这里由于大树枝叶蔽天,十分幽暗。正当最后一人等着走过时,突然从树上落下一个绳套,套住他的脖子,把他提了上去。就在被提上去之前,他恐怖地狂叫了一声。

在他前面的那个人看见他突然吊在幽暗的半空中,就向前飞奔。过了两三分钟才有人跑来救他。他们用刀割断吊他的绳子。他跌在草地上,已经吊得半死,一时说不出话来。

"你们来一个人,爬上那棵树!"盖伊叫道,"把那个放吊绳的歹徒给我捉来。快,不然他就跑了!"

可是他们看到的,只是吊绳拴在树枝上,没有人影。到此时为止,除了这个被吊得半死的人以外,他们并没有受到真正的损伤,可是每个人心里都虔诚地祈望自己快离开这个闹妖怪的森林。

这时,在离他们不到五百码远的一片林荫下,罗宾和他的伙伴们正为这一场捉弄笑得肚子疼,因为这样的游戏再投合他们的胃口不过了。

"好,现在到桥边去,"罗宾说,"如果他们往前走,一定会走到那座桥。一切准备好了吧,威尔?"

"早就等着他们哩,罗宾,"威尔·斯卡雷笑着说。

他们穿过树林走到一条小河边,那里有两根树干架在溪上,作为桥身,树干上横排着一些短木,短木上再铺些踩平的小灌木,成为路面。就在这两棵树干的一端,罗宾让人各套上绳子,每条绳子由隐藏在树丛里的十个人拉着,只等罗宾望见盖伊的队伍来时发出号令。

盖伊的壮勇们排队行进,搜索小路两边的每一片树丛,最后来到桥头。这座粗糙的桥蛮结实,经得住他们一起走过。盖伊骑着马走上桥,一面向桥对面的树丛里张望。当他走到桥中间,身边还跟着十多个人的时候,突然一个声音喊道:"拉!"

罗宾的两股人立刻用尽力气拉绳,把作为桥身的两根树干(它们两端下面的泥土早被挖空)朝两旁拉开,一根向上游拉,一根向下游拉,于是横木整个垮了下来,骑着马的盖伊和十几个随从都扑通扑通地跌进深水。如果不是那匹马把盖伊驮回到岸上,穿着重盔甲的他早就被淹死了;随从们在急流中奋力挣扎,除了一个淹死外,其余的总算爬到岸上。

正当盖伊·吉斯本站在岸上冷得发抖和不断咒骂,再也没有桥

225

可以过河的时候,河的对岸闪出三个人来。站在中间的正是罗宾汉,右边是小约翰,左边是威尔·斯卡雷。

"用箭射他们呀,蠢东西!"盖伊浑身湿透,满腔怒火,对手下人喊叫着,"通缉犯就站在那里——你们难道让他安安逸逸地在那里嘲笑你们吗?"

"住嘴!"罗宾喊道,"我的伙伴们已经包围了你们,谁要射出第一箭就是找死!盖伊·吉斯本,你听着,直到现在,我和伙伴们只是和你们闹着玩。要是你们想活着走出舍伍德,就快回到安全的地方去吧,不然我们可要动真格的了。"

"回去?别想!"盖伊叫道,"除非我们绞死了你这个恶棍,叫你们在舍伍德再也不能为非作歹!"

"那你们小心点儿吧,"罗宾回答。"我们限你们在天黑以前撤出森林。如果到那时候还不走,你们就是不要命了。"

"把他们都射死呀!"盖伊叫道,"来,给我一张弓!"

可是他还没有搭上箭,那三个人已经无影无踪了,而在盖伊和他们之间却隔着一条宽阔的河流。整个森林重归寂静与空旷。虽然看不见敌人的影子,盖伊和他的随从们却都觉得他们是被许多无影的眼睛监视着。

第 六 章

盖伊的队伍怎样回家

盖伊把队伍重新集合起来,着实咒骂了他们一通,虽然他倒该骂一骂自己才对。他的罩在盔甲下的身子湿得发抖,对罗宾捉弄他的方式感到十分恼火。他点了一下人数,发现少了三名。

他告诉壮勇们:"这都是因为你们害怕那些本来一见我们的剑就会逃跑的一伙蠢驴。我要你们明白,笨蛋们,那叫你们心惊胆战的,只不过是罗宾汉的鬼把戏,可是现在我们不管他那些诡计啦。去,顺着这河边,找一个可以过河的地方,我们要过河把他揪出来,然后才能退出舍伍德森林。"

他们沿河往返搜寻,但两岸都不见人影,因为罗宾说过,要给他们时间在天黑前撤退,甚至对敌人他也是说话算数的。有一组盖伊的壮勇找到一处水浅可以渡河,他们就涉水过去了,但已十分疲乏,而且饥肠辘辘。这时,罗宾和他的快乐伙伴们正坐在一英里外一片林间空地上,舒舒服服地又吃又喝,只派两人去监视和报告盖伊·吉斯本的行踪。

盖伊一伙人搜索了整个下午,并无所获,因为罗宾一伙人早在他们来到之前就退入树林深处了。夜幕降临时,盖伊一伙人已经跋涉好多英里路,来到一片林间空地。盖伊把人马停住,叫壮勇们吃了带来的干粮,然后布置了十五个人守夜。

"我们决不走出这座林子,除非把罗宾汉一伙人消灭掉,"他告诉他的手下人,"看,他们已经耍不出新花招,在我们面前吓跑了。"

"哈哈哈哈!"附近的林丛里发出了嘲笑声。

他们朝那树丛射出十多支箭,然后细细搜索,可也不见一个人影。

"不过是一只野鸟嘎嘎叫罢了,"盖伊轻蔑地说,"你们真像一窝

227

吓坏了的耗子,尽管你们一伙中真正受到伤害的只有那个自己淹死的人。去吧,在这空地上烧起一大堆篝火,放哨守夜,天已经黑啦。"

壮勇们照办了,有十五个人在空地的四边巡逻,其余的忐忑不安地想睡一觉。正当天已全黑,他们开始蒙眬入睡时,树林里发出一串奇怪的呻吟声,使他们都惊醒心跳。

"妖精出来了,"一个壮勇小声地对另一个说,"现在咱们可完啦。"

另一个说:"听说黑水龙就在这附近闹,吃起人来就跟燕子吞苍蝇一样。你听!"

紧接着呻吟声,是一声怪叫,他们都坐起来抄起武器。怪叫之后,树林各处立刻回荡着妖精的笑声。

"要是我这次能安全走出去,我一定要给圣休伯特神灵献上两根长蜡烛,"一个大个子虔诚地画着十字说。

"住嘴,乡巴佬!"盖伊命令说,虽然他自己的声音也因受惊而发颤。"这不过是那些通缉犯又在捣鬼罢了。"

虽然他也不全信自己的话,但他仍旧躺下来想睡一会儿,因为他浸过水的身子已有些干了。尽管在夜晚凉气里穿着冰冷盔甲有点发抖,他也不敢脱掉,只是摘下头盔。可是后来再也没有怪叫声了,于是他们全部放心睡觉,直到那十五个放哨的回来唤醒另外十五人去换班。

午夜时分,第二批值班的一个放哨者走到盖伊·吉斯本身边,看见他还醒着。

"老爷,"他说,"你看那边——在那林子里!"

盖伊坐起来一看,只见枝叶之间有闪烁的光亮,仿佛远处有火光。他搔一搔脑袋站了起来。

"好,现在,我想我们捉到他们了,"他说。"那一定是罗宾一伙今晚围着一堆火睡觉,以为我们吓得不敢动。快把咱们的人都叫起来,别发出声音,现在就去捉住这个大强盗,把他干掉了事。"

可是他经过重新考虑,把那些带着笨重武器的人留下来,怕他们走在林子里发出响声,过早地把通缉犯们惊动起来。最后他们总共有三十六个人,悄悄地钻进树林,要对睡梦中的罗宾一伙来一个偷袭。

他们在树林中摸黑前进,终于看到一片很大林间空地的中央烧着一大堆篝火,火的那一边,在闪烁的火光下看得不太清楚,仿佛有二十多人在睡着,还有一个人走来走去,像在巡逻——那就是磨坊主的儿子马奇,被罗宾派来执行这个任务。火光过于闪烁不定,无法瞄准他射箭。盖伊把一伙人都集合在空地的边上。他估计,如果趁着这一伙匪徒,除一个以外,都在沉睡时去捉拿,那就很容易在他们拿起武器之前制服他们。

篝火离他们有二十码远,那些睡着的人影大约有三十码远。盖伊把人都集合以后,告诉他们每个人预先都认准一个对手。然后他挥剑跳进林间空地,那就是作为要他们向通缉犯营地冲击的信号。他没有发出喊声,为的是避免惊动睡着的对方。

壮勇们随后都冲出来,他们切望了结在森林深处的这件讨厌的事,好快些回到他们原来的地方去。可是朝篝火才跑了一半路,就一个接一个地哐啷一声都趴在地上了,因为罗宾叫伙伴们在空地上绑好了比膝盖略低的绊脚索。绳子拴在大树上,黑夜里不易看出来。盖伊的壮勇们互相压倒,大声咒骂,有的以为压在身上的是罗宾的人,竟彼此扭打起来。而这时,在篝火旁边睡觉的那些人体还是一动也不动,原来那些都是草扎的人,是罗宾安放在那里引诱敌人的。

可是,正当盖伊的壮勇们绊在绳索上,约有多半人在草地上打滚时,两旁跳出了罗宾和他的弟兄们,手里都拿着大棍子。罗宾猛力一击就把盖伊·吉斯本打昏了,其他人的棍法也都不错。所以等盖伊苏醒过来时,他和他的伙计们已经都像捆好待烹的鸡了。

"现在,斯卡雷,"罗宾说,"你和马奇照看一下这些小公鸡吧,谁敢叫一声,就打昏他。其余的人跟我到他们的营地去。"

他们悄悄进入树林,握着棍子去消灭盖伊的后卫。由于现在他们的人数是三对一,他们很快就把后卫全部俘虏了,自己毫无损失,只是小约翰在和一个家伙交手时被打青了眼圈。他们把十一个俘虏带去和被捆着的盖伊及其主力军合在一起。

"把他们的兵器都堆在草人旁边吧,"罗宾命令说,"把他们的盔甲也扒下来堆在那里。对盖伊的铁甲要特别留心,也许我穿着正合

229

适呢。"

这些都照办了。盖伊·吉斯本恶狠狠地不断咒骂,直到罗宾威胁说,如果不住口,就要绞死他,他才停止。

"好,今夜很暖和,"罗宾说,"好衣服在舍伍德是不多见的。把他们的衣服都扒下来,只留一件衬衣吧。小约翰、斯卡雷和马奇,你们拿起弓来和我一起去,谁抗拒就射倒谁。"

被解除武装的壮勇们早已无心抵抗了,他们四十七人沮丧地站在那里只穿着衬衣,两手反剪着。罗宾拿着剑走到盖伊·吉斯本的跟前。

"总管家,"他严厉地说,"我很清楚,要是你处在我们的地位,你早就把我们每一个人都绞死了。我把你们一伙人捉住,是要你和你那傲慢的院长明白谁是舍伍德森林的主人。我告诉你,如果他再派你来惹我,我就要走出林子,给你颜色看,把你的石头堡烧掉。我没有要你们一条命,也没有伤害谁,除了一点:你们在走回家门以前,脚可能会疼的。你们去吧,回到派你们来的主人那里去,向他们说一说罗宾汉在舍伍德森林里怎样接待你们一伙人。"

就这样,四十七个败兵,两手反剪,全身只穿一件衬衣,又乏又饿地拖着出血的脚,在黎明时分走出了舍伍德森林。有的跟着盖伊·吉斯本走回石头堡,有的直接回到圣玛丽修道院去吃饭穿衣,还有的到"魔窟"去见伊桑巴特·贝拉姆,告诉他这个统治舍伍德的罗宾汉是怎样一个人。

据说雨戈院长大发雷霆,伊桑巴特痛骂他的手下人,骂到脸色发青;盖伊·吉斯本则躲在石头堡里养脚伤,对那一夜的事闭口不谈。不过,从南方的纽瓦克直到舍菲尔德,甚至远及约克郡,人们一谈起四十七名壮勇被罗宾汉一伙打得落花流水,狼狈得只剩一件衬衣,还被捆着走出舍伍德,无不捧腹大笑。

而且,从那以后,就有超出需要的人数来要求参加罗宾快乐的一伙,这使罗宾有可能优选精英。就在那时期,他的队伍增加到一百四十名好汉,每个人都能力敌两人,从此罗宾被人们称为舍伍德之王。

可是雨戈院长和伊桑巴特·贝拉姆却发誓绝不甘休,要伺机报仇。罗宾听到这消息后微笑着说:"他们都是发誓大王。"

第 七 章

罗宾怎样在舍伍德征收过路费

就在盖伊·吉斯本一群败兵穿着衬衣回家的故事传开不久后的一天早晨,罗宾一伙好汉在曼斯菲尔德通往诺丁汉的小道上,看到有一帮人走来,由一个骑士和十几个武装人员保护着一群商旅。自从罗宾进入森林以后,人们都避免行经舍伍德附近,除非是参加了有人保护弱者、保护带有会引起通缉犯注意的货物者的队伍。这帮人里正好有两个人样子像富商,显然要在这骑士和武装人员保护下穿过这条路。

"这可是我们的好生意来了,"罗宾看到这一伙人后说,"小约翰,你带二十人守在这里等他们走过去,我走到前面去堵住,不让他们拐弯。"

客商们骑马走得挺安逸,那骑士还掀起了脸盔,剑也插在鞘内。不料一个雄伟的汉子突然走进路正中,举着弓箭叫他们停下来。此人正是罗宾,他的手下人在路两旁一字排开。

商人、随从以及武装人员们不禁惊叫一声,立刻站住,然而骑士的气魄究竟不同。他拉下脸盔,拔出利剑,猛踢马刺,就朝罗宾扑来。他依仗自己有盔甲,以为是足够安全的。

罗宾本来可以一箭把马射倒,如果他想这样做的话;可他却放下弓拔出剑来,尽管他身上没有盔甲。骑士满以为一扑过去就能轻而易举地把人捕获,没想到罗宾灵巧地闪开了,用剑身猛拍一下马鼻子。正如罗宾所料,马扬起前蹄,骑士紧抓缰绳也按它不住,终于哐啷一声,翻倒在地,摔得失去知觉,而马却站起来飞奔而去。

这时小道旁边已排满了弓箭手,个个弓箭上弦,准备射杀胆敢反抗的。一个商人早已跪在道旁,向他所能想起的每一个圣徒许愿,只要能平安离开这伙歹徒,他必将敬献蜡烛。

"放下你们的武器吧!不然就是找死!"罗宾对武装人员们喊话。

武装人员看到对方人数和自己相比是六对一还多,只好乖乖地放下武器。他们被成双绑在一起,排列在道旁。那些驮着商人货物的骡子则由罗宾的快活伙伴们翻检着。

"啊,林肯镇的上好绿布!"马奇叫道,"这里还有一对大银烛台藏在布匹里。"

"好汉,请把那对烛台留给我吧,"一个比较老而胖的商人哀求道,"那是送给诺丁汉郡长的太太的。要是没有这东西给他,他就要剥我的皮了。"

"给你剥下一两层肥肉也不坏呀,"罗宾说,"不过,如果你想赎走这对烛台,拿出十个金马克就可以给你。"

"十个金马克?"商人吓了一跳说,"我那驮包里总共也不过这许多钱。"

"是这样!"罗宾平静地说。他转向另一个商人问:"好生意人,你带着多少钱?"

"总共十五个金马克,"那商人回答,"其余的我都花在这些货上了。"

罗宾转身命令说:"小约翰,斯卡雷,你们搜查一下这两个人,让我们瞧瞧到底怎样。"

他们翻了一遍,发现那个承认有十五马克的商人说了实话,而那个说只有十马克的商人,小约翰却从他的包里掏出四十金马克,拿来给罗宾看。

"留下它,"罗宾说,"把它放进我们的财库里。连他的银烛台也拿过来,因为这家伙是个可怜的说谎的人。把他绑在骡子上赶他走,咱们不收留撒谎的。可是这另一位,把十五个马克还给他好了,咱们留他吃一顿饭,然后送他上路,财货都不要动。"

"罗宾!"马奇从树丛里喊道,"骑士醒过来啦,还说要把我绞死哩。"

"捆住他的双手,带着他跟我们走。"罗宾下令说,"他是个没礼貌的骑士,我也许可以教他一点礼貌。"

那些武装人员在其武器和盔甲都被卸光后,又上路了。那说谎的商人被捆在骡子上,小约翰狠狠敲一下骡屁股,骡子便跟在武装人员后面跑下去了。这时罗宾转向那年轻的商人,他正站在旁边心里充满疑虑。

"现在,先生,"罗宾说,"你和我们吃饭去吧,在饭桌上我们再决定你该交多少过路费。马奇,你带着那个骑士,咱们走吧。"

他带着那个纳闷的商人走进森林,穿过林野、峡谷和成排的橡树,这些橡树在黑斯廷斯战役时代就已经是古树了。最后他们来到一个宽阔的深谷。通往这个深谷的,只有沿着悬崖的一条弯弯曲曲的羊肠小道。谷底,有一条清澈的小溪,沿岸盖有若干结实的木屋,远处是一些练习射箭的靶子。当他们走下山径时,商人看到一些洞口,有一个洞口还闪着灯光,表明有人住在山洞里面。

"的确是一个奇妙的堡垒啊,逍遥法外的人,"商人说,"我想外人是很难进来的。"

"每条路都通向外面,"罗宾回答,"可是只要我把这只号角吹出某种声调,条条通道就都关闭了,任你找上一年也找不到这里,尽管这是个不小的地方。你看,这骑士的两眼是蒙着的。"

商人回头一看,果然如此。接着,罗宾把号角吹出一个短声,从木屋里立刻走出四十多人来迎接他们的首领,看看给他们带来了什么。空气中飘着烹煮食物的香味,商人贪婪地吸进这味道。

"现在,"他说,"要是我能肯定我的货物丢不了,我倒很有兴致在这里好好吃一顿哩。"

"肯定?"罗宾逼问道,"生意人,你说的'肯定'是什么意思?罗宾汉已经答应不动你的财货了,任何认识我的人都绝不会怀疑我的话。"

"可是罗宾汉亲自对我说过,我得交过路费哪。"商人提醒他。

罗宾笑起来。"那只是一点点——一点点啊,"他说。"我们已经有了四十金马克和少有的一大批货物,更别说还有一对好银烛台了;今天有了这么些收获,我们对一个肯说实话的诚实商人就可以从轻发落了。"

"求您高抬贵手,"商人还不十分放心。

罗宾转向马奇:"给那个骑士解开蒙眼布吧,问他要不要跟我们一块儿吃饭。"

"我决不跟歹徒和奴仆一起吃饭,"骑士傲慢地说,"只要把剑还给我,给我松绑,我可以和你们任何一个比个高低。"

"那我们自己就能吃到更多好东西了,"罗宾安详地说,"好马奇,解开他的遮眼布,摘下他头上的铁锅,把他捆在树上,让他呆在我们饭桌的下风方向,好好闻一闻我们美餐的香味。"

这一切都照办了。这时山谷中的人们拿出大木板,搭在树枝架上,又端来了烤熟的鹿臀肩、野猪腰、兔肉和野鸡肉,都是热气腾腾的,还有白面包和大瓶的啤酒和果酒,商人从没有见过这么出色的酒菜,吃惊地呆望着。

"这酒席足可以招待国王啊,"他说。

"这本来就是国王的酒席,"罗宾回答。"因为我是舍伍德之王,和我同桌吃饭的这些人都是我忠诚的臣民。你是我们的客人,伙计,尽量吃吧。"

于是商人专心地大嚼起来,和通缉犯们共享一顿美餐。坐在他旁边的小约翰吃得尽兴,把身边伸手能拿到的一切都扫光了,不过他也没忘记给客人留下相当的一份。

"现在,"比别人多吃了一倍的小约翰说,"吃了这一顿小吃,我得饿着肚子等晚饭了。无论我在哪里吃饭,我总是要过艰苦生活。"

罗宾把一大瓶啤酒朝大个子推过去。"约翰,喝了它送下你那顿小吃,接着再吃一顿。"

但小约翰摇了摇头。"算了,罗宾,我今天胃口不好。"

"胃口不好?"商人问。"好汉,我从来没见过任何人一次吃下这么多,只有柯克里斯的那个隐居的修道士除外。"

"我听人说过那个修道士,"罗宾说,"他是怎样一个人,好生意人?"

"一个饭量特大的人,据说还是一个快活鬼,"商人答道。"我听说柯克里斯修道院的斋戒太严,他受不了就去当隐士,现在他可以自由自在地大吃大喝了。"

"我有空时想去看看他,"罗宾说,"假如他不喜欢斋戒和忏悔,他倒是顺我心意的人。"

"可是现在我该为这顿饭付出什么呢,快乐的逍遥法外的人的好大王?"

"哦,这个,"罗宾说,"你下次去曼斯菲尔德的时候,可以绕道到磨坊主老马奇家去一趟,告诉他,他的儿子在我这一伙里又安全又快乐,还告诉他小马奇也不像从前那么懒了。"

"这是小事一桩,"商人说。"我保证一星期内就去。"

"但这还不是全部,"罗宾说。"你到磨坊主马奇家的时候,你会看到他抚养着一个名叫瓦尔塞奥夫的孩子。你得给这孩子带一身好衣服去,用林肯镇的绿布缝制的,还得有鞋呀帽子的,都要白白送给他,因为我对这孩子有好感。"

"这我也都乐意照办,"商人承诺道。

"这就是你这顿饭的价钱,"罗宾说。"现在,我们既然已吃好了,就让我们去看看那个坏脾气的骑士怎么样了。"

他领着商人走到马奇把骑士绑住的那棵树前。骑士怒目而视,一言不发。

他身材矮小,面色苍白,有一副诺曼人的面孔,薄嘴唇,眼睛小而深陷。在看到通缉犯来到跟前时,他满脸是凶残的表情。

"人们怎么称呼你呢,骑士?"罗宾问。

"我不和歹徒交谈,"骑士斩钉截铁地说。

罗宾转脸问商人:"好先生,这个诺曼混蛋叫什么?"

"他叫罗杰·格兰,"商人回答说。

"哦,"罗宾点点头。"从他的面相我也该看得出来,他就是'恶煞罗杰',是伊桑巴特·贝拉姆的魔窟里的一个打手。就是他,亲手把两个农奴的眼睛挖出来,只因他们捉了伊桑巴特田里的一只兔子,听说他还杀害了一个妇女——"

"确实杀害过,"磨坊主的儿子马奇说,"她是我爸爸磨坊的雇工的妻子,就是这个罗杰杀了她。"

罗宾注视着被绑的骑士,沉思了半响。"他算算计,又骑马又穿着盔甲,一定能把我冲倒,因为我没有盔甲,只有一把剑自卫。这可不是骑士的风度呀。虽然大队人马混战时,他可以任意冲杀,可是在两个人战斗时,彼此就应该平等交锋。小约翰,你说说,我们要绞死他吗?"

"你怎么敢绞死一个堂堂的骑士,"罗杰轻蔑地说。

"怎么敢?"罗宾冒了火。"呸!你这只诺曼猪,真给你的金马刺丢脸!在整个舍伍德,没有人在对罗宾汉说了'怎么敢'以后,还能轻易走开的。来呀,马奇,还有你,斯卡雷,解开这个诺曼畜生,扒下他的盔甲。小约翰,你叫四个壮汉来按住他,再叫两个人砍一些好柳枝来。"

这一切都照办了。四个人按住恶煞罗杰,把他的衣服剥光,只剩下内衣,然后罗宾指着森林小径对罗杰说:

"不想把你吊死在这里,怕弄脏我们的家。这四个人把你蒙着眼送出舍伍德,还有两个人拿着柳枝跟在你后面。你每走十步,柳枝就在你背上抽一下,直到你出了森林。你们两人要使劲抽,听见吧!现在轮到你们这伙强盗和压迫穷人的人也尝一尝你们对待别人的滋味了。我现在起个头。把他带走吧。"

恶煞罗杰被抓得紧紧的动弹不得,只好跟着四个壮汉走去;每走十步,那柔韧的柳枝就刺疼而响亮地抽在他背上。他就这样走下去,直到他的背影消失在森林里。

罗宾看了一会,微笑着说:

"他们得走好远一段路呢。等他们走到森林边上,那家伙背上就不会有什么皮了。可是他过些时还会长出新皮,而被他弄瞎的那些人却长不出新眼睛。我真想把他吊死了事。"

这时他转向商人。商人惊呆地看完了这一幕,因为他不能想像任何骑士,不管多么邪恶,竟然会受到这种耻辱。

"朋友,"罗宾说,"你已经美美吃了一顿饭,又看到了一点我们的法理,现在你想要走自己的路了吧。在森林边上,你的财货将完整不缺地在那里归还给你,因为我们不跟诚实人为难;同样,我也希望在我再次去找磨坊主老马奇谈天的时候,能看到瓦尔塞奥夫穿上新衣。"

"他一定会有新衣服的,好罗宾汉,"商人再一次许诺说。

"我想再打听一下那个饭量特大的柯克里斯的修道士,"罗宾说,"如果有机会,我想见见他。"

"他原来是柯克里斯修道院的人,可现在不在那儿了,"商人回答,"他不肯按规矩苦修斋戒,逃过设菲尔德,跑到诺丁汉郡去了。如果你到圣玛丽修道院去,院前有一条小河,你沿着岸边向上走大约三英里路,就会看到那位好修道士,多半是在钓鱼。他可是既会钓又会烹调鲑鱼呢。我听说他也满不在乎地卷起长袍,在月夜里拿着弓去打鹿。"

"啊,倒真是一个少见的隐居修道士!"罗宾说,"一个难能可贵的隐居修道士!我们一伙人有时候也需要有人给办理教堂的仪式。我得找到这位修道士,劝他放弃他的孤独生活。"

他和蔼地和商人道别,派人把他送到森林边上。在那儿,他的财货完好无缺,一如罗宾对他许诺的那样。当小约翰边走边高声唱着一支自以为是歌的歌,而马奇和威尔·斯卡雷为了不让武艺生疏、正在对练铁头木棍的时候,其他伙伴已在林间空地里吃饱喝足,睡得很香了。

237

第 八 章
修士塔克入伙

次日天亮以后不久,罗宾佩剑执弓,带着小约翰和马奇上路,前往寻找商人告诉他们的那个修士。过午时分,他们走到了有浓密树木隐蔽的一个地方,从那里有一条小路通往所说的小河渡口。只见一个身材特别魁梧的人坐在渡口旁的小土丘上,他穿着教士袍,下摆却卷起塞在腰带上;正在嚼着一大块鹿肉饼,身边放着一个大酒壶,这使罗宾等立刻感到口渴起来。

"你们俩就躲在这里别动,"罗宾说,"我要和这个高大修士逗一下,我看他倒是你的好对手呢,小约翰。"

他闪出树丛向修士走去,修士淡漠地看了他一眼,又接着吃。罗宾走到他前面,嗖地抽出剑来,用剑尖指着修士的胸口。

"喂,你!"他粗声喝道,"快起来把我背过河,不然我过河会湿了脚。"

"我的孩子,"修士严肃地说,一点也没有为那剑发慌,"我的午餐摆在河这边。为什么我要到那边去?"

"快起来背我!"罗宾坚持说,"先放下午餐,等我干着脚过了河再说。"

修士叹口气,放下吃了一半的饼。"既然你要这样,就这样吧,"他说,"那你就趴在我背上。"

他弯下腰。罗宾趴在他的背上,但手里小心地攥着剑。修士走进水里,涉水过河。

"这是什么年头啊,"他慨叹道,"一个善良的人碰上什么怕湿脚的歹徒,就得把饭搁下不吃。"

他蹚着河水走过去,河心水深没腰,最后走到对岸。罗宾从他的背上溜下来时,修士转身突然敏捷地一把抓住他,夺去他手里的剑,把他扔到草地上。

"该轮到我骑在你背上啦!"他说,"起来,伙计,背我回去吃饭,不然我要用你的剑把你穿着烤熟!"

罗宾知道他没有办法躲过——这是他自己的花招被用到自己身上了。他弯下腰让修士趴在自己背上,那巨大的体重使得他哼了一声。

"小心点,伙计,"他说,"我那顿饭还在那边等着我,我已经流下口水要把它吃完哩。走下河吧。"

在河岸那边,隐藏在树丛里的斯卡雷和小约翰都哈哈大笑,看着他们的头目走下水去;而修士像座山似地趴在他背上咧着嘴笑。

可是等他们来到岸上,修士拖着笨重的身体要下来时,罗宾猛然弓腰向后一蹦,一下子把修士摔得出不来气,把剑也松手落地。罗宾一个箭步拾起了剑。

"先别吃饭吧,修士,"他说,"把我背过去,而且要认真背,不然我会削掉你的耳朵。"

修士又弯下腰,因为没有其他办法,但这次他看来不太高兴了。他背着罗宾下了水,走着走着,等走到河心时,深深一弯腰,就把罗宾从他的头顶扔进水里。

"你这冒失的无赖,现在你随便泅水或淹死吧,"他说,"我得吃饭去了。"

他走了回来,暗笑着这场把戏。罗宾从水里爬上来,全身滴水,剑入鞘,走到他跟前。

"滚开,坏蛋!"修士说,"不然我要拿一根棍子狠揍你一顿。让我安安静静地吃顿饭。"

"真是个好样的修士,"罗宾说,"告诉我你的姓名。"

"人们叫我修士塔克。你叫什么名字,坏蛋?"

"我叫罗宾·洛克斯利,可是人们更熟悉的称呼是罗宾汉。"

修士跳起来哈哈大笑道:"怎么?难道让我骑在背上的人,就是那个打发盖伊·吉斯本只穿一件衬衣回家的人?就是那个把纽瓦克坏蛋副院长的全部货物都扣下的人?"

"正是他,"罗宾说,"不过我也骑过你的背哩。我说,修士,在舍伍德森林里,像你吃的那种肉多的是,像你那瓶子里的饮料也喝不完。今天我正是出来找你的。"

"你倒是和我一样不太喜欢那些院长和副院长,"修士说,"对于国王的鹿,也和我一样不太尊敬。可是,罗宾,也许你们在舍伍德遵守斋戒禁食日吧?"

"要是你肯加入我们一伙,我们禁食多少天就由你规定,"罗宾说。

"啊,别诱惑我啦,罗宾汉,别诱惑我!我可是个敬神的人。"

"鹿肉啊,修士——我们有上等厚膘的鹿肉,又烹调得好,有时还吃烤天鹅肉和野鸡肉呢。有劲的啤酒随你喝,还有成桶的美酒。来参加我们一伙吧,听说你是个好厨师,我们正需要你。"

"行了,罗宾——我听你的。"修士呵呵一笑说,"有罪的人抵不住你的劝说。"

"那我们一伙就有了牧师了。"罗宾说着,举手做了一个信号,立刻斯卡雷和小约翰都从树林里走出来。修士塔克注视着小约翰的魁梧身材叹了口气。

"好罗宾,"他说,"如果你的一伙人里养着这么一个小娃娃,那我们还得随时带着喂奶瓶才对。"

"要不是看你穿戴教袍和帽罩,修士,"小约翰说,"就凭你这句话,我就要砍下一根木棍来揍烂你的皮。"

"那就砍吧,伙计,我会掀开帽罩,褶起教袍来,"修士提议说,"人们叫我修士塔克,就因为我总是把教袍下摆褶[①]到腰带上,打起架来更方便些。咱们可以打一场,准保没打完你就要求饶了。"

"要打就到我们的林间空地里去打,别在这儿,"罗宾说。"咱们走吧,修士,要是你已准备停当。"

就这样,罗宾汉邀得修士塔克入了伙。据说在整个中部地区,没有人比这位好修士更勇敢更快活了。他能给大家唱歌,又能做一手好菜,需要的时候打仗也打得很出色。

[①] 塔克(Tuck)意指"褶起",这里沿用音译译名。

第 九 章

罗宾怎样赢得银箭

现在罗宾既然已聚起一伙人,他的耳目也就灵通了,凡是在米德兰北部和约克郡地区发生的任何事情,他无不了如指掌。乡下人看到他是维护他们的权益而反对贵族和教会权贵的,所以就向他提供一切他所需要的援助。这时正是约翰伯爵代理他哥哥统治着英国,因为他的哥哥理查德国王被奥地利的卢特波尔徒囚禁在格拉兹古堡里了;王后和王太后正尽力在英国征收重税,以便敛足财款来赎回理查德国王。

约翰虽然害怕他的哥哥回来,却也在帮助征收赎金,并且为此目的来到米德兰各郡巡游。当他来到诺丁汉时,郡长罗伯特·雷诺特为了招待他而准备举行一次比武大会,因为罗伯特是约翰的亲信,得益于约翰的暴政。磨坊主的儿子马奇在探视父亲后带回了比武大会的消息,同时告知罗宾:瓦尔塞奥夫已穿上了新衣。

"那孩子如今成了一只漂亮的小公鸡了,"马奇说,"他穿着林肯镇绿布衣,拿着玩具弓到处欢蹦乱跳,还说长大了要当罗宾汉的部下。那商人给他打扮得不错哩。"

"我很高兴这商人是个诚实人,"罗宾说,"可是诺丁汉的比武大会是怎么回事呢,好马奇?"

"他们要在北城墙根的派克广场上举行,"马奇说,"我爸爸告诉我,已经为骑士准备好了比武场,搭起了栅栏,还要搭一个大平台,给约翰和郡长坐着观看骑士的骑马比武和兵士的比赛。据说骑士要比武两天,还有一天让老百姓进行竞技比赛。"

"总是老一套,"罗宾说,"两天给诺曼贼,一天给约翰治下受劫掠的人民。"

"可是第三天却有很少见的项目呢,"马奇说,"在地面比剑以后,还有射靶比赛,第一名射手的奖品是一只银号角和一支带金羽毛的银箭。"

"好奖品啊,"罗宾沉思着说,"我想郡长的部下休伯特一定希望得到它。"

"他害怕约翰伯爵带来的一个随从,"马奇说,"那是一个叫亨利的斜眼的狡猾家伙——"

"人们叫他亨利,还是叫他斜眼儿,马奇?"小约翰也在注意听着,插嘴问道。

"让你的玩笑见鬼去吧,"马奇在一片笑声里回答。"这亨利是个很有本领的弓箭手。据说能在半英里外射中靶心,如果没有风的话——"

"给他两罐好啤酒,他还会说是在一英里以外呢,"修士塔克说。"再喝上第三罐,也许还会说成是从诺丁汉射到设菲尔德呢。"

"我倒想把那银号角挂在我的肩膀上,把那支银箭放进我的箭袋,"罗宾沉思着说。

"这样干可太危险了,好首领,"小约翰警告他说,"诺丁汉会有许多人很愿意得到郡长为你的头所给的悬赏四十金马克。"

"那里也有许多人愿意保护我,叫我落不到郡长手里,"罗宾说。"小约翰,咱们去拿下那只号角和那支箭吧。近来我们拿到的衣服和盔甲足够把我们几十人化装起来。我要去参加射箭比赛,拿回郡长的奖品。"

他们作了计划,决定哪些人去诺丁汉看罗宾参加比赛,以及他们应该怎样化装。

到了比武那天,派克广场上来了一些全身沾满磨坊面粉的磨坊主,以及穿着罩衫、帽檐拉下遮住眼睛的牲口贩子。还有一个身材高大的乞丐,拄着拐杖一瘸一拐地走,因为小约翰认为他这样化装最好。这些人都观看比剑,而且十分兴高采烈地为获胜者而欢呼。

虽然这已经是比武的第三天,看台上还是光彩夺目地聚集着约翰伯爵、郡长以及骑士和夫人们。广场上挤满了从四面八方来看热闹的人,因为很少机会有这么尊贵的人物来到诺丁汉。击剑比赛结束了,接着箭靶竖起来,人们都拥到栏杆两边来看射箭比赛,大约有六十个高大的汉子站出来等着射箭。

在这些射手里,有一个穿得破破烂烂的老头儿,一脸泥污,戴着一顶破帽子,跟着别人一起来到办事员面前,要求登记名字参加比赛。办事员用怀疑的眼光看着他。

"那是一张好弓,可是我怀疑像你这样一个稻草人似的人怎么有力气拉开它,"办事员说。"不过,第一轮你就会败下来的。你叫什么名字?"

"人们都叫我霍登·班斯代尔,"老头儿颤巍巍地说,一面用衣袖抹着眼睛。"我说,办事长官,我拿起弓来,可不次于他们年轻小伙子哩,尽管你这么说我。"

"吹牛可从来吹不动一支箭,霍登·班斯代尔,"办事员直截了当地说,"如果你是从约克郡的班斯代尔走路来的,你也剩不下力气拉弓了。不过,还是排上队吧,伙计。"

这时,约翰伯爵在那许多壮汉里看到了这个衣衫褴褛的老头儿,便从座上倾身向前,朝比赛场大声嚷起来。

"办事员,"他粗暴地问道,"那个破烂叫花子混在射手里干什么?为什么他会在那里?"

"王爷,"办事员大声回答,"他登记参加射箭,想要赢得银号和银箭哩。"

人群里响过一阵笑声。但老头儿对办事员挥了挥拳头,然后转向皇家的看台。

"大人,"他尖声喊道,"我叫霍登·班斯代尔。我比那些吃牛肉长大的蠢材一点也不差,什么时候也不会含糊。"

"把他赶出去,办事员,"郡长叫道。

"别这样做,"约翰说,"让他射箭吧。如果他的箭射不到靶上,那就用棍子把他打出靶场。"

"别担心,大人,"老头子尖声喊道,"我的箭会找到靶子的。它们是英国箭,就和射穿红威廉的心那支英国箭一样。"

这番话影射到威廉王的被杀,对任何诺曼人都是一种侮辱,特别是对一个想戴上红威廉的王冠的人。约翰再一次向前倾着身子,怒得满脸发青。

"看好那个人,办事员!"他喊叫,"如果最后十二个射手里没有他,你就把他给我带来,我要鞭打这个撒克逊吹牛皮的家伙。"

当天在比赛场的周围有许多撒克逊人,他们都对这种侮辱公开咕哝表示不满,特别是那个拄着拐杖的高大的乞丐。但这时,射手们已排列站着,每次六人,进行初射,赛出一人去争夺大奖。当轮到霍登·班斯代尔的时候,他的箭比其他五人都更接近靶心三英寸。

"碰巧,只不过是碰巧,"办事员生气地说,因为他希望看到老霍登败下来。如今只剩下十二个射手了,其中郡长的手下人休伯特射得最好,约翰的随从亨利数第二,尽管老霍登射得比这两个人都好,但被认为只是碰巧。这时场上立起一个大靶子,这十二个选手要依次每人射一箭,轮射三次,但如果一箭未中靶子,就被淘汰。射箭的距离是一百二十码。

头两个射手都未射中靶子,脸色不快地走开了。接着是休伯特,他把箭射在黑色靶心外六英寸远的地方。另外两个人只射在靶子边上。接着老霍登笑嘻嘻地走到射击位置,随手发出一箭,马虎得好像完全没有瞄准,并在箭还未射到靶子时便转身走开了。

"这是小孩玩艺儿,"他说。

可是从靶子附近的观众里响起一片欢呼声,因为他的箭射中只有半英寸直径的黑色靶心。休伯特狠狠地瞪老头儿一眼,恶意地问道:

"是魔鬼骑着你的箭吗,蠢老头?"

"不,"老霍登说,"魔鬼总躲着英国人的箭,就像你们诺曼人那样。"

休伯特扑过去想要打他,却被自己的两个同伙拉住。"为什么要打乱自己的计划?"他们说,"这个蠢老头不值一打。他那一箭只是赶上好运气罢了,因为他没有瞄准。"

这时又爆发了一场欢呼,因为约翰的弓箭手亨利射出的箭,离老霍登的箭的落点只有八分之一英寸。休伯特恼怒地瞪着老霍登,并等着看其余的射手。

但在第一轮中,再没有其他人射得靠近靶心,而且有三个人没有射中靶身而被淘汰。第二轮比赛只剩下七个人了。老霍登由于在头一轮中名列前茅,在新靶立起后,就首先射箭。他还是和上一次一样随意发了一箭。

"他们应该立个值得一射的靶子,"他转身走开时说,"射那么大的白东西,真像拿石子往池塘里扔。"

在射击场的另一端,观众欢呼得扔起了帽子。"好霍登!好霍登!"他们喊着,因为老头儿的箭又射在黑色靶心上了。等约翰的随从亨利发射后,人群更加欢腾,只见这一箭劈开了霍登的箭。

"伙计,"霍登对亨利说,"像咱们两人这样的弓箭手少见。不管是诺曼人还是英国人,只要能射出这样一箭,这样的人我就喜欢。"

亨利好奇地瞅着老头儿。"我要向你学一两手,霍登师傅,"他答道,"我射的一箭是我最好的一手了,可是你的却只是随随便便一射。"

"以后再说吧,"霍登说,"咱们去看看郡长挑选的那个吹牛家伙射得怎样。"

但休伯特正在咒骂,因为他虽然瞄准了好大一会儿,射出的箭离靶心却还有足足两英寸远。可是当他看到七人中的两人没有射到这次较小的靶子上,又兴高采烈起来。最后决赛只剩下五人,只有霍登和亨利比他射得好。

办事员朝向约翰唱着五个人的名字,约翰向他打了个手势。

"把他们带到我前面来,办事员,"他喊着。

于是,那五个射手并排站在台前,亨利在右首,其次是霍登。约翰对他的部下点点头。

"好好干,亨利,"他吩咐说,"等我发给你银号角时,我要叫人把号角里塞满了银币。"

"大人,"老霍登尖声说,"他还没有得奖哩。要是我胜了他,那银号角是不是也给我塞满银币?"

"哈!你胜了亨利?"约翰嘲笑道。"是啊,要是你能赛过像他那样的射手,我一定把号角里塞满银币。"

"谢谢您,大人。自从一个诺曼贼偷了我的土地以后,我老婆总巴望一件新衣,那银币可以给她置一件上好的衣服。"

"好哇,"约翰又发怒了,"你敢当我们的面说诺曼贼,等亨利赢

245

了你取了号角以后,我就要砍断你的右手。叫他们比赛去吧,办事员,好好监视这个老混蛋,别让他射箭以后跑掉。"

五个人排立在一个更小的靶子前面。亨利凭他上次的精彩表演被评为最优,因此他第一个射击。他的箭离黑色靶心还有半英寸,他焦躁地皱着眉头退下去。接着老霍登把箭射中黑色靶心,引起了欢呼,但还没有射中正中。接着郡长的手下休伯特发射,他的箭也落在黑色靶心里,和老霍登的成绩一样,两箭不分高低。其余两人射的比亨利还差,被淘汰下来。

"大人,"办事员对郡长说,"休伯特和霍登·班斯代尔应继续比赛,因为他们不分胜负。"

"要是他们继续比赛,"坐在郡长身边的约翰说,"那我的人亨利也该赛下去,因为这次他只是偶然没射中黑色靶心。"

谁都知道这违反了一切规则,可是王位的继承人是不允许反驳的。于是,第四个靶子就在一百五十码处树立起来了。休伯特在上一轮射击中被认为最优,便首先发射,却连靶子都没有射中!

"这是风在作怪,风在作怪!"郡长说,"让他再射一次!"

"让他站开,"约翰怕他的人被击败,咆哮道,"只能射一箭,不能再射啦。现在你来射,亨利。"

因此,虽然按比赛规则应轮到老霍登,亨利却站出来,瞄准了好半响才射出。响起一阵小小的掌声,因为他的箭射进了黑色靶心,虽然偏左了不少。

"现在,蠢老头!"约翰对自己随从的这一箭很得意,高声喊着。"站出来射你的最后一箭吧,然后你的手就要掉了。"

霍登毫无惧色,站在射击位置上。这一次,可以看出,他比较小心地瞄准。一支大箭从弓弦上铮然飞出,砰地打在靶子上,人群中又爆发出一阵高声欢呼,因为霍登的箭劈开亨利的箭而落在黑色靶心的正中。老霍登点头笑了笑。

"现在,要用多少银币塞进号角呢?"他问道。

约翰从座位跳起来,走到靶子前,仔细察看了一番,然后走回来。

"这是同等成绩,"他宣布说,"他们还得继续比赛。"他仍然希望自己的人得胜,因此做了不公正的裁决,以便给亨利另一个机会。

"老天哪,"亨利说,"我们还射什么才好呢?除非是有风来作怪,可今天又没有风,否则我们总也决定不了输赢。"

"大人,"老霍登说,"这样像射白墙一样的比赛,只不过是小孩儿的把戏。让我们在一百五十码远的地方立起一根去皮的柳条,谁第一个射劈了柳条,谁就拿号角。"

"啊唷,蠢老头,"约翰说,"我们得坐在这里直到圣诞节,或者更久。没有人射中过这样的靶子。"

"老爷,"亨利说,"我听说过这种射法。我有一次射中过这种靶子,不过只在五十码远。要是老头儿愿意射,我愿奉陪。"

"那好啦,"约翰说,"每人射一次,谁要是射得离柳条最近,谁就赢得号角和银箭。"

人们把最后一个靶子拿开,将一条去皮的柳枝插在地上,又仔细地量出射击的距离。

霍登向他的对手说:"你先射吧。有一片云就要遮住太阳,我要让给你最适当的光线。"

"老师傅,"亨利说,"你倒是个蛮有礼貌的老头儿,我得谢谢你。可是,离这么远,谁也射不中那柳条。这回失败以后,我们必须换个靶子。"

他用心瞄准了好久。由于有一点儿微风,他两次放下弓。最后他射了,观众发出强烈的惊叹声"哦!——",因为他的箭擦过了柳枝。

"好亨利,射得不错呀,"老霍登一边说一边弯身摘了一片草叶,并把草叶抛到空中,看看风向。他弹了弹弓弦,把箭搭上,站到射击位置,仔细地瞄准后,便把箭射出去。立即欢声雷动,因为他的箭正好把柳枝劈开。

"这不是人而是一个人形魔鬼,"约翰说。

"不管是人还是魔鬼,大人,他可得了奖啦,"郡长提醒他说。

老霍登转身向亨利伸出友好的手。"虽然号角是我的,你把里面的银币都拿走吧,亨利师傅,"他说,"我找不到更好的人来比赛射箭了。"

可是亨利摇摇头说:"我有的是银币,老头儿。这个奖品全部都是你的,而且赢得很公平。你都拿去吧,但愿再一次能在比赛中相遇。"

"我想会的,"霍登说。"现在我要去领奖了。"

于是他走到约翰跟前。约翰很不高兴地一手拿着装满银币的银号角,一手拿着美丽的金银箭,皱着眉头狠狠盯着他。

"老头儿,"他说,"我真想把你那右手砍下来,而不是让你得奖。拿去,走你的。"

"大人,为了您的这番好意,也为了这奖品,我谢谢您,"霍登说着,拿过号角和箭。一个快动作,他把号角一挥动,把里面的银币远远抛到围观的人群里,接着从约翰和郡长面前退下来。

"拦住——抓住这个人!"约翰喊道。"这是个化装的强盗,不然像他这样子的人不可能把银币扔掉的。"

可是霍登已经离开看台周围的人群了。他搭一支箭在弓上,直瞄着约翰的怯懦的心。

"收回那个命令,不然就是死,约翰伯爵!"他用响亮的声音喊道。

"让他走,让他走!"约翰吓得尖声叫喊。

盖伊·吉斯本一直也在观看射箭比赛,并特别注意老霍登的行动,这时突然伸手去抓霍登的破旧帽子。帽子掉下来,随之那遮住他的面孔的一头灰白而脏污的假发和胡子也掉下来了。

"这是罗宾汉呀——抓住他!"盖伊喊道,"是通缉犯呀——谁抓住他就赏四十金马克——"

但他说到这里就停了。因此这时一个瘸腿乞丐举起拐杖,朝盖伊的头上猛力一击,使他立刻晕倒在地。只听小约翰高声喊道:

"为了罗宾汉,为了罗宾汉!凡是英国人,都来帮我们啊!"

这时,二十几个手执巨大铁头木棍的壮汉冲进围观的人群,罗宾汉把弓挂在肩上,抓起棍子和他们一起打出了重围。同时小约翰的喊声也起了作用,使诺丁汉的撒克逊英格兰人都起来反对约翰的诺曼人随从,不到五分钟,已有十几处人们在互相殴打;约翰和郡长都已逃之夭夭;罗宾一伙人沉着地撤退到比赛场的栏杆以外。

在这里,他们遇到一伙维持秩序的壮勇拔剑阻止他们。可是罗宾和小约翰呼呼地左右抡着铁头木棍向他们猛冲过去。那些首先来较量的人,他们的剑若不是被飞舞的大棍砸断,就是被打飞。等到威尔·斯卡雷、马奇和其他好汉都赶来参加战斗,把铁头木棍在警卫们的后脑上着实敲打一通时,那些还没有晕倒的都立刻拔腿而逃。看着约翰的这一群虎狼随从竟逃得如此狼狈,诺丁汉的好百姓都哈哈大笑。

罗宾没有损失一个人,撤离了。蜂拥的人群阻挡着郡长派出的追兵去寻找他们的去向。通缉犯们安全进入森林,回到营地。

"这倒是蛮有趣的一次冒险,罗宾,"小约翰在吃饭时说,"不过这个月我们再不能去诺丁汉了。"

"对,"罗宾说,"除非他们又举行射箭比赛。我倒很想再击败亨利那个汉子一次,因为他是个好射手。"

第 十 章

搭救玛丽安姑娘

诺丁汉比武过后大约两星期,当"恶煞罗杰"的背伤已经痊愈得又可以出来走动,诺丁汉郡长已经广贴告示悬赏五十马克换取罗宾汉人头的时候,伊桑巴特·贝拉姆来到圣玛丽修道院会见院长雨戈·雷诺特。雨戈在自用的舒适房间里招待盟友,唤人取来一瓶上好的酒,然后坐下来听听伊桑巴特要说些什么。

"夏天就要过去了,"伊桑巴特说,"雨戈院长,我想在收庄稼以前结婚。"

"打算得好,"雨戈同意地点点头。"那么你是来要我找一个神父给你在贝拉姆小教堂举行婚礼吧?"

"要一个神父,是的,"伊桑巴特说,"还要一个新娘。当我借给你三十个壮勇去扫荡舍伍德森林的强盗时,按照我们的交换条件你答应给我一个新娘。"

"确实有那回事,朋友,"院长抗辩说,"你不至于要提出兑现那次交易吧?"

"交易就是交易,"伊桑巴特反驳道。

"但那次交易的结果怎样呢?那伙亡命歹徒把我的总管一队人马缴了械,扒了衣服,送出森林成为笑柄,弄得罗宾汉比以前更强大了。"

"雨戈,"伊桑巴特说,"当时说好的是,如果我借给你三十个壮勇跟着盖伊·吉斯本去森林,你就把玛丽安姑娘给我。现在我来要她了。在那次扫荡中,我的部下也丢了三十套好盔甲呢。我说,院长,交易总是交易吧。"

"这个交易可不是,"院长顽固地说。

伊桑巴特站了起来。"如果你对我不守信用,雨戈,那我们就不再是朋友了。我要和别人一起使你失去田地。"

"坐下,坐下,朋友,"雨戈说,"让我们商量一下。别这么着急。你说你要和那个姑娘结婚。"

"这是交换条件,"伊桑巴特又坐了下来。

"哈——唔!"雨戈沉思了一下,因为他不敢和伊桑巴特翻脸。想妥了以后,他说:"好吧,那姑娘没有兴趣当修女,她必然要嫁人。我就派人到柯克里斯去,告诉她准备和你结婚。"

"什么时候?"伊桑巴特冷冷地问道。

"我明天就派人去,"院长向他保证。

"你当心点,院长,"伊桑巴特说,"这可不是变卦要花招的事儿。派你的总管盖伊·吉斯本带上十来个好壮勇,在一周内把那个姑娘安全地护送到我的贝拉姆城堡里去。还要派一个神父来为我们主持婚礼,这样,那次交易才算履行了。是不是就这么办?"

雨戈不情愿地点头同意,因为他想不出有其他办法。等伊桑巴特走后,他唤来盖伊·吉斯本,对他吩咐应办的事。

"盖伊,你带着壮勇明天就出发,"他吩咐道。"你们都骑上马,到柯克里斯去接那个姑娘。注意要武装好,千万避开罗宾汉那一伙,要把姑娘安全送到贝拉姆城堡。"

盖伊气得满脸通红,因为他不喜欢有人影射那次罗宾汉在舍伍德森林如何对待他和他一队人马的事。可是他仍然驯顺地走出去执行院长的命令。

第二天,一个流浪的乞丐来到舍伍德森林中罗宾汉的住处,他是每天给通缉犯通风报信的探子之一,他告知:盖伊·吉斯本已带着人马出发去接柯里克斯的玛丽安了。

"哦,"罗宾说,"但是他们要把她接到哪儿去呢?不会是到修道院去,肯定不是,因为那不是她的去处。"

"他们要把她接到贝拉姆城堡去和伊桑巴特成婚,罗宾。"

"什么?"罗宾喊道,"把一个好姑娘嫁给那豺狼强盗?那姑娘愿意吗,你说?"

"她还蒙在鼓里,"乞丐说。"雨戈院长为了借壮勇来搜捕你,曾和伊桑巴特有个交易,伊桑巴特现在来讨报酬了。"

251

"啊,这可恶的诺曼强盗!"罗宾厌恶地说。"现在我说,这行不通。伊桑巴特的一个妻子已在魔窟里痛苦憔悴而死,只要我统治舍伍德一天,就不允许他再干这种坏事。"

"一旦她到了魔窟,"在一旁听着的修士塔克说,"那可救不了她啦,罗宾。"

"她绝对到不了魔窟,"罗宾回答。"我们要用从盖伊·吉斯本人员缴获来的好盔甲武装四十多人,埋伏在他去伊桑巴特的石堡的中途。"

事情就照这么办。罗宾先派出探子,打听盖伊从哪条路去魔窟,到时候他便带着人出发,在小道旁的密树丛里埋伏下来。他们等了半个早晨,正在担心盖伊改变路线的时候,罗宾窥见有两个武装壮勇骑着马从约克郡边界走过来,在他们身后还有谈话声和马蹄声。当他们走到还有二十码远的地方,罗宾独自闪出站在路中央,看见全副武装的盖伊正牵着一匹小白马,马上坐着他奉派从柯克里斯找来护送到伊桑巴特城堡去的玛丽安。

罗宾站着,把箭搭在弦上。那两个打前锋的人看见他便勒住了马。

"站住,盖伊·吉斯本!"罗宾喊道。"交出那位姑娘,让我们安全送她回到柯克里斯去,我就不伤害你。"

据说当玛丽安见他站在路当中独自一人向二十多人挑战的那一刻起,她便爱上他了。她一路上担惊受怕,怕到魔窟去,可是又无法逃脱,因为她受雨戈的监护,必须听从摆布。但盖伊指着路上这个人喊道:

"是罗宾汉——抓住他,汉子们!谁捉住他就赏谁五十金马克!快上呀,混蛋们!"

在那个时代,五十个金马克足可以买一个田庄还有剩余,所以对盖伊的壮勇们不需要再下什么命令,前头两个立即策马直冲上去。有一个稍稍靠前,罗宾一箭射入第一匹马的脑袋,马栽倒了横在路上,使后一个骑士倒了霉。他们两个都栽昏了,一个被死马压着动弹不得,另一个被马蹄乱踢一通,后来马站立起来,狂奔而去。

"我难道总是被这个恶狗挡住我的道吗?"盖伊愤怒地咆哮着。

"你们上呀,捉住这个通缉犯!"

可是没有一个人动一动听从他的命令,因为罗宾已在弓弦上搭上另一支箭,而他们从诺丁汉的比武中早就知道他是箭不虚发的。盖伊咒骂了一句,放下小白马的缰绳,拔出剑,踢着马刺冲上去。这时罗宾拿起银号角吹了一声。突然树林里跃出一群手执兵器的好汉,把那姑娘和盖伊的随从团团围住。罗宾在敌人冲过来时闪在一边,一弯身躲过了剑的挥击。

"这一剑打得不合规则,盖伊,"他说,这时盖伊正想勒住马转身再杀,"汉子,下马来比个高低吧。"

但盖伊回头一看,他的人马都被罗宾的部下两翼包抄和缴了械,因为罗宾的人数是二对一还多些。他就一踢马刺急奔而逃,而不管玛丽安的命运如何了。

罗宾看他跑了大约一百码,便举起弓。沉重的箭飞得铮铮地响,射中马的后部,只听哐啷一声,他从马上跌下,穿着盔甲的盖伊倒在道上了。罗宾走过去,用脚踢着他哈哈大笑。

"怎么啦,汉子,"他说,"这样的护送队可差劲啊。竟然把遇难的姑娘丢下不管,留在一群野蛮的通缉犯手里,这对一个忠诚的总管不是好玩的呀。要是让雨戈院长听到,他会怎么想呢?"

盖伊支撑着站了起来。"嘲弄人的强盗!"他恶狠狠地说,"要是我有剑,你就不能嘲弄我了。"

罗宾指着落在地上的剑。"拿起这把剑,"他说,"虽然你穿着盔甲,我只穿着绿林衣服,咱们还是就地比试比试吧,总管。当然啦,你难道能不为你奉派保护的姑娘动一动手吗?"

盖伊知道,这回一切都完了。要把玛丽安从罗宾一伙人的手中夺回,那是毫无希望;他的马已死,他想跑也跑不了。"要是我打败你,"他忿忿地说,"你的人就会杀死我。"

"啊呀,原来如此!"罗宾说,"那是诺曼狗的做法,我很清楚,但那不是我们绿林人的行为。要是你打败我,你就可自由回到你的主人那里去,盖伊·吉斯本;可是那位姑娘不能到伊桑巴特的魔窟里去,现在拿起剑来吧,看看你的本领是不是像你吹的那么高明。"

盖伊不再说什么,拿起剑转过身来,站了个防御姿势,这时他看

253

到罗宾也准备好了。于是两人专心致志地斗起来,你劈我刺,剑光闪闪;罗宾的好汉们已经把盖伊的随从缴了械并捆绑好了,这时都围过来观看这场剑斗。玛丽安也把小白马赶向前,并为她的救星的安全做祷告。

大约有十分钟光景,阳光下剑光飞舞,盖伊在盔甲下气喘吁吁,使尽一切花招想攻破罗宾的防御,可是总没有得逞。这时已经很明显,罗宾只不过是在和对手戏耍而已,嘴上含笑,在盖伊的身边转来转去像跳舞一样,劈刺没有使什么力气。

"稳一点,盖伊,"他嘲弄地嘱咐说,"留一点力气,汉子,留一点力气!假如院长手下没有比你更好的击剑手,那他的修道院可防护得不够牢固呀。这一下刺得不行——再试一下!"

观众发出一小阵笑声。这激怒了盖伊。他又猛刺了两下,罗宾轻而易举地躲过去,接着迅速一回手,叫人还没看清怎么回事,就把盖伊手中的剑打落,直飞到灌木丛里去。

"哎呀,总管,"他把自己的剑放下来说,"我们现在该把你怎么办呢?我们已经有了你的一套盔甲,再拿你穿的这一套就难为情了。"

"别嘲弄我啦,"盖伊愠怒地说,"把我杀死了事。"

"今天不是杀人的日子,"罗宾答道。"要你去见雨戈院长,告诉他这位姑娘会安全地回到柯克里斯去。还要告诉他,如果伊桑巴特再要逼婚,我就会去烧掉他的魔窟。"

"你要放我走吗?"盖伊不相信地问。

"我为什么要留你呢?"罗宾答道,"那会糟蹋掉一个好人的饭食,我们在舍伍德打鹿可不是为了喂养你这种人。"

他回身招呼小约翰:"把他的这些人统统放了,每个人的手反剪绑着,绑得好叫他们不能彼此解开。把盖伊的手也捆住,给他骑上一匹马,因为他和我那一场斗剑也斗累了。"然后对盖伊说:"好啦,盖伊,你和这伙人走你们的路,爱去哪里就去哪里,只要是离开这里。小心别再来,下次也许就不这么厚待你了。"

小约翰和其他人照他的吩咐办理。罗宾看着盖伊和那一伙倒霉随从骑马走了,走向圣玛丽修道院。然后他转向玛丽安,她还骑在小白马上等着。

她身材苗条,肤色白皙。据史家说,她有着蓝色的大眼睛和一头金发,是一个十分美丽的姑娘。她父亲死后,就被寄托给雨戈院长监护,直到成年为止,而且结婚时需得到他的赞许。罗宾对她深深一鞠躬。

"我们已经把您从伊桑巴特·贝拉姆的魔爪中救出来了,"他说,"现在,若是您愿意,我们可以护送您安全回到柯克里斯去。"

"好先生,"她答道,"我不想回到柯克里斯去,因为我若回去,还是要听雨戈院长的摆布,他也许还会另想办法把我送到魔窟的恶魔那里去。"

"啊,确实如此,"罗宾说,"不过像您这样一位漂亮姑娘也不能没人保护和收留到处流浪呀,我知道您的土地和财产全都由雨戈掌握着。你要是不去柯克里斯,又能到哪儿去呢?"

玛丽安垂下眼睛,羞红了脸。"我看我现在是在忠实而正直的人们中间,尽管我听过传闻说罗宾汉和他的一伙怎样怎样。我能不能在他们中间留下来?"

罗宾走近些看着她的眼睛。

"若是有您这样一个人和我们在一起,那会使我们极为欢乐,"他告诉她,"可是森林不是娇生惯养的姑娘们的安身之所。我们在林野里过的是粗野的生活,你很快就会厌烦。"

"好罗宾,"她答道,"我宁愿穿得破烂,自由自在地活在好人中间,而不愿生活奢侈,整天对周围的人怀着恐惧。给我一个住处吧,等我得到了遗产,就偿还你们。"

"不,不,"罗宾说,"不存在偿还问题。小约翰,你说怎样?我们是不是照她的意思,把这样一朵美丽的鲜花在树林里保护起来?"

玛丽安转向小约翰说:"好巨人,替我向你的头领求求吧。我懂得医药和治病,我还能为你们做饭和缝衣服。"

"好啦,罗宾,"小约翰说,"咱们有威尔·斯卡雷的妻子可以和她做伴,而且,如果像她所说的,她懂得医药,那么她或许能找到什么药把斯卡雷太太爱诉苦的舌头治得甜一些,也好叫可怜的威尔过得称心一点。"

"想想如果我被带到魔窟里去我会怎样吧,好罗宾汉,"玛丽安迫切地要求说。"难道绿林的生活比那种命运还不如吗?"

"如果你真被带走,"罗宾说,"那我就会跑去请求诺丁汉郡长立刻把我吊死。我看没有别的法子了,玛丽安,因为正像你说的,如果我们把你送回柯克里斯,伊桑巴特迟早会把你弄走。要是雨戈院长硬逼着交出你的话,没有其他地方能保住你。可是,像你这样一个姑娘,在这儿是够苦命的。"

她低下头看着他。"这就是我祈求的命运,"她说,"我乐意参加你们的一伙。现在我们走吧,只怕盖伊·吉斯本会带更多的人来打你们。"

罗宾哈哈一笑。"如果和盖伊打仗就是我们要忍受的一切,"他说,"那么日子就很好过了。你来了就做舍伍德的女王吧,玛丽安——你们说怎么样,弟兄们?她是不是能当统治我们一伙的美丽女王?"

小约翰把帽子扔到半空,喊道:"这真是一件快事!大家都来呀,向舍伍德女王欢呼三声!"

他们一片欢声雷动,要是在圣玛丽的雨戈院长注意听的话,他可能也会听到。罗宾走上前拉住玛丽安的手。

"别忘了在舍伍德也有一个国王哩,玛丽安,"他说,"你愿意在做舍伍德女王的同时也做我的王后吗?"

"非常愿意,"她答道,"我有生以来从未见过像你这样的男子,从今天起我的自由和其他一切都是靠你得来的。"

罗宾下令出发,于是他们朝着森林的砦子走回去。在路上,小约翰走到首领身旁,这时罗宾正在小白马旁边走着,和玛丽安说话。

"罗宾,"小约翰说,"很幸运你把修道士拉进咱们一伙,现在他可以主持你俩的婚礼了,我们无需从圣玛丽修道院借神父啦。"

"是啊,"罗宾说,"我们要在结婚的那一天举行大宴会,让好修道士在主持完婚礼后再给我们做酒席吃。"

事情就这么办了。据说在整个米德兰地区,没有像玛丽安姑娘这样忠于罗宾汉的美丽可爱的妻子了。尽管罗宾知道,这次救人行动使伊桑巴特成了他的死敌,但他并没有因此睡得稍差一点。

伊桑巴特虽然怒气冲天,却记得他的三十名壮勇和院长的二十人是怎样穿着一件衬衣被赶出舍伍德的,因此他暂时没有采取行动。不过,他仍然在伺机报仇。

第十一章

雨戈院长交纳税金

虽然伊桑巴特·贝拉姆不想对罗宾汉立即下手,而满足于等待时机,雨戈院长却不这么想。他知道,等明年玛丽安长大成年时,她就可以随意处置自己的田地和财产了,而他可不愿意失去对这份遗产的控制。一天清晨,他由仅仅两个修士陪同,从圣玛丽修道院出发到诺丁汉去,想探问一下他的郡长弟弟罗伯特·雷诺特能给他什么帮助。

若是平常,雨戈院长出行总是排场很大,有修道院的扈从卫护他,还得有二十多个修士伴随着;可是现在,乡野小路竟如此不安全,他恐怕如果摆出那种排场,会招来罗宾汉的袭击。因此,天刚一亮,他就偷偷地出发,希望不致被罗宾的探子察觉到。但随行的每个修士都在马鞍下捆着一大袋金马克,因为他想向其郡长弟弟借一批兵士去捉拿罗宾汉一伙,这些金马克就是准备付给那些人的。

森林中的空地看来很恬静,他们三个人骑着高大的骡子朝诺丁汉走去。雨戈院长盘算着,如果有郡长的帮助,他必能除尽通缉犯,因此心情很愉快。一英里又一英里地走着,他和两个随行修士说说笑笑。眼看旅程快要结束时,他的精神就更加振奋了。

"再过一个钟头,"他说,"我就能在我的好兄弟那里歇下来。这些粗野的牲口把人的骨头都折腾疼了。"

"是呀,院长大人,"修士安塞姆说,"在这样骑了一程以后,到好罗伯特·雷诺特那里喝一杯酒倒是蛮惬意的。"

话音刚落,他的缰绳就被树阴里跳出的一个人抓住,接着上来十多人把他们团团围住。

"圣徒保佑!这就是那伙凶恶的通缉犯呀!"院长叫道。"住手,汉子!我们是神圣教会的,我们三个都是。"

"这么一来神圣教会就更倒霉了,从来还没有像你们这样的三个坏家伙败坏过它,"罗宾汉从树后走出来说。"威尔·斯卡雷,你把那肥胖院长给我拉下骡子,让我们跟他谈一谈。"

"这可是暴行——这是亵渎神灵!"院长叫喊着。

"哼,暴行,就像你要把一个无辜的好姑娘往伊桑巴特·贝拉姆的魔爪里送的暴行,"罗宾答道,"把他揪下来,威尔,如果违抗就给他一个耳光!"

但院长就再不说一句话,乖乖地从骡背下来,其他人帮助两个修士下了坐骑。

"好罗宾,"小约翰说,"我们有一笔横财在这里呢。这家伙的袍子底下有一个鼓鼓囊囊的大袋子,里面响着怪好听的叮当声音。"

"谁敢碰一碰这袋子,就把你们都绞死!"院长咆哮道。"那是——那是为赎回国王的税金。"

"哎呀,你这撒谎的肥猪,"罗宾哈哈笑道,"我手下的一个人今早还听你说,这些钱是给你的郡长弟弟,用于收买人来捉拿我的。"

"罗宾!"马奇喊道,他正在搜索另一个修士,"这个人也有一大袋钱哩。"

"千真万确,"院长眼里含着苦恼的泪说,"在这绿林小道上,得有一支大军才能保证安全,甚至对我们这样的神职人员也一样。"

"把袋子倒空,看看院长大人为捉拿我们肯付多少钱,"罗宾说。"我想他把我们估价不低吧。"

于是,当院长站在一边,嘴里念着教会咒骂一切不法之徒的咒语,而他的两个修士则急速地拨着念珠祷告,准备接受以某种残忍手段被处死的时候,那钱币一个一个地被数着装进小约翰的帽子,因为只有它才容纳得下。

"一共是四百五十金马克,"在所有钱币都数进帽子之后,小约翰说,"我的帽子从来没有这样阔气过哩。"

"真是侮辱人,院长,"罗宾说,"你把我的好汉们每人只估价三个马克,因为他们共有一百四十人。"

"啊!"院长咬牙切齿地说,"单冲这句话,你就得被绞死。"

"别这么随便胡说八道,院长,"小约翰警告他,"不然我们自己也要动手绞人了。"

"你敢碰一碰我,你这渎神的歹徒!"院长破口大骂,他的胆子倒很壮。

"我们敢,就像你敢对待你手下的可怜的农奴那样,院长,"罗宾轻蔑地对他说,"既然你敢在这金子上对我们撒谎,告诉你吧,我们就要照你说的主意办理。我将把它当作舍伍德森林上缴赎回理查德国王的一笔税金,算是舍伍德之王和子民上缴的,你们说怎样,弟兄们?"

"这倒是派了好用场,"小约翰说,"雨戈院长要是想捉拿我们,还可以另外动用他从地产压榨来的租金。"

"什么?"院长叫喊道,"你们要抢我的金子?"

罗宾摇摇头说,"我们只是照你的说法使用它罢了。如果我们能把英明的理查德国王赎回英国,像你这种坏蛋的压迫也许就不存在了。"

"你居然敢侮辱我,歹徒?"院长狂怒地大声叫喊。

"你放明白点,教会的败类,"罗宾冷静地答道,"我这里有足够的人可以把你砸成肉泥,只要每个人砍两下就行了。直到现在,你们三人都没有伤一点皮毛,可是如果你再和我们顶嘴,你们的皮可就保不住了,我会让你尝尝铁头木棍的滋味,除非你们就骑上骡子走你们的路。"

院长看来像要作答,却立即又想还是不开口为妙。他爬上骡子,喃喃着:"四百五十个好金马克啊!"

罗宾哈哈大笑。"我们正要用它把我们的理查德国王快些迎回来,"他说,"院长,你仔细想想,就会为他的赎金助了一臂之力而高兴。现在滚吧,你们三个家伙,把森林的道路让出来给体面人走。"

三人骑骡走了。那两个修士为能如此轻易地逃开而高兴,雨戈院长则对罗宾的路劫深为愤恨,也怨恨自己竟然为了避免不法之徒的注意而如此轻装简从地出行。现在他看到,自己必须身上不名一文地到诺丁汉去见弟弟了。虽然他可以许诺会为所给的援助付款,但他很清楚:他的弟弟罗伯特·雷诺特并不是一个太看重诺言的人。

但也别无他法,他必须尽力而为。他可以叫罗伯特派一队人到圣玛丽修道院去取金子,以便兑现他的诺言。

正在他这样想的时候,罗宾已把金子重新装入两只袋子,运到他的营地里去了。四天以后,这些金子送交给约克郡的皇家司法官,并附一张羊皮纸,上写道:

"兹由本人罗宾汉交付征自舍伍德森林之税金四百五十马克,供作天佑明主理查德国王赎金之用。此系由本人罗宾汉下令为此用途交递,不可移作他用。"

可是院长在到达诺丁汉他弟弟那里时,仍然怒不可遏,把他如何被劫夺金子的事一五一十都说了出来。因此,罗宾劫院长的故事就传开了。许多人一想到,肥胖的院长竟被逼交出他的部分资财来帮助理查德国王回来复位,就不免大笑,因为雨戈院长最不愿意在英国看到的人,就是这个理查德国王。理查德国王对他这样的压迫者是没有好感的。

当人们听说院长携带那笔钱原来是为了收买人去捉拿罗宾一伙的时候,笑声就更大了。因为同情雨戈院长的人极少,谁都知道他为人贪婪而残酷,而同情罗宾汉的人则很多,他的慷慨和勇敢早已家喻户晓,无人不知了。

第十二章

郡长怎样插一手

雨戈院长对弟弟罗伯特讲了罗宾汉怎样劫去他的金马克以后,便解释他来诺丁汉的真实原因。

"老弟啊,罗宾汉一伙强盗不光是危害大家,而且也伤害了我。因为不久前我派人把受我监护的玛丽安接到贝拉姆堡去嫁给我的朋友伊桑巴特的时候,罗宾汉路劫了卫队,抢走了那个姑娘。所以,如果不把她找回来,等她长大成年时,我就要失去她的产业的一切税收了。"

"吓!唔!"罗伯特说,"真是够糟糕的,雨戈哥哥。"

"所以我要求你,作为一郡之长,必须派人根除这一帮万恶的通缉犯,"雨戈结束说。

"那可不是件轻而易举的事呀,"罗伯特沉思着说,"传闻有四十七个壮勇,还有盖伊·吉斯本,都被这个罗宾赶出舍伍德,除了穿件衬衣,什么都没剩下。"

"那传闻是真的,"雨戈说,"因为我们的总管是一个蠢货,就是他护送那姑娘去贝拉姆堡时把她丢掉的。但如果你去,罗伯特老弟——"

"但谁给壮勇付钱呢?"罗伯特问。

"我本人能出二百个金马克,"雨戈许诺道。

罗伯特摇摇头。"已经悬赏五十马克作为捕获罗宾汉的奖金了,"他说,"二百马克是不够的。"

"那就三百,要是把那姑娘也夺回的话。"

罗伯特还是摇摇头。"至少需要一百人去办这件事,"他说。

"那么,"雨戈说,"我就出三百五十马克吧,这个钱数再加上歹徒抢劫去的,就使我今年差不多倾家荡产了,因为我还得为盖伊·吉斯本那一批人购置新盔甲。"

"给我四百马克,就去铲除他,"罗伯特要价说,"少一个小银币也不行,雨戈。"

"那就这么办吧,"雨戈无可奈何地回答,"我要设法从自耕农那里挤出些钱来。可是你必须派人到修道院去取款,我们教会的人可防不了这些不法之徒。"

"我要先把钱取来然后再去捉拿罗宾汉,"罗伯特这样答应他。"我要先看看金子的成色。"

这正是院长不想听的,因为他宁愿在得到玛丽安以后再交钱,而不是在这以前。可是他知道他毫无办法,因为罗伯特·雷诺特是一个贪婪而卑鄙的家伙,就是和自己的亲哥哥打交道也是如此。

商量好以后,院长仍回到圣玛丽修道院去,一路没受到罗宾汉的骚扰。至于郡长,他不相信罗宾在森林里有一百多人的传说,因为没有人在任何地方见过和他在一起的人数超过三四十。罗伯特想,派上八十个壮勇,由他自己带队,就足以铲除舍伍德的通缉犯了,因此他就集合这个人数去征讨罗宾汉。

罗宾的探子实在灵通,几乎郡长带去的每个壮勇的名字都被他们探得,罗宾也知道了郡长将在八月底的哪一天哪一钟点出发。郡长考虑到盖伊·吉斯本的前车之鉴,把他的这次人马分为两半,一支四十人由助手休伯特率领,他自己率领其余的人。休伯特从诺丁汉直奔森林,郡长则带四十人先到院长的领地洛克斯利田庄,再从那里向舍伍德挺进。他和休伯特约定在黑水塘会合,那是舍伍德森林深处的一个大池塘。他相信分兵两路从不同地点进击,他们总会遇到罗宾汉的一些人。

天气很热。郡长的壮勇们身穿盔甲,不断拍打和搜索着森林中的灌木丛,汗流浃背,但毫无所获。许多锐利的眼睛正在监视着他们的行动。可是,进入舍伍德是一回事,要想找到人又是一回事。一整天他们没有看到什么人,除了两个穿得褴褛的烧炭人,他们一口咬定不知道罗宾汉一伙人在哪里。其实,郡长不知情,那化装成穿破烂衣服和黑面孔的两个人,正是磨坊主的儿子马奇和威尔·斯卡雷。郡长亲自仔细地盘问他们。

"我听说，"马奇犹犹豫豫地说，"那坏蛋听到大人前来搜捕他，就逃到约克郡去了。是一个大胖子修士告诉我的。"

"一个大胖子修士，"罗伯特·雷诺特问道。"啊哈，要是他独自一个儿在舍伍德，那必是他们的修士塔克，他正是这个罗宾汉的同伙，我可以肯定。那修士从哪条路走了？"

"他往北走了，说是也去约克郡，"这个化装的烧炭人说。"不过，当然啦，大人，他可能说谎，凡是肥胖的修士总是不时要说谎。"

"唉，瘦的修士也会说谎呢，"郡长同意地说。"你听我说，伙计，我的队伍今晚在黑水塘会合，如果你听到这个罗宾汉贼帮的什么消息，到那里告诉我，我会给你一个银马克。"

说完这话，他命令部下出发，丢下这两个烧炭人在那里干活。等最后的壮勇远得看不见时，马奇和斯卡雷便穿越林中较密的部分，来到罗宾和大约五十个好汉隐藏的地方。马奇把他和郡长的谈话报告一遍，罗宾和小约翰听得哈哈大笑。

"让他们搜索去吧，"罗宾说，"直到累乏了为止。我没有想到罗伯特·雷诺特是这么一个大笨蛋，不然他不会带这么少的人来舍伍德。我们今晚也到黑水塘去。"

"马奇，你这个坏家伙，"修士塔克说，"你居然告诉郡长有一个大胖子修士吗？"

马奇点点头说："我是这么告诉他的。"

"你再敢说我胖，我就要不顾我的神职，用铁头木棍来揍你了。"修士塔克驳他说。"说我大，也许对，因为我不是一个普通人，可是我不胖呀，马奇。我有一身好肌肉，膂力过人，这你就会领教的，要是我为这件事或别的原因打你一顿的话。"

"好啊，修士。"马奇说，"我们可以趁郡长在搜索的时候来一次拳击比赛。"

"那么就准备开始，"修士提议。"你先打。"

他站稳了，挺身准备挨打。马奇抬起手狠狠一击，两脚踏地的修士只不过稍稍晃了一下。他满意地点点头。

"就一个刚在成长的小伙子来说，打得不错，马奇，"他说。"现在该轮到我打了。"

于是马奇挺身准备挨打。修士塔克捋起袍袖,长吸一口气,挥手一击。只听啪的一声,马奇全身趴在草地上了。修士和其他人都注视着他。

"我只不过轻轻地拍了你一下,好马奇,"修士塔克满意地说。"如果我真打你,你就会像陀螺一样还在打转呢。可是下次谈起我时,别再说我胖了。"

"现在咱们俩试一个回合怎样?"小约翰对修士说。

"别现在啦,"罗宾汉说,"休伯特一队人过几分钟就要来了。快上树吧,通通上去,今天我们必须给他们一个空森林看。"

休伯特一帮壮勇来到时,森林确实是空荡荡的,虽然有几十对眼睛正在窥视着他们走过。那时离日落不到一小时了,郡长的壮勇们一边搜索一边抱怨。

一个说:"让我们这么一点人来干这种活,真是罪孽。"

"是啊!"另一个说,"用一个军来搜索整个舍伍德还差不多。我们在这儿玩这个把戏得玩几个礼拜哩,除非是郡长厌倦了才能结束;我知道我们是搜错了道。罗宾汉的砦子在远远的西头,离黑水塘还有两三英里路。"

"这个人太知情了,"罗宾汉把他们的谈话听得一清二楚,这样对和他藏在一起的修士塔克轻声说。休伯特突然转过身,因为他的敏锐的耳朵听到了人声。

"把那个树丛包围起来,汉子们!"他厉声下令说。

可是他们行动不够快,在他们到来以前,罗宾汉和修士已从树丛的另一头悄悄溜走了,连影子都不见。

"那个休伯特是个狡猾的家伙,"罗宾说。"如果他们走到黑水塘两英里以外的地方,好塔克,我们就得战斗了。"

"好啊,"修士塔克高兴地说,"那倒不坏,罗宾。在一场战斗以后,我总是吃饭更香哩。可是他们今晚不会走过黑水塘,——现在太阳快下山了。"

"现在赶紧到我们约定的地点去,"罗宾说。"在天黑以前,我们要各就各位,好准备和郡长搞一场游戏。"

休伯特一队人来到黑水塘时,郡长已带领四十人到达那里,并且为了白劳累一天而非常气恼。他们吃着带来的食物,扎了宿营地,派出岗哨,那时黄昏的余光将尽,巨树下的阴影神秘地越来越浓了。那个时代的大多数人是迷信的,郡长一伙人凝视着黑黝黝的暗影,怀着对妖魔鬼怪的恐惧,一个接一个讲起了鬼怪在森林深处出没的故事。

一个说:"听说这个水塘里藏着一条龙哩。"

另一个说:"你这么一提,使我想起班斯代尔的铁匠来了,他经过这里时被妖精迷住,一整夜绕着一棵树打转,第二天早晨变成对眼,他那个样子,你就看不出他是朝着哪个方向看。"

第三个说:"是啊,那可怜的人从此成了哑巴,因此无法告诉人那一夜到底出了什么事。"

"那么,人们怎么知道他是出了那些事呢?"一个在旁边听的人问。

还没有等到回答,骤然间好像从四面八方同时响起了妖魔的笑声,在树林的空地上回荡。

"他们就是妖怪!"那个讲倒霉铁匠故事的人说。"现在我们就要中魔了,除非龙从水塘里跑出来先把我们吃掉!"

他们吓得目瞪口呆,脸色煞白,可是什么也没看到。原来是罗宾决意利用他们的恐惧心,使他们不得休息,便安置人员从各个方向发出笑声。过了一会,郡长壮起胆子,克服了对树林妖怪的恐惧,带十个人去察看笑声的来源。结果,自然什么也没发现。

"没有什么可怕的,壮勇们,"他回来后这样说,虽然他自己也不相信。"这是不法之徒想要耍弄我们,就像以前耍弄盖伊·吉斯本的队伍一样。可是他们不敢明着来进攻,因为我们人多势众。"

这时周围又响起妖魔的笑声,声尖而长,意在嘲弄,连郡长也开始牙齿打颤,他的手下人则彼此紧靠在一起,并拔出剑来,惊恐地窥视着周遭的黑暗。

"这,这不是人的笑声,"一个说,"这肯定是妖魔。"

郡长不断画着十字,后悔没有带一个神父来。他想到诺丁汉家里那张舒适温暖的床,并希望能安全地睡在那里。

"鼓鼓鼓起勇气,不不不要怕,汉子们,"他哆哆嗦嗦地下令,"那那那不不过是吓吓吓唬咱咱们的鬼鬼鬼把戏。"

"可是它也把你吓坏了，"一个壮勇喃喃地说，只不过声音低得让郡长听不到。

一次又一次，妖魔的笑声在他们的周围响起，好像同时发自每一个角落。郡长派出过八个哨兵在营地四周站岗，他能隐隐看见他们。他们是为了有人来劫营时告警的。可是他觉得没有真正的危险，因为他相信罗宾汉一伙不超过四十人。

夜越来越深，他的部下被林中的妖魔吓得浑身发抖，可怕的笑声不断在他们四周回荡，也不知是从哪儿来的。当郡长要再次出去搜索时，壮勇们干脆拒绝彼此离开，他也只好作罢。

在天黑后大约两小时，他出去换岗，这才发现他原以为是站在那里的哨兵竟然只是木棍支起的稻草人。那八名值岗的壮勇都不见了，无声无息神秘地不见了。惊慌失措的郡长喊得声嘶力竭，也没有人回答，听到的只有不时发出的可怕的笑声。

"现在我们可完了，"一个壮勇说，"等到天亮，我们都会变成对眼和哑巴，就跟那中了魔的班斯代尔铁匠一样。"

第十三章

郡长怎样回到家里

即使郡长想再派人去值岗,也是白搭,因为壮勇们已经吓得不肯单独离队活动了。要是他们看见那些失踪的人是如何被袭击的,那还可能保持一点勇气;可是这种无声无息的神秘的失踪使他们太受不了,雷诺特只好命令全体人员戒备通宵。

午夜,深沉的、死一般的寂静包围着他们。他们只等天亮,好去搜寻失踪的伙伴。正当他们开始在安静中打瞌睡时,有一个人忽然看见一个飞行的影子落到黑水塘边,于是就指着喊开了。接着第二个,第三个影子,从一片暗影跑进另一片,接着,又有第四个、第五个,都仿佛鬼魂似的无声无息地在跑。郡长吓得毛骨悚然,可还是很快又镇静下来。

"终于找到通缉犯了,汉子们!"他说。"起来追!"

他拿着拔出鞘的剑跑向那五个影子消失的地方,助手休伯特跟在后面,也是剑出鞘。可是,足有一分多钟,部下没有一个人动弹;接着,他们感到胆怯可耻,才犹豫地朝向水塘走去。可是太迟了,因为连郡长和休伯特都完全消失了,好像被土地吞吃掉了。

正是在黑暗中等候的罗宾一伙人捉去了他们,和捉去那八个哨兵一样。他们用一块厚布照每人的头上一盖,不等喊出声来就急速猛击一下,把人打昏,然后堵上嘴巴抬走,免得他们醒来呼救。就这样,他们一一被抬到罗宾一伙人驻扎的秘密地点。郡长带到林中来的那帮壮勇还在傻傻地等着呢,不知他们的长官和岗哨有了怎样的遭遇。

天亮时他们商量一下。有人认为应该留在原地,等郡长回来;有人认为应该出发去找他;还有人说,在这妖魔悄悄吞人的森林里,谁也别去找。

"是水塘里的恶龙把他们通通吃掉啦,"一个说。

"不是恶龙,是林中妖怪,"另一个说,"因为没有吼声和火焰。"

"如果不是恶龙,那就很明显是中了魔,"第一个又说。"我想,咱们就要被迷得在这林子里转圈,不然也要被妖精变成树或者野猪。"

"你想我们能走出舍伍德吗?"一个人害怕地问。

"恐怕不能了,"这个阴沉着脸的预言家说。"可是不管怎样,咱们还是去寻找长官和休伯特吧。"

"可是到哪儿去寻找呢?"人们问他。"在这林子里哪一块空地都相像,而且无穷无尽。他也许就在下一棵树后面,也许是几英里远。咱们到底怎样去找他和休伯特呢?"

对这个问题没有答案。他们又争辩了一会,最后决定,既然他们没有看到罗宾汉或他手下任何人的影子,寻找罗伯特·雷诺特也是白搭,最好还是回诺丁汉。

因此他们就往回走。在饱经一天的林中行军和一夜的惊恐不眠后,他们又累又羞愧。一路上没有看到郡长的影子。他们回去报告雷诺特的失踪后,雷诺特夫人骂他们是一群胆小鬼,竟在她丈夫被袭击时抛下了他。

"可是他没有被袭击呀,夫人,"他们的发言人解释说,"他被看不见的手带走了,我们没见有人袭击呀。"

"上帝慈悲!"夫人尖叫道。"看不见的手?"

"我们没有看见手,可是他被带走了,好夫人,"那个人说。

"我想这个罗宾汉和魔鬼串通起来啦,"另一个壮勇说。"因为有些影子在水塘边的暗影里奔跑,我想我还看见一个影子在水上跑。有像大翅膀扑动的声音,有一个大东西在飞,大概是恶魔飞去救他的伙计罗宾的。"

"唉!"雷诺特夫人悲叹道,"你们这些胆小鬼,竟让我的丈夫被杀,或者被淹死在水塘里!"

接着休伯特的妻子号啕大哭着来了,因为听到她的丈夫也被看不见的手给弄走了。整个诺丁汉都在议论郡长等十人的神秘失踪,还传说要再纠集一大队壮勇去搜索森林。但困难在于,每个人都认为别人应该去,而不是自己。因此终归毫无动静。惟有郡长的妻子到绸布店去定制了四件漂亮的黑绸长外衣,预备丈夫不回来时作为丧服;要是回来呢,就饰以貂皮也可以当秋衣穿。

就在诺丁汉一片闹腾的时候,被捆着的受惊的郡长、休伯特和那八个哨兵正在通缉犯的秘密的林中空地里闻到了烧饭的一阵异香,心里嘀咕着是否在吃饭前他们就被绞死。每个人都由于被捉时吃到狠狠的一击,而觉得头部疼痛,郡长的头最疼,因为给他一击的,是小约翰。

在通缉犯的美餐还飘来阵阵香味的时候,罗宾汉来到了俘虏面前,下令给郡长松绑,让他自由地走动一下。

"可是你别想逃,"他警告说,"只要你想跑开这林中空地,罗伯特郡长,准有一支箭会穿进你的心窝。我要给你的部下备饭吃,今天还要你跟我一起吃饭。"

"那我绝对不干,"郡长反对说。

"那就饿着吧,"罗宾说,"要是你竟如此不客气地回答我的邀请,那还要把你捆起来,在我们吃饭的时候叫两个大汉用树枝抽你。你看怎么办?"

"我没有别的选择,"郡长绷着脸说,"看来,我必须和你一起吃饭。"

罗宾汉一伙人都很高兴,因为诺丁汉的郡长大人和他们同桌吃饭了。不过他表现很差,尽管玛丽安注意把上好的东西给他吃,修士塔克还给他指点好胃口的益处。小约翰则狼吞虎咽般吃了一大块又一大块的鹿肉,并且还张望着要拿更多的肉。吃完饭后,罗宾叫郡长移坐在他的对面。

"办一切事情都得算账,郡长,"他说,"即使和舍伍德之王一起吃饭也是这样。修士塔克,他该付多少钱?"

"他是个阔佬,就让他交付为你头悬赏的五十金马克吧,"修士说。

"你说呢,小约翰?"

小约翰端详着郡长说,"哼,他是个又瘦又丑的畜生,两肋太没有肉,满脸卑鄙相,要是他认为自己不值五十金马克,那就绞死他算啦。"

"可是我没有带着五十金马克,"郡长说。

"如果你同意这个数目,我们将留个人质,"罗宾汉解释说,"你同意用五十马克赎回你自己吗?"

"那比绞死好一些,"郡长回答。

"那你就在我的十字架形剑柄上发誓吧:在你回到诺丁汉的家和妻子那里三天之内,你要把赎金放在黑水塘边的那棵枯橡树底下。"

郡长抬头看看天,又低头看看地,因为发这种誓言是伤他的心的。可是当他看到小约翰拿着一根绳索,正在打一个活套时,他急忙地发了誓。

"现在还有一件小事,"罗宾汉说。"玛丽安,给我拿牛角墨水瓶和鹅毛笔来,亲爱的妻子。我们的郡长地位那么高,一定会写他的名字吧。"

他从脚旁的箭袋里拿出一支箭,放在桌上,这时玛丽安取来了笔和墨水。他把笔朝牛角瓶里蘸一蘸,然后拿给罗伯特·雷诺特。

"郡长,把你的名字写在这箭杆上,"他命令道,"注意要写清楚,写好。"

郡长不情愿地照办了。写完后,罗宾检查一下,点了点头。

"这就行了,"他说。"郡长,你悬赏缉拿我,你声言要绞死我,你到舍伍德来追捕我,就像我在这林子里猎鹿似的。直到现在,我对你够耐心,没有伤害你和你的人,不过我告诉你,只要你再来攻打我,这支写有你名字的箭也就一定会刺穿你那邪恶的心,我要把它收在箭袋里,专为这个目的使用它。"

郡长盯着那支箭,没有吭声。

"你今晚就回诺丁汉去,"罗宾接着说。"当心别忘了你发过的誓,在三天以内把五十金马克放在黑水塘边的枯橡树底下。"

"那金子一定送到那里,"郡长说。

"要不然,一个你觉得对你有点用处的人就会遭殃,"罗宾说。"我要把你的助手休伯特留下;如果你不付金子,就绞死他。我知道,他已经受你的指使杀死过一个人。那人惟一罪行是,他是一个撒

271

克逊人,种着你想收回的土地。可是即使如此,我也不来惩罚你或他,只要你遵守誓言就行。"

"我已经言明和发誓一定把金子送到那里,"郡长绷着脸说,"我不能再做别的。"

"那么,等天黑出发吧,"罗宾命令说。"我派人送你到诺丁汉。"

这个最后的命令使郡长很懊恼,因为他原来希望在白天走出去,以便把罗宾一伙的这个坚强巢穴的确切地点探出个眉目。可是他不得不等到天黑,天黑下来时,正当他在茅屋之间走着,突然小约翰抓住他,把一个粗麻袋套住他的头,然后他的手脚都被结结实实地捆住了。

"我们不伤害你,郡长,"小约翰告诉他,"这是我们头领的命令,你必须这样上路。"

他们把他绑在骡子上,走出林中空地。对郡长来说,好像静悄悄地走了几个钟头,然后有人突然把麻袋从他头上扯掉,他看见星斗在天上闪烁。这时有人掐住他的后颈,他张口要喊,一块棉布塞进了嘴,有人又迅速用一块手巾绕着嘴和头捆住了。接着人们把他抬下骡子,他看见眼前有一堵大墙。他认得这就是诺丁汉的城墙。

就在城门外,罗宾的人小心而不发出声响地把他放下,然后扬长而去。第二天清晨,守门的人开城门后,发现被捆着的郡长躺在路边,不到一小时,全诺丁汉的人都知道他们的郡长是怎样被交还的了。

那天傍晚,八个哨兵蹒跚着走回来。正当他们在讲述怎样被蒙着眼领到森林边上,然后又被解开遮眼布的时候,一个信差飞速骑马去圣玛丽修道院,那是罗伯特·雷诺特给他的院长哥哥带去一份申请,他对向强盗头子发誓要求宽恕和免罪。雨戈院长很高兴地免除了让他交五十马克的诺言,因为他想到:罗宾在这宗买卖上已从他手里拿去大量金子了。

第四天清晨,那个曾发现郡长被捆着躺在路边的门丁打开城门时,看见离城门约五十码远有一个奇怪的架子。他走近一看,原来是一个粗糙而结实的绞刑架,新安装的,上面吊着休伯特的尸体。在尸体胸前钉着一张羊皮纸,门丁还多少认识几个字,便读了纸上的告示。

告示说:"致诺丁汉郡长阁下罗伯特·雷诺特:你既不守诺言,我便履行诺言,给这杀人犯以应有的惩罚。再者,小心你亲自签名的那支箭。——罗宾汉。"

由于休伯特生前是个大恶棍,大多数人都说这位著名的被通缉者除掉他是做了一件好事,只有郡长发誓要为他的被捉弄和部下的被粗暴对待而报仇。不过他知道应该谨慎而行;他自忖,若是再进舍伍德森林深处去搜捕罗宾汉的话,他得带上四百人而不是四十人。

现在罗宾汉的威名已经传播到米德兰各郡,甚至远及伦敦,因为他竟敢反对圣玛丽修道院院长和诺丁汉城郡长,而且又公然无视那个大领主伊桑巴特·贝拉姆,把少女玛丽安劫持了去。就在这个时期,开始唱开了有关他的事迹的古民歌,虽然这种荣誉通常是在人死后才能得到的。

人们也了解到,罗宾汉一伙人不伤害妇女,善待穷人,甚至还把从雨戈那样巧取豪夺的院长、从魔窟的伊桑巴特和罗伯特·雷诺特那样的压迫者那里夺来的财富周济穷人。当听说罗宾已拿出一大笔钱帮助赎回好国王理查德的时候,有许多高官权贵就公开宣称:这个通缉犯比那些拥有大城堡的贵族们要好得多,还有人毫无顾忌地说:应该赦免他,并归还他的土地。

但罗宾早已不想要他的田庄了,因为在舍伍德森林深处,和他的快活伙伴们一起生活,他感到非常快乐。

第十四章

斯卡雷被俘

冬季来了又走了,夏季回到大地,给舍伍德披上绿装。传闻理查德王已被释放,正在返回英国途中。罗宾一伙过着兴旺的日子。他们经常猎鹿,生活得十分愉快;甚至在严冬,玛丽安都认为,她从没有生活得像在森林里这样快乐。罗宾和众好汉不时从结队过路的诺曼客商那里捞一笔财,或者从胖教长那里夺来他压榨可怜的佃户得来的财物。自从诺丁汉郡长带队捉拿罗宾汉失败以来,再也没有人敢碰他了。

罗宾注意让他的部下总在忙着干些事情,因为他知道,空闲必会滋生不满。天气好时就出外打猎,如果不得不留在林中的秘密营地,就比武、射箭、斗铁头木棍。修士塔克和小约翰都是使棍的好手,连罗宾汉——虽然他也很精通使棍——都败在他们的手下。

六月的一天,好修士和小约翰比赛铁头木棍,激战近半小时也不分胜负,虽然两人都下了许多狠招。最后他们热起来,靠着长棍歇一下,喘口气。

修士说:"小娃娃约翰,只要你那膀子能再多长点肌肉,你就能成为出色的战士。"

"修士塔克,你吃鹿肉时,只要能少灌一点烈酒就会多一口底气来抵挡我了。"

"底气吗?"好修士说,"小娃娃,护住你的头吧,我有够多的底气能把它吹跑,要是我的棍子没把它敲碎的话。"

小约翰哈哈一笑,又和他打起来,两人各显神通,只见呼呼响的棍棒飞舞和撞击。突然,修士塔克退在一边,指着一个从山坡跑下来的人。

"停住,约翰!"他说,"那是马奇朝我们跑来了。我从没看见马奇急匆匆地跑过——一定出事啦。"

"看样子马奇出了岔子,"小约翰说,"因为马奇如果快跑,那就是跟自己过不去。"

"从他脸上看,这可不是什么玩笑事,"修士塔克说。"马奇,出了什么事啦?逼得你不再慢吞吞地走路了?"

"伊桑巴特·贝拉姆捉去了威尔·斯卡雷。明天中午就要在城堡前绞死他,伊桑巴特说要给所有通缉犯一个厉害瞧瞧,"马奇喘着气。"我们只是在三小时前一块出去的,碰上伊桑巴特带一队骑兵把我们冲散了。他们有二十来人,叫我没办法。"

"罗宾!罗宾!"小约翰喊道。罗宾走了出来,看是什么事。

马奇用几分钟工夫讲了不久前发生的事。最后一段消息是从伊桑巴特的一个农奴那里得来的,他听到领主说,要在明天中午把斯卡雷绞死在城堡门前。

"只要舍伍德还有一个人,就不能让他得逞,"罗宾坚决地说。"咱们凑在一块想个办法吧。我们要教训一下这个魔窟王爷,他居然敢惹起我的人了。"

全体头目紧急聚会商议了一下。他们深知魔窟是一个十分坚强的堡垒,要搭救斯卡雷必须克服巨大困难。但罗宾决意救回他的部下,即使要去围攻也在所不惜。

"可是我恐怕围攻不是办法,"他说,"因为如果那样办,怕要损失我们一半人。我们没有器械摧毁那高大的石墙。"

"好罗宾。"马奇说,"咱们这伙里有一个人是石工,他小时候帮助修建过魔窟。何不把他叫来,看他知不知道有什么进去的路。"

"进去的路倒容易,"罗宾回答,"可我们需要的是出来的路。不过,还是听听那个人讲些什么吧。"

于是马奇把他找来,那是一个会使剑而不会开弓的魁伟汉子,名叫迪肯·哈茨赫德,哈茨赫德是他出生的村子的名字。

"迪肯,"罗宾说,"你能和我们讲讲伊桑巴特的城堡的格局吗?有没有什么暗道使人能进又能出?"

"罗宾大爷,是有一条暗道,"迪肯答道,"那是一扇铁的后门,和墙壁一样结实,开在城堡的后墙,可通前面正中的大门。伊桑巴特修

275

建这道门时,用深凹的拱门遮掩着,为的是他杀了人的时候,可以抬出尸体而没有人看见。至少,在我帮着修魔窟围墙的时候,我听说是这样。"

"从那后门能进人吗?"罗宾思考着问。

迪肯摇摇头。"进不得,就像穿墙一样难。因为那是一道铁门,结实得很哪。可是人从里面走出去却不会给人瞧见。别的路我就不知道了。"

"那么,"罗宾说,"我就从正门进魔窟,和威尔·斯卡雷从后门出去。迪肯,你把魔窟里你所知道的一切暗道都告诉我。小约翰和我们的好修士去告诉其他弟兄:我们要在天亮前一小时出发,穿着绿林装束,带着弓就行了,不要穿盔甲。"

"不穿盔甲?罗宾孩子[①]!"修士塔克吃惊地问。"可是伊桑巴特的壮勇都是全副武装。咱们怎么跟他们打呢?"

"咱们分成几个小分队坐在城堡外面,在他们的弩弓射不到的地方,等着谁一露头就射——咱们的长弓的射程比他们远一百码,"罗宾解释道。"让他们看见你们没有穿盔甲。我希望伊桑巴特会放人出来攻打你们,只要你们及时往森林里跑,我们就不会损失人。趁着这样的佯攻时机,我要进去找威尔·斯卡雷,把他救出来。"

"若是不成功,我们连你也搭上了,那时大伙可群龙无首啦!"小约翰说。"让别人进去吧,罗宾。"

"不行,"罗宾说。"我要把他救出来。现在我们谈谈吧,好迪肯,我需要知道那里面的每个门和过道,尽你所知的统统告诉我。"

迪肯拿起一根树枝在地上画着行动路线计划,罗宾在一旁细细盘问他,直到天黑才完。这时首领已把魔窟内从主楼和其下的地牢通到外面围墙的一切暗道都弄得一清二楚了。好汉们一夜无话,修士塔克在天明前两小时唤醒了大家,那时他们看见罗宾已经起来等着他们了。

"可是你怎么进入魔窟呢?"小约翰问。"伊桑巴特一看到你就要绞死你的。"

---

① 神父对教徒的称呼。

"我自有办法,"罗宾说。

他带着两个大包,看来像有筐子捆在麻袋里。小约翰问他那是什么,他摇头微笑。

"这是我的军队,"他说。"一旦需要,我可以调动它使伊桑巴特的所有壮勇抱头鼠窜。"

"我怕这是个荒唐的冒险,"修士塔克摇摇头说。"我怕我们会失掉你,罗宾。"

"不管荒唐不荒唐,总会成功的,"罗宾回答,"不然我们的好威尔·斯卡雷就完了。现在出发吧,弟兄们,到时候啦。"

他们出发了。在四个小时的急行军后,来到森林外的一片开阔地,伊桑巴特的巨堡魔窟就耸立在一个高坡上,他从那里残酷地统治着周围的乡野,对和平的村民抽取重税,在他和圣玛丽修道院雨戈院长的双重勒索下,老百姓饥寒交迫。在罗宾一伙埋伏的附近,一个汉子赶着一头肥牛朝城堡走去,后面跟来一个老头,运一车给伊桑巴特烧的木头,上面是一袋袋引火的劈柴。

"这正是我要的人,"罗宾说着走出去,站在车前。

"嘿,大伯!"他叫道,"你那一车要卖多少钱?"

老头儿摇摇头说,"好老爷,我可不敢卖,这是给城堡送去的。"

"我给你两个金马克,只要你把衣服借我穿,让我替你赶车到城堡去,"罗宾提出了建议。

老头儿睁大了眼睛。"两个金马克吗,老爷?我一辈子也没见过金马克,只有一回见过三个银的。"

罗宾拿两个金马克给他看。"这是金的。大伯,现在你下车吧,借给我衣服穿,要快一点。"

"是啊,"老头说,"过两个钟头他们就要绞死罗宾汉一伙的那个大好人了,这些木头必须赶在那之前卸下。"

他下了车,照罗宾的吩咐脱下他的破烂衣服,让罗宾穿上。接着,罗宾弓着背,脸上抹些土,小心地把他的两个大包放在劈柴袋上,戴上两只粗皮手套,就像伐木人在砍荆棘时怕伤手而常戴的那样,把手套的套口系在手腕上。

"你怕弄脏手吗,老爷?"老头儿问,一面紧捏着那两个金马

277

克——这比他一辈子挣来的财富还要多。

"是啊,"罗宾说。"那个城堡可是个脏地方,无论从哪方面说,而且我也许不光是弄木头呢。"

"你那袋子里装着什么,老爷?"老头指着那两个大包问。他见罗宾很小心地放好,以便一边赶车,一边能把系着袋口的绳子攥在手里。

"那里面有我的几个朋友,"罗宾答道。"他们也许会给伊桑巴特一伙人开开心哩。"

他打一声呼哨,小约翰和六七个好汉就走出来,围住老头。老头儿站在那儿,对突然来了这些人感到吃惊。

"他们不会伤害你的,"罗宾和蔼地说,"只是为了照顾你,直到我安全地进入那个贼窝。好啦,小约翰,好好招待他,别让他受惊。你们照旧隐藏着,等到吊桥和城堡大门附近乱起来,就跑出去,走到离开他们弩弓射程之外一点点,然后拿出弓箭,看谁露头就射谁。"

他从放在旁边的一件大衣的口袋里掏出一顶怪样的布帽,戴在头上,然后再盖上老头的帽子。于是他坐上车,拿起缰绳,朝着魔窟去了。这时小约翰和其他好汉望着他的背影,为他的安全低声祈祷。

第十五章

他们怎样救回斯卡雷

城堡的院子里一片忙碌和喧腾,因为,除了清早的日常杂务外,还要搭起一座高大的绞刑架来绞死威尔·斯卡雷。伊桑巴特和他的朋友"恶煞罗杰"全身盔甲,到处走动,不是在这里动嘴下指令,就是在那里把哪个倒霉的工人踢一脚。伊桑巴特兴致很高,因为除他以外,没有别人能捉到罗宾一伙的任何人。他发誓绝不因为捉住一个就善罢甘休,他还要纠合一队熟悉舍伍德途径的人,把那整个贼帮一网打尽。等绞刑架搭好了,他还要开心一下,把威尔·斯卡雷折磨一小时,看看能不能在绞死以前从他的嘴里掏出罗宾的秘密隐藏地点,过去似乎还没有别人能找到。

忙碌和喧腾正达到顶点的时候,一个衣衫褴褛的老汉赶着车来到了吊桥边。他在经过岗哨时并没有受到盘问,因为那车子和马都是看熟了的,然后又穿过大墙的低矮的拱门。这道墙是城堡主楼的外圈防御,里面就是院子和主楼,楼里有伊桑巴特的住室,住室底下是地牢。走进拱门时,老汉回身把他的一只大包扎口的绳索扯开,推了推,那包里的东西立刻滚下来,离开拱门的暗处,滚回警卫室去了。

老汉毫不理会,继续赶车朝城堡主楼前进。离楼前开着的门有十码远的时候,伊桑巴特瞧见了他。

"嘿,老蠢驴!"伊桑巴特喝道。"你以为我们的宴会厅是存劈柴的地方吗?把你的车弄到这里!"

老汉傻里傻气地望着他,一面用手摸索着他的第二个大包的绳索。伊桑巴特朝车子刚走两步就站住了,因为这时从警卫室传来巨大的尖声嚎叫。这时老汉已把大包的绳扯开,推一推那包子,立刻罗宾的第二个蜂窝就滚到伊桑巴特的脚前。罗宾把面纱从帽檐拉下盖着脸和脖颈,一个箭步就跳到了主楼门前。

一大群愤怒的蜜蜂在城堡院子里到处乱飞。伊桑巴特正想跑进楼,却砰地被关在楼门外,并听见巨大的门闩插上的声音。那匹马被六七只蜜蜂蜇疼乱冲,冲散了朝伊桑巴特跑来的一群人,而伊桑巴特和恶煞罗杰由于蜜蜂钻到了盔甲底下,也被蜇得乱叫乱跳。他们拼命拍打身上的铁甲,但越拍越蜇得厉害。伊桑巴特的家丁们也四散奔逃。

有些人跑出拱门,朝吊桥奔去,可是在那里又碰上另一群怒蜂,值岗的人都跑进了护城河。他们站在水浅处,只把头时而露出来呼吸,却没料到蜜蜂已等待着向他们报复了。伊桑巴特和家丁们到处嗷嗷叫着乱跑,但他们跑到哪里,蜜蜂就愤怒地跟到哪里。由于城堡主楼是一个防卫性的建筑,它没有其他进口。除了罗宾已从楼里闩住的那个正门,也没有其他出口,除非经过警卫室。因此伊桑巴特和家丁们就被困在院子里,完全处于蜜蜂的围攻之下而无处可逃。

恶煞罗杰由于蜜蜂在盔甲下蜇着他而在地上打滚嚎叫。他看到外墙有一间幽暗的仓库,就朝它跑去,一面嚎叫一面拍打全身。就在这时候,从墙头上飞来一支长箭直射进伊桑巴特脚前的泥土里。伊桑巴特正蹦跳着用被蜇的双手拍打蜜蜂,他注视了一下长箭喊道:

"罗宾汉!——罗宾汉一伙强盗打来啦!来人哪,跟我来,放下吊闸!拉起吊桥!"

可是蜜蜂已够使他的家丁忙活的了,他们每人头上都有一小群蜜蜂恶狠狠地绕着嗡嗡叫;看到恶煞罗杰正向幽暗的门道躲去,家丁也都拥向那里。没有人听见伊桑巴特的喊叫,因为大家同时都在喊叫。伊桑巴特只好一面不断地蹦跳和拍打自己,一面跑向墙里的一间小屋去放闸门,以切断袭击者的进路。因为现在,射来的箭越来越多,已经有三个家丁没来得及跑到墙下就受了伤。

在巨大的主楼里,罗宾由于从迪肯的谈话中得益,一进门就冲进右面的一间小屋,那里只有一个看守人在懒洋洋地呆着。不用十秒钟,罗宾就用重木棒把他打昏在地,并把放在桌上的一串钥匙拿到手里。趁着外面蜜蜂引起的一片喧闹,他打开通向楼内大厅的沉重的门,走进以后又用钥匙反锁上。他又拿钥匙打开走下地牢通道的门,然后也反锁上,因为他知道他将不会从这里走出去。

"喂,看守!"他走完阶梯后,向一条幽暗的甬道那头大声喊道,那条甬道的尽头只有一个火炬在照明。"快出去帮助守卫外墙——有人攻打城堡啦!"

三个汉子跑出来,到了甬道。第一个裸着上身,脸上蒙着黑巾。罗宾知道这是伊桑巴特的头号打手和刽子手,立刻跑上去照他的头上猛力一棒,打得这坏蛋再也不动弹了。第二个还不知道自己挨打就已倒下。第三个刚拔出匕首来,罗宾就已扑上去,砰地一声使他栽倒在石块地板上。这两个都昏倒了,罗宾把他们拽到地牢里,加上锁。他转回身处决了刽子手,就让他在那里躺着。

"斯卡雷?"他大声喊道,"你在哪里,好威尔?"

"我在这儿!"从甬道尽头传来一个微弱的声音。

罗宾小心地走着。先穿过一间大屋子,屋门口闪着火光,正是在这里烧着烙人的刑具。又走过一些门,从那里传出伊桑巴特残害的一些囚徒的呼声和呻吟。他又招呼一声,好弄清斯卡雷是在哪一室,然后找出钥匙,打开了门。

威尔·斯卡雷蹒跚着走出来,头上扎着一块血污的布。"我知道你不会扔下我,罗宾,"他有气无力地说。"可是我怕我回不到森林里去了。他们伤得我好重。"

"别灰心,好威尔,"罗宾说。"走出这个发霉的地方,吸一点新鲜空气就会有奇效。我想我们还有时间一路打开这些门,也许能从这些被囚的人那里得到点帮助,只要给他们武器。"

沿着甬道一路走到台阶口,他们把囚门一一打开。于是爬出了十多个囚首垢面的人,要是他允许的话,他们都会去吻他的脚的。其中有四个没有关得太久的壮汉,还有一个高个子对罗宾深深一躬,感谢他的搭救。

"这位放出我的恩人是谁啊?"他问。

"以后再说吧,"罗宾简短地说。"你拿把斧子或一把大火钳子,或者从那拷问室里找任何一件能打人的东西都行,因为我们也许还要打一阵才能得到自由哩。"

现在他有了五个汉子做帮手,另外还有一些囚禁很久、身体虚弱、不能打仗的人,他要其中的两个扶着威尔·斯卡雷。按照迪肯的指点,他在台阶口的墙上找到一个矮门,打开它便看见一条黑糊糊的潮湿的甬道。

就在这时候,他们听到头上有巨大的撞击声。罗宾对这闹声冷笑着说:

"这是伊桑巴特,毫无疑问。他想打进他自己的正门,听声音就是。"

正是这样。因为罗宾把大厅的正门反锁上了,又没有人从里面把门闩拉开,伊桑巴特如要进去,只有撞毁大门。可是他知道,这得费木匠和铁匠一个月的工夫才能修复它,更不必提对石建筑的破坏了。罗宾的好汉们如果了解内情的话,本来可以趁着领主被关在门外和蜜蜂所造成的恐慌,当天就进军拿下这个城堡。可是,他们只是一味射箭,纳闷伊桑巴特为何不来攻打他们,却不知他在自己的城堡院子里是如何手忙脚乱哩。

"我们还必须走这条道,"罗宾望着黑洞洞的通道说。"你们去一个人到过道的那一头取火把来,我来领路。"

火把取来后,他一手拿火把,一手握剑走进通道,因为若遇对手,这里太狭小,使不开棍棒。但他们没有遇到敌人,因为这通道是伊桑巴特的暗道,专为运出被他害死的人而使用的。几乎有四分之一英里长吧,他们估计着,一路是滴水的湿泥路。走到尽头时,看到了铁门的钥匙孔透进来一线日光。

"现在上帝保佑,让我有这个门的钥匙吧,"罗宾一面说,一面用他带来的钥匙去试。有一把正合适,他开了门,带大家走进一个深深的门拱,外面便是灿烂阳光在水上闪烁。

他们看到,自己正站在一个陡坡的顶上,后面是城堡围墙,前面是深深的护城河。在远处,罗宾的一群好汉埋伏着等他。小约翰站起来朝他们挥一挥手,表示已看到了他们,然后又没入草丛。

"我们必须泅水过去,"罗宾说,"来吧,威尔,我帮你一把,泅过去。"

那询问过他的高个子走上前说:"好先生,让我在另一边帮他,我们俩人可以一起扶着他过河去。"

"很好,"罗宾说,"但你是什么人呢,谈话像个诺曼骑士,可又被另一个诺曼骑士关在监狱里?"

"我是一个骑士,理查德·李爵士,"那人说。

"天哪!"罗宾吃惊地叫道,"可是我们先游过去再说。"

他带头走下河岸,一路扶着斯卡雷,理查德爵士在另一边扶着这受伤的人。他们游了过去,又爬上岸,那四个有力气拿武器的壮汉跟在后面,还跟来了另外两个囚徒。其余的是已被伊桑巴特折磨多年而快死和几乎神志不清的,他们不敢相信自己能泅过这条深河,只是站在拱门下呆呆地望着。

"可怜的人,"罗宾回头看看他们说,"我多么希望能把他们救出来。但是既然他们不能自己走,就得等我们下次再来了。咱们快走吧,不然城堡里的人就会察觉到我们了。"

可是伊桑巴特和众家丁既要忙于设法跑回自己的城堡,又要忙于逃脱那仍在他们身边嗡嗡叫的蜜蜂的注意,哪里有空去侦察他们呢?等到罗宾一群人已经走出弩弓射程之外,这才听见城堡墙头上一片喊声,表示他们已被察觉到了。过了一会,约有十多个骑马的壮勇踏着嘚嘚咽蹄声跑过吊桥,绕过护城河,直奔田野来切断这些逃跑的人的后路。于是罗宾从化装的破衣下拿出他在诺丁汉比武中赢得的银号角,连吹五声。

立刻,从罗宾等人奔去的树林中,飞出一阵又一阵的长箭朝追来的骑手射去。只过一分钟,半数的马都倒下了,其余的掉头朝城堡里狼狈逃窜。罗宾又吹了一短声,箭雨便立即停止。

"好汉,"理查德·李爵士说,"你是一个魔法师么?"

第十六章

来自东部的消息

理查德爵士还一直在纳闷的时候,罗宾汉走向一片林中空地,在那里,他和被救出的威尔·斯卡雷立刻被好汉们围起来,这就更使这位骑士感到惊奇了。

"你照看一下我们的好威尔吧,小约翰,"罗宾吩咐道,"他们把他的头部打了一个严重的伤口,我们必须背他回去。"接着他转向骑士说,"你呢,先生,虽然你给了我一个不可思议的姓名,也许还愿意去我们那里歇息和吃饭吧?"

"十分高兴,"骑士回答说。"可是你为什么说我告诉你的姓名是不可思议的呢?"

"因为理查德·李爵士在前赴圣地参加理查德国王的战斗时,早就坐船沉没淹死了。这是老早的传闻了。假如我能把一个死人从伊桑巴特的地牢里救出来,那我可真成了你所说的魔法师了。"

"伊桑巴特的地牢?"骑士重复着。"可那是罗杰的地牢啊,就是人们叫做恶煞的那个人。在我囚禁的时候从没有见过伊桑巴特·贝拉姆。"

"那么,这倒是一个谜,"罗宾迷惑不解地说。"好骑士,等到我们向营地出发的路上,你再把一切经过对我说说吧,要知道你现在是安全地在舍伍德和罗宾汉一伙人在一起的。"

"他们是些什么人呢?"骑士问。

"你是说你从没有听说过罗宾汉?"小约翰惊奇地问道。"好骑士,你到底一直在哪里?"

"过去四年,一直被囚禁,外界情况完全不知道,"理查德爵士悲痛地答道,"连我女儿的生死都不知道,更何况外面发生的什么事呢。"

"那就把你的那次事故前前后后都告诉我们吧，"罗宾告诉他，"我们也许可以帮助你。"

"事故是从我妻子的去世开始的，"骑士说，"那时我决定追随我们伟大的国王去打土耳其人，以便暂时忘却我的悲哀。因此，我就把女儿玛丽安交给圣玛丽修道院的雨戈院长监护，同意他把她送到柯克利斯去。由于缺乏现款，我又向院长借了五百马克置备行装和租船供我和我的随从使用，答应给他年息五十马克，并把我的庄园作为借款的抵押。因此，直到今天他一直拿着我的庄园的地契。"

"原来如此，"罗宾说，"我原应该能想到，雨戈院长在这桩阴险的勾当里必定插了一手。但继续讲下去吧。"

"在做好一切准备，并和我亲爱的女儿告别以后，我便带领随从到赫尔，然后乘船到波尔多，在那里还有一些人受令归我指挥。可是我们在海上才航行三小时，从东方突来一阵风暴，把我们吹到林肯郡的海岸去了。我不知道是否还有别的人从沉船里被救出来。我抱住一块破船木头被冲到岸上，头部受了重伤，有个大伤口，几乎昏迷不醒。人们发现了我，我告诉他们把我送到圣玛丽修道院去，在那以后，我由于重伤而发高烧，便昏迷过去了。"

"因此你不知道你是不是到了圣玛丽修道院？"罗宾问。

"我记得，仿佛做梦似的，看到雨戈院长和恶煞罗杰在一起谈话，"理查德爵士说，"在那以后，发烧又使我昏迷了。我在地牢里醒过来，你就是从那里把我救出的，你自己说名叫罗宾汉。"

"你向院长借款，借契期限多长？"罗宾问。

"四年为期，"骑士答道。"如果到今年米迦勒节①还不归还，那我最好的庄园土地就归雨戈院长了。"

"原来如此，"罗宾点点头。"这一切阴谋暗算都清楚了。由于他也不敢杀害你，他要把你关四年整，然后庄园就归他所有，他还要叫你认为是恶煞罗杰把你关起来的，而不是伊桑巴特·贝拉姆，因为他要把你的女儿玛丽安许配给贝拉姆，从而使他和他的朋友能瓜分你的一切财产。现在离米迦勒节还有七个星期哩，好理查德爵士。"

---

① 9月29日，为英国四大结账日之一。

"这个借契是要还七百马克呢!"理查德爵士说,"就是七个马克我也还不起。"

"这你不用担心,理查德爵士,我借给你这笔钱,"罗宾说。"它对我们不过是个小数目。"

"哎呀,"理查德爵士说,"只有国王才能说它是个小数目。你这样谈话,到底是什么人?"

"我是舍伍德之王,由于婚姻关系也是你的一个小亲戚,"罗宾哈哈一笑道,"你很快就会明白。"

因为这时他们已走过好多林中空地,快到住地了。他们开始走下陡坡的小径,下面就是他们隐秘的林中空地。理查德爵士看到山谷中的茅屋时,迷惘地摇摇头。

"不对呀,"他说,"我的亡妻的所有亲属我都知道,其中没有像你这样的人。"

但这时,玛丽安朝着小径跑来,因为她是一个好妻子,为了罗宾去魔窟的大胆冒险捏一把汗,正忐忑不安地等着消息。她谁也不看,直投进罗宾的怀抱,也不理睬他身旁的男人。

"我什么也做不下去,只是坐着为你祈祷呢,"她说,"我一直为你在那个坏人窝里提心吊胆。"

罗宾吻了她,然后把她推后一点。"我们都平安无事,斯卡雷回来了,带着伤等你医治呢,玛丽安,"他说。"可是你向周围看看,是不是在我们带来的人中有你认识的。"

接着,只听她高声欢呼,投进理查德爵士的怀抱,紧紧贴着他的心胸。"噢,我们都以为你死了!"她快乐地叫道。"罗宾,这太神奇了。"

"是啊!"罗宾淡淡地说,"确实神奇,你看一两窝蜜蜂要是会用的话,能做出多大的事情!"

骑士透过玛丽安的头顶看着搭救他的人说:"先生,我不知道你是谁,不知道你为什么住在这里,可是你在一天之内把自由和女儿都给了我,虽然为什么她如此先投进你的怀抱——"

"活见鬼!"罗宾哈哈一笑说,"难道一个人的妻子在他回来的时候不能去吻他?"

"我不能期望她有更好的丈夫,单凭我所了解的她丈夫的一点点情况就足够了,"理查德爵士答道。"不过在这山野里有一点无法无天的味道,我敢说我闻到的若不是烧鹿肉的气味,那我就不算懂得鹿肉香了。不过这不关我的事。"

"好理查德爵士,"罗宾说,"那烤着的鹿肉就有一部分很快与你有关,我们今天要大摆酒宴庆祝你和斯卡雷的脱险。斯卡雷的好妻子给了我两窝蜜蜂,它们在城堡的院里把伊桑巴特和他的家丁们打得落花流水,使我能放手去找你们。玛丽安,你让修士塔克把我们的藏肉拿出来烹调吧,要是你告诉他谁是我们的客人,我担保他一定要给我的好岳父显显他厨师的好身手了。"

他们欢欢喜喜地吃了一顿鹿肉、野猪肉、肥鹅和野鸡,还有上好的白面包,那在当时除了在贵族餐桌上都是很稀罕的。好修士还滚出了一大桶烈性啤酒,另有一桶葡萄酒是在圣玛丽修道院运去时被他们夺来的存货。小约翰专心一意地吃着,连停下来咂咂嘴唇的工夫都很少。

"小娃娃,喂,收敛点,"修士对他喊道,"要不然等我喝完这一点点只够装进小酒杯的酒,就没有剩下给我吃的了。"

"我们的修士塔克才是一个大魔法师哩,理查德爵士,"小约翰说,"他居然能把两夸脱①好啤酒倒进一个小酒杯。"

"我这是第三夸脱啦,小娃娃,"修士说,"厨房里做饭可是渴人的活。"

"好一个小酒杯,那你就快吃吧,让我料理我自己的盘子,"小约翰回他一嘴。"如果你怕我吃得太多,下次就多做点。"

"不对,"修士说,"我做饭是给人吃的,而不是给鲸鱼吃的。但我还是别停下说话,不然我还没有吃,我们的大娃娃就要把饭桌一扫而光了。"

于是他也忙着满足自己的大胃口,而理查德爵士则注视着女儿的快乐面孔,好像怎么看也看不够。这时罗宾讲着他怎样把蜂窝从车上滚下来,伊桑巴特爵士怎样被钻进盔甲的蜜蜂蜇得胡蹦乱跳、拍

---

① 英美制容量单位,四夸脱等于一加仑。

打盔甲,听得大家开怀大笑。正当他们还在欢乐的时候,就见一个伙伴领着一个粗大的陌生人走下山坡小径,直来到罗宾跟前。

"头领,"那伙伴说,"我把这个沃尔特·雷文斯卡带来了,因为他请求和你说句话。"

"欢迎你,好沃尔特,"罗宾接待这陌生人说,"听说你是约克郡的最好射手之一。坐下来一起吃饭吧,然后咱们来一回射箭比赛。"

"我十分高兴,好罗宾汉,可是我是负着更严峻的使命来这里的,"沃尔特回答。"在约克郡再也找不到别人来帮助我们了,因此我的主人特地派我从雷文斯卡来向您求援。"

"怎么回事?"罗宾问。

"是这样的,"沃尔特答道,"古斯·雷文斯卡爵士虽然是撒克逊族的伯爵,但由于威廉王对他父亲的恩典,却还保留着他的城堡;不过遇到困难时,附近没有一个诺曼骑士肯帮助他,因为他们都希望他垮台,他的城堡会交给一个诺曼人。现在雷文斯卡处境很危险。"

"而且离舍伍德很远,"罗宾指明。

"不过还来得及,"沃尔特敦促说,"因为那个被叫做戴蒙教士的可怕的海盗头子正在泰恩河口沿岸肆意劫掠,我的主人古斯爵士得到可靠消息说,再过十天,或者多一点,戴蒙就要来劫掠我们附近一带地方,并且围攻雷文斯卡城堡。因此我们向约克郡的诺曼人求援,可是他们哈哈一笑说,让戴蒙绞死我们吧,他们才不管呢。"

"他们是会这样的,"罗宾说。

"我因此告诉我们主人,有一个撒克逊人统治着舍伍德,可以向他求援。于是我就到这里来了。"

"这件事我必须交给大伙决定,"罗宾想了一会儿说,"因为这里大家都是自由人,而这个问题越出我们郡的范围。"

酒席吃完后,他召集了一个会,让玛丽安和理查德爵士坐在身边,他告诉大家沃尔特的事。

"现在你们看怎么办,伙伴们?"他问道。"我们要不要去打这个海盗,去救雷文斯卡的撒克逊领主?"

全体举手赞成,一个巨大而深沉的喊声"去"表示了大家的齐心一致。

"这就是对你的回答啦,沃尔特,"罗宾微笑着说。"你看,只要有一个英国人向另一个英国人求援,他就准会得到帮助。虽然我很难说,我们这些绿林人怎么去应付一个海盗,特别是像戴蒙这样的海盗。"

"我们要把他引到陆地上来,罗宾,"小约翰说,"也许要用一两窝蜜蜂招待他,或者给他射许多好箭,使他觉得有一群蜜蜂在耳边嗡嗡叫。"

"我们必须把你留下,玛丽安,"罗宾沉思着说。"还有威尔·斯卡雷的伤一时不会痊愈,我要留下二十个好伙伴保护你们,其余的都跟我去。"

当天把一切都计划好了。次日早晨罗宾率队走到舍伍德森林的边沿,然后等到夜晚,由沃尔特带引着开始行军。他们携带五天的给养,在那以后就由古斯·雷文斯卡爵士供应。理查德·李爵士前往纽瓦克,因为罗宾汉告诉他在那里可以找到国王的司法官,去上告雨戈院长和伊桑巴特爵士对他非法的幽禁。可是不巧,他去迟了一天,那司法官已经北上到圣玛丽修道院雨戈院长那里做客去了;关于这件事,以后还要提到。

罗宾从魔窟救出的四个壮汉当中,有一个又回到伊桑巴特·贝拉姆爵士那里去听从指示。伊桑巴特被蜜蜂蜇得很严重,坐着不行,躺着也不行。那汉子名叫威廉,是为了一点小过错被伊桑巴特投进地牢的,现在他希望重新得到主人的恩宠。

"你又回来啦,威廉!"伊桑巴特带着完成报复的满意心情说,"好,好,给我回到地牢去!我要叫你脊背疼得睡不下。要是我有一窝蜜蜂,就要让它们在地牢里陪着你。"

"可是我给你带来了大好消息啊,伊桑巴特爵士,"威廉说。他现在有点担心把自己交到正在发怒的主人手里,可是仍怀着希望。"我能把你领到罗宾汉的极秘密的巢穴里去。"

"哈,哈!"伊桑巴特眉飞色舞起来。"那我们终于要捉住这恶徒了!"

"他带着他的那伙人离开了,"威廉说,"可是他留下理查德爵士的女儿玛丽安,由二十来人保护着。我想也许你愿意捉住她,然后设下埋伏等他那一伙回来。我到过他们那儿,可以给你带路。"

伊桑巴特急切地瞧着他。"威廉,假如这是真的,"他说,"你就不必再进地牢了;但是如果你撒谎,骗了我,小心我活剥你的皮!"

"我不撒谎,是真话,伊桑巴特爵士,"威廉申辩说。"你可以把我捆在你身边,看看我说的是不是真的;等你得到了赏金,适当给我一点报酬就可以了。"

"赏金——会有的,"伊桑巴特沉思着。"玛丽安一到我手里,她的财产也就归我了。虽然理查德爵士跑掉了,我们都能发誓肯定他和通缉犯罗宾串通勾结,因而可把他也定为通缉犯。这一切都将顺利实现,只要这些可恨的蜂蜇伤口早日痊愈。威廉,到你的屋里去吧,等我把人集合起来以后,我会派人去叫你带路的。"

威廉感到很满意,表示服从。就在魔窟里周密策划阴谋的时候,罗宾和他的好汉们向雷文斯卡进军。

第十七章

他们怎样攻获海盗船

沃尔特·雷文斯卡同罗宾汉一起,躺在离今天名为"罗宾汉湾"的海岸不远的草地上。在他们的右方高处,屹立着古斯爵士的雷文斯卡城堡,墙头上站着岗哨,在月光下像许多黑点。在他们的前方,弯曲的海岸线向北延伸。在他们的两边斜坡的洼地里埋伏着罗宾的伙伴们,正和他一样等待着戴蒙教士及其战船的到来。当好汉们在监视着海湾时,罗宾已吩咐撒克逊人古斯派出他的一些人守卫城堡,以防来自南边的攻击。

这时离天亮还有三小时。罗宾和沃尔特一边等待一边聊天,而小约翰和修士塔克正在离他们不远的地方分享从城堡里弄来的一大块鹿肉馅饼和一大壶啤酒。

"今晚他不会来了,"罗宾说,"我们还得再等他一天,虽然我担心如果海盗再推迟一个晚上才来,我的人就会把古斯爵士家里的东西吃得精光。"

"他会来的,"沃尔特有把握地说,"我们有从北方得来的确实消息,他正在向南往这里航行,沿途登岸尽可能深入内地进行烧杀。"

这时,小约翰的声音传到他们耳边,"不能这样,修士,你咬的时候要公平点!像你刚才那样吃法,再咬三口,我的牙齿就没有东西可咬了。"

"小娃娃,我必须保护自己呀,"修士塔克说,"你刚才咬的那一口,就把半个馅饼吃掉了。"

"你像你第一口就喝掉半壶酒一样,"小约翰反驳道。"要是我们有一整桶酒就美了。"

"我只不过喝了一口呀,"塔克抗议说。

"下次你喝一夸脱就立刻满足了,"小约翰劝告对方,"因为你喝的一口酒就足够把那艘海盗船漂浮起来。"

"那边来的,似乎就是他们所说的海盗船,"罗宾汉说,一艘船的船头正出现在北边岬角上。"你说对了,我的好沃尔特,他会在涨潮时进来。"

"他会把船停靠在岸滩上,等到天亮,"沃尔特说。"然后花一整天在岸上到处放火掠夺,到晚上又起航离开,这是他的习惯做法。"

"只要我还活着,"罗宾说,"他就不能再航行到各处放火掠夺。"

这艘船,长而窄,像斯堪的纳维亚人的战船,两侧各有一排长桨,就是靠它们把船划向海滩。他们在月光下可以清楚地看见这只船,甚至也看得见挤到舷墙边的一群人的头部,他们正眺望着前方的又一片和平景象,这种景象也将被他们变成一片火海。就在船尾掌舵的那个矮壮的人,正是海盗头子戴蒙教士,他正准备前往洗劫雷文斯卡。

罗宾的人奉命紧握刀剑,埋伏在石岸边缘的丛草中等待出击。那条船驶近岸边时,他们听得见船上下命令的喊声,看得见长桨提起让船滑行的情景。戴蒙的打算是把船停在海滩上,等到涨潮时离开,到那时他可以完成在岸上的行动,使雷文斯卡及其周围的房屋变成冒烟的废墟。可是他完全没有想到会有一批人正在岸边等着他。

当船头一靠上海滩,两批飞箭就把十名海盗射倒了,这是向戴蒙发出的警告。接着,好汉们把弓放下,因为弓弦如被海水弄湿就不能再使用。然后他们抽剑喊杀,跨过多岩石的海滩,冲向海盗船。

对这次战斗,戴蒙一伙毫无准备,因为一向仅凭他的恶名远扬就使沿海各地无人胆敢反对他。向来他总是等把船停靠好,就同他的恶徒们一起登岸。这一次,他的船靠岸时,他的人中携带武器的不到一半,还有许多人仍在睡梦中,因他本想等到天亮时大伙才一起上岸。这时,他高喊一声,拿起他沉重的战斧,从船尾的台上跳到船中心,和部下在一起。

"快拿起武器!"他命令道。"有一支军队正向我们杀来!"

说着,他向在船边露出的人头猛砍一斧。假如小约翰没有及时躲开,那天早上他的脑袋就掉了,可是当他看见猛砍过来的斧头时,便把抓住船舷的手松开,扑通一声跳回水中。这使戴蒙确信他已经杀了一个来袭者。可是罗宾几人已经冲到船的周围,海盗们也都拿起武器顽抗。在船的中部,一场恶斗正在进行。罗宾率先登船,跳到甲板上,随后跟着沃尔特·雷文斯卡和修士塔克。塔克手中的斧头比戴蒙的更大。

"好汉们!"塔克一边挥舞斧头一边喊道。"好汉们杀呀!胜利属于我们,快乐的伙伴们!"

戴蒙的黄胡须在月光下发亮。他大喊一声冲向塔克。塔克用铁头木棍练出来的强壮双臂,正是壮实的海盗头子的敌手。塔克闪避过凶狠一击后,以自己的斧刃迎击海盗的斧柄,把它削成两半,使戴蒙的斧头飞掉了。戴蒙后退去另找武器。这时罗宾的全身湿透的伙伴们都已上船。渴望和自己的首领并肩战斗。一百多个海盗则围住他们,疯狂地刺杀,他们中有些人因仓促应战而没有带足武器。

一阵呼喊声忽从他们的背后传来。那是小约翰和其他六人从船的另一面爬上来,冲向海盗。由于是从背后袭击,海盗们还来不及转身应战就有六名被击倒。当轮到小约翰一伙人受到攻击时他们便背靠背,用刀剑组成一堵墙,杀出一条血路经过主桅,去接应背靠栏杆的罗宾及其伙伴。磨坊主的儿子马奇,剑被打断,人被打倒后,又重新站起来,并从一个被击毙的海盗手里夺到斧头,再次英勇地投入战斗。

这是一场艰苦的你死我活的战斗。戴蒙狂喊着要他的喽啰们往前冲,罗宾则在栏杆旁默不作声地搏斗,以待他的人全部上船。小约翰一伙人终于杀出一条血路到达罗宾身边,就在这里,在海盗船的中部,海盗和好汉们双方鏖战到月亮西落,天色破晓。罗宾眼见忠于他的好人一个又一个倒下,再也起不来。戴蒙他们是一伙像困兽般顽抗的凶猛海盗。他已把好汉们逼到背靠船的栏杆。这时戴蒙握着另一把斧头又率领喽啰来战。

现在太阳快出来了。罗宾开始怀疑他的人能否打败海盗。正在此时,海盗中发出惊叫声,只见十几个全副武装的人从他们的背后跳上船。沃尔特·雷文斯卡在高喊:"胜利属于古斯爵士!古斯爵士来救援啦!"

古斯爵士看见海盗船在海湾内靠岸,并听到搏斗的声音,于是就从守卫城堡的人中尽可能抽出人员来到海滩支援。和戴蒙一样,他挥动着战斧,在海盗中为自己和他的人杀出一条道直到罗宾汉身边。这时,他们稳步前进,慢慢迫使海盗在甲板上向后退。

戴蒙退到背靠主桅的位置上,重新集合那些残忍的喽啰们去应付绿林好汉的攻击。古斯爵士带来的人都虎虎有生气并求战心切,当太阳从东边升起,海鸥尖叫着在头顶上盘旋时,他们同罗宾的战士一起把海盗一个一个砍倒。戴蒙现在清楚地知道,他们已被打败,他不可能再烧毁房屋,残杀男女了,但他仍然要战斗到底,因为他又残暴又勇敢。除他以外,只剩下三个受伤的人。

当古斯爵士和好汉们暂退下来稍事休息时,罗宾要求戴蒙投降。这个海盗头子听后大笑。

"投降?要我被吊死在自己的桅杆上?"他大声说,"不,红胡子,但你得提防着点,现在该轮到我们两人来较量了!"

他跳起来挥斧向罗宾砍去。罗宾只是向旁一闪,让他扑了个空。于是一场恶斗从此开始。其他所有的人都站在光滑甲板的一边,观看戴蒙如何使用斧头挡住罗宾的袭击,罗宾又是如何以奇迹般的技巧使自己免受海盗的野蛮攻击。

两人相比,罗宾身体较高,戴蒙肩膀较宽,肌肉较发达。他们互相围着转,剑斧相对,海盗残暴的眼睛冒着火焰,一次又一次试图给对方致命一击,而罗宾却只是不断闪避敌人的攻击,让对方消耗体力,等待时机给予最后一击。

当戴蒙因使足力气要了结罗宾的性命,把手伸得过远而脚下一滑时,机会来到了。就在他还未恢复平衡时,罗宾的利剑已闪电一般正砍进戴蒙铠甲上边的空隙,戴蒙长满胡须的脑袋立即从他的肩上掉下来,滚到甲板上。罗宾往后一站,挂着利剑,呼哧呼哧大口喘气。

"所有海盗就这样都完蛋了,"他说。

"真是伟大的一击,一场伟大的战斗,好罗宾汉,"古斯·雷文斯卡说。"人们将永远歌颂这次战斗。"

"只要我现在能喝上一口好啤酒或葡萄酒,他们把嗓子喝哑了我也不在乎,"罗宾回答说,"因为我差不多渴死了。"

修士塔克从不知何处找来一壶酒(干这种事他一向是受信任

的),罗宾大口大口地喝了。

"好罗宾,现在这艘船就是给你的奖赏,"古斯说。"由你随意处理,并希望提出应该如何报答你们。"

"这艘船是邪恶之物,恶贯满盈,不应该再航行,"罗宾说。"我们要把它就地烧毁。至于报答,古斯爵士,在我们回家之前,让我的弟兄们美餐一顿吧,此外我们不需要任何报答。"

他们清点损失,发现弟兄中有二十人阵亡,另有三十人重伤,需要抬回雷文斯卡城堡,卧床养伤,直到能走回舍伍德森林。随他出来的一百二十人中,现在只有不到七十人能奉命返回营地。

他们把牺牲的伙伴们葬在面向大海的山坡上。海盗尸首都留在战船的甲板上,同船一起烧掉。在这之前,罗宾和他的伙伴已把船上所有值钱的东西都搬走了。这艘船上有很多贵重物品,因为戴蒙在到雷文斯卡进行最后一次大战斗之前,在北方已获大量赃物。

"平均分享吧,古斯爵士,"罗宾说,"如果你不来支援我们,我们很可能打不过那些海盗。"

"不,你这样讲是太宽宏大量了,"古斯爵士回答,"如果你没有来援助我们,今天雷文斯卡就没有一个人能活着。你们要什么都拿走吧,留下一点你们想留下的。"

"那么我们拿走一半,留给你们一半,"罗宾坚持道。"由我们的大力士修士塔克和小约翰一起负责分东西。"

船上有够多的东西可以给双方,其中有珍贵金银餐具和珠宝,大桶美酒,丝绸和精美织品,以及大量武器,好汉们从中挑选了自己中意的。他们把东西全搬走以后,就把战船点燃。看着浓烟滚滚,烈焰冲天,罗宾和伙伴们开始谈论舍伍德和返回旧营地。

"我讨厌这种开阔地带和海上活动,"小约翰说。"我还是喜欢那有肥鹿的森林,里边可以找到好的木棍用来揍塔克的头。我不喜欢海水的气味。"

"就由他去吧,"修士塔克说,"因为我自己也能揍人。可是这是谁来了——为什么威尔·斯卡雷要来这里,他本应留在舍伍德。"

这时,斯卡雷骑着一匹大花马越过山脊向他们飞跑过来。他骑到罗宾汉身边时把马勒住。

他说:"罗宾,我日夜不停地赶来告诉你,伊桑巴特·贝拉姆已经把我们的林间空地烧了,并把你的妻子玛丽安抢走了,把她和被俘虏的五个好伙伴一起带进他的魔窟。"

第十八章

黑骑士的出现

古斯爵士所能找到、借到的只有二十二匹马,他很高兴地都借给罗宾及其伙伴。他们利用戴蒙船上的赃物全副武装起来,就向魔窟出发。罗宾和小约翰率领着骑马队伍,修士塔克、威尔·斯卡雷和马奇则和没能找到马匹的人一块步行跟在后面。自从罗宾进入绿林以来,这是他第一次绷着阴沉的脸。本来,他能用俏皮话和一双笑眼对待任何一个反对他的人,可是,这一次把玛丽安抢走则是另一回事。

"我就是从这个伊桑巴特的手里把她救出来的,"罗宾说,"我知道她害怕这个家伙,就像任何其他少女要躲避邪恶一样。现在,不管伊桑巴特是否已经损害了她一根毫毛,但仅仅用这种行为来反对我,就使魔窟注定要灭亡。"

"朋友,"古斯爵士说,"去攻打一座你称之为魔窟的坚固城堡不是件小事。"

"攻打?"罗宾严厉地说,"我不但要攻击,而且还要放一把火把魔窟烧掉,把它彻底毁灭。只有这样,正直的人才能自由呼吸,他们的妻子才不会一听到伊桑巴特·贝拉姆的名字就发抖。他已经恶贯满盈了。"

罗宾知道要走的路很远,必须快马加鞭。他们来雷文斯卡夺取海盗战船时,是只在夜里行军的,现在他们不论是骑马,还是由修士塔克率领的一批人,都日夜兼程,因为他们都一心想着玛丽安和五个好伙伴已被伊桑巴特劫进魔窟。第三天夜幕降临时,罗宾和他的一伙人到达森林的边缘,他们下马远望魔窟。

"看呀,好罗宾,"小约翰带着哭声,指着建在高地上的大城堡说。"从某方面来说,去救他们已经太晚了,我们再也不能和那五个兄弟说上话了。"

城堡的外墙顶上,竖有一个支架,上面挂着五个黑色的人体,静止不动,一片不祥的气氛。罗宾长时间默默地望着死去的伙伴们,然后他抽出利剑,把十字形的剑柄贴着自己的嘴唇,一字一字地说:"向圣母发誓,这个恶魔不像他们一样丧生,我决不停止战斗。"

"我们等不等好修士和其他人来后再动手?"小约翰问道。"那座城堡确实是个坚固的堡垒,伊桑巴特又人多势众。摆在我们面前的,不是一桩轻而易举的小事,罗宾大爷。"

"我们今晚休息,"罗宾答道,"但到天亮时我们必须起来打击他们。他还不敢伤害玛丽安,因为他要夺走她的田产,就像雨戈院长要夺走理查德爵士的庄园一样。到天亮时,我会想出干掉这个伊桑巴特的计划来的。"

"那是谁来了?"小约翰问。"如果是伊桑巴特本人该怎么办?"

"伊桑巴特没有那么高,"罗宾说,"他也不会像这个人那样骑马。你看见了吗,他手里拿的是个没有装饰的盾。"

这个陌生的骑士从城堡方向走来,骑着大黑马,全身黑盔黑甲,脸盔放下。奇怪的是,他没有勒住马,也没有因见到路上有十几个武装的人而显得惊慌,因为在这种动乱年代,单身独骑很可能预料会受袭击。他像一座黑铁塔一样在移动。他们看到在他的马鞍旁边挂着一把大战斧。

"一位勇敢的人,"罗宾钦佩地说。"骑士,"他向对方呼唤,"你沿着这些林中道路要骑到哪里去?"

黑骑士勒住缰绳,说话时从脸盔的夹缝中发出的声音有点瓮声瓮气。

"我为所欲为,要到哪里去就去哪里,"他回答说,"但是现在,我想到森林中为我自己和我的马找个住处。"

"可是在你背后就有一座真正坚固的城堡可以让你住宿,如果你是为约翰伯爵办事的话,"罗宾向他指点。

"约翰伯爵的事务差不多也就是我的事务,"骑士说。

"那么在那座城堡里就住着他的一个人。当我们攻进那座城堡时,我们会乐意把你和他一起杀掉,"罗宾说。"你还是走吧,因为我们这里一共有十几个人,不愿一起对付一个人。"

"这里有个谜,"骑士沉思着说,"因为从你们的武装看,既不像诺曼人,也不像撒克逊人。你们为什么提出要去攻打那边的城堡?"

"有许多原因,"罗宾答道,"因为你是约翰的人,就不该知道。你走吧,到城堡或者别处去。"

"虽然约翰的事务差不多也就是我的事务,可是我并不是他的人,"骑士回答说,"如果有理由要把那座城堡摧毁的话,必要时我也许能帮上忙。但是有什么理由吗?"

"有完全正当的理由,"罗宾答道。"如果你愿意同我们一起吃饭的话,好骑士,我可以把一些理由告诉你,你也就可以考虑是否值得用你的大斧头和我们并肩作战——或者用来反对我们,如果你愿意的话。如果你是站在那座城堡的主人一边,我就很想把你杀掉。"

黑骑士从马背跳下来,他的体格魁梧健壮。"我很愿意同你一起吃饭,"他说,"我们可以边吃边讨论这件事。照我的想法,这一类坚固的城堡,全国各地太多了,但是这一座,该不该攻打,是需要慎重考虑的。你可以提出你的理由。"

就这样,他们把自己的马匹都安置妥当后,就到林阴深处烧起篝火(以防伊桑巴特的卫兵发现火焰),大家围坐着。罗宾叙说理查德·李爵士如何在将近四年时间里被关押在魔窟里,以便雨戈院长可以霸占他的庄园,伊桑巴特可以强娶他的女儿并霸占他的其他地产。

黑骑士倾听着罗宾的叙述。他虽然为了吃饭,把脸盔掀开,但仍然戴着头盔使别人看不清他的脸。

"我对这个理查德爵士很熟悉,"他说,"因为亨利国王封他为爵士时我也在场。但是你为什么要叙说这件事?理查德爵士的不幸经历和你又有什么关系?"

"理查德爵士的女儿是我的妻子,"罗宾回答。

"可是尽管如此,既然你已经娶了这个姑娘为妻,而这个伊桑巴特爵士并没有伤害你,那就不是你们之间的争吵了,"骑士说。

罗宾透过树林指着城堡的方向说:"在我外出期间,她被劫走,现在就被囚禁在那个城堡里,而且这个伊桑巴特爵士还烧了我的家,把我的伙伴抓走绞死在他的城墙上。骑士,听你说话的口音是诺曼人,我的岳父也是。诺曼人中有好人,我希望好人中最好的一位、我们的理查德国王,会回到英国矫正一些冤屈。如果你选择帮助我们,那么我们就喜欢你,但如果你要离开我们,你也可以随便到哪里去,因为你已吃完我们的面包和肉了。"

"我肯定要帮助你们的,"黑骑士作出许诺,"因为烧毁房屋和劫夺妇女——是的,还有绞死人!——这些胡作非为太过分了,现在已经到了教训这帮强盗贵族的时候了。但是,你手下只有十几个人,又将如何上去攻打这样一座城堡?"

"是的,好罗宾,如何攻打?"小约翰问道。"难道我们就坐在城墙根用手指甲在墙上抠个洞?"

"他怎么称呼你来着?"骑士立即问罗宾。

"那是我的名字——罗宾汉。可是记住,好骑士,你许诺过要帮助我们的!"

骑士低头微微一笑,接着沉思片刻。"是的,我许诺过,"他终于回答。"可是,罗宾汉,你是否要在城墙根抠个洞爬过去,正如你的部下刚才所问的那样?因为要攻打这么一个地方不是一桩小事。"

"我还有三十几个人要来,"罗宾简单地告诉他,"如果有你带着十二个最精干的人跟我一起干,到时候我就会在这个城堡的墙上挖个很大的洞使它倒塌。"

"那你已经有了攻打方案了?"骑士问道。

"我不仅有个方案,而且还有进入城堡的钥匙。因为过去当我从他们的地牢里救出理查德爵士和我的人时,我就把城堡后门的钥匙留藏下来。现在就等我其余的人都来后,从里面攻打,打开大门,迎接我的主力。"

"是你本人把理查德爵士营救出来的?"黑骑士好奇地问罗宾。"可是你是怎么弄到那把钥匙的?"

罗宾就告诉他关于蜂窝的计策。骑士听后坐着思考了好长时间。

"通缉犯,你使用了一个大胆的计谋,"他说,"而大胆的计谋总会赢得胜利。你的人都来后,我可以跟你一起从后门进去,也可以率先从前门进攻,由你决定。"

罗宾看看骑士那强壮身躯说:"那你就代我率领主攻队伍,因为在城堡里面需要的主要是计谋,但在攻打大门时就需要你这样过人的膂力。"

"那么你那三十个人现在哪里?"骑士问罗宾。

"还得等他们从雷文斯卡回来,在那里我们打击了海盗戴蒙教士,"罗宾坦率地回答。

骑士的眼睛从他头盔的深处发亮。"啊,你是要告诉我你竟敢同那个江洋大盗作对?"你问道。

"我们把他杀了,还烧掉了他的船,"罗宾漫不经心地打着哈欠回答。"骑士,今天长途骑马一整天,我们该睡觉了,明天还有辛苦的工作要做。"

"啊,你这样一个通缉犯,竟把那个万恶盗贼从我们的海岸除掉了?"骑士沉思着说。

"骑士,"罗宾带点严厉的口气说,"我不喜欢你那样老是提到我是逍遥法外的通缉犯,而且还要告诉你,像目前这样的法律,我宁愿尽早站在法外,而不愿在法内,因为像伊桑巴特·贝拉姆这样作恶多端的人不但未被宣布非法,而且还没有人来制止他们。"

骑士没有作答,只是坐着凝视火堆的余烬,好像陷入深思。随后他站了起来。

"我到我的马那边去睡觉,"他说,"可是,罗宾汉,你的话使我思考很多问题。也许有一天你会知道我的名字。不过在那之前,我会帮你办完这件关于山上那座城堡的事,因为那是个罪大恶极的恶霸,无论在法外法内,都没有他藏身之地。"

他走开后,罗宾一人坐在即将熄灭的火堆旁边,想着被关押在魔窟里的玛丽安现在处境如何,并急盼修士塔克和他的伙伴尽快到来,以便开始攻打城堡。由于一心只想着心爱的人,他忘了去考虑那位无疑是诺曼贵族的黑盔黑甲骑士可能会是何许人,他又为何决定要帮助舍伍德森林的通缉犯。

第十九章

魔窟的末日

第二天,在秋季薄雾中,修士塔克带领罗宾汉的其余一批人(除了留在雷文斯卡的伤员以外),沿着森林小道步行到达。他们立即就询问罗宾制定了什么计划去攻打魔窟。黑骑士——他们只能这样称呼他,因为不知道他的真实姓名——站在一旁,听罗宾告诉他的伙伴们伊桑巴特如何绞死了那被俘的五个弟兄。他们边听边一再发誓要报仇。

"现在,为了玛丽安,我们要抓紧时间,"罗宾说,"这位骑士答应我,他将率领人攻打城堡的大门,我将带领你们十几个会游泳的人,从我知道的一条道路进入城堡,趁伊桑巴特和他的人忙于守卫吊桥时,我们从内部发动攻击。"

"但是,"骑士提醒道,"必须订个什么信号,免得你的一帮人或者我率领的一帮人过早发动攻击,使伊桑巴特有机会各个击破。"他说话时,大家都看着这位站在他们当中的把脸盔放下的骑士。

"信号当然有,"罗宾回答说,"我和我的人从城堡后面的护城河游过去,当你看到我们上岸靠近城墙时,你们就在前门发动攻击。他们会集中人员抵抗,这样我就可以在城堡里自由行动。我要曾参加建筑城堡的迪肯·哈茨赫德跟我一起去给我带路,因为玛丽安就被关押在城堡里面。"

罗宾带领小约翰和迪肯以及另外十八个人出发。他们只带着剑,因为他估计,只要进入城堡,就能找到伊桑巴特的武器库。如果他们随身带着弓,渡河时会把弓弦弄湿,无法使用。这一天,天气再好不过,薄雾笼罩着整个田野,他们施展森林居民独有的本领,跑到护城河边而不被发现。不出所料,那一带很少或无人守卫,他们绕到了城堡的背后,并在那里等了一会儿,因这时雾越来越浓,罗宾希望等到雾更浓些,他们就可以游过护城河而不被在墙头巡逻的人发现。

刚刚过午,他就游了过去而未被发现,并把伙伴一个一个拉上岸。然后他们谨慎地爬上陡坡,隐蔽进一个拱廊,这里隐藏着通向伊桑巴特的秘密通道的铁门。由骑士和修士塔克事先安排好的暗哨联系人员这时传话要他们开始发动主攻。于是罗宾的大队伍在黑骑士率领下,就离开森林向城堡的正门运动。

罗宾用钥匙把铁门上的锈锁打开后,将门一推开,就听到城垛上有喊叫声。他担心自己在拱廊里已被发现。但那喊叫声是伊桑巴特传过来的话,警告正门即将受到攻击,接着传来要城堡守军集合的号角声。罗宾和他的人成单行鱼贯走进秘密通道。他们只能摸黑前进,因为在游过护城河后,他们浑身湿透,再无法点火。

在通道里,他们完全听不见地面的一切动静。他们来到通向牢房走廊和伊桑巴特的刑房的门旁,但罗宾没有开这个门的钥匙,就把小约翰叫到身边。

"这扇门只不过是不结实的木板门,"他轻声说,"我也没有钥匙。可是门是往外开的,你的宽大肩膀可以帮助我们打开一条路。"

他用肩膀推一下门,感觉得到它轻微地动了一下。他们留神听了片刻,没有发现走廊里有动静,小约翰就把他的魁梧身体和罗宾并肩靠在门上。他们两人使劲一推,锁头周围的木结构立刻裂成碎片,随着木门的坍塌,他们都半倒在阴暗的地牢走廊里。除了有一间牢房传出呻吟声外,没有听到别的声响。

"迪肯,"罗宾吩咐说,"在我们完成这里的工作之前,你要设法找到所有牢房的钥匙,释放里面所有可怜的人。现在我们还要推倒台阶顶上的那扇门,才能到达密室的入口。"

他走进没有灯光的刑房,找到两把大榔头,那是伊桑巴特用来钉牢脚镣的工具。他自己拿一把,另一把给小约翰,两人就领路走上台阶。

"往后站一点,"小约翰对罗宾说,"把那重一点的榔头给我,这个地方小得只够一个人抡起榔头。"

他用手摸索着,终于找到了门锁。这时一个伙伴已从地牢走廊的另一端把点着的火把传了过来。小约翰在手掌上吐了唾沫,把大榔头抡过头顶往下狠砸门锁。从一条砸开的缝里,可以看到远处的亮光。当他第二次抡起榔头时,伙伴们都紧握手中的剑。他的这一榔头终于砸开了密室的入口。

伊桑巴特在赶往防守城堡吊桥前留下看守囚犯的四名卫士这时前来反击。其中一人被小约翰的榔头击中胸部,使他猛退把另一人撞倒,因此就成为一记榔头打倒两个敌人。罗宾击倒了第三个。第四个叫喊着拔腿跑向伊桑巴特大厅,可是他永远到不了那里,因为他被愤怒的罗宾手下二十几个人紧紧追赶着。

他们蜂拥进入大厅,但很快就停住了,因为看到在远离他们的一边,玛丽安被捆绑在椅子上,她面前的桌上摊开一大张羊皮纸,旁边放着墨水罐和鹅毛笔。

"罗宾!"她喊道。"罗宾——他要我签字把我的地产都交给他,但我不同意。"

"这件事以后再说,亲爱的妻子,"罗宾答道,一边弯身吻她一边抽剑割断绑她的绳索。"现在,除迪肯和小约翰外,其他随便哪两个人负责带她通过秘密通道,游过护城河,护送出去到安全的地方。如果要占领这个城堡,这里就不是妇女呆的地方。"

他停留一会儿,但只是同她再说了几句话,因为这时有两个人提出要护送她到森林安全的地方去。随后罗宾就跟在迪肯·哈茨赫德后面进入伊桑巴特的武器库。他的十几个伙伴走到毁坏的密室前门旁边,那个门是伊桑巴特上次因被罗宾锁在城堡外而砸毁的,一直还未重修。正当罗宾和迪肯忙于在武器库内取弓时,那十几个伙伴顶住已发现城堡内部情况有异的恶煞罗杰以及十个壮勇的袭击。一支大箭擦过小约翰的耳边,可他已把罗杰打翻在地,并击倒一个壮勇,罗宾为此高兴地欢呼。

"伙伴们,这里有弓——每人一张弓!靠边站一些,让我们来收拾他们!"

那十几人就后退靠着墙,射出一阵急箭把罗杰带来的人都消灭了。这时他们可以听到由黑骑士率领的人攻打吊桥的呐喊搏斗声。罗宾发给每人一张弓和满箭袋的箭,那都是从伊桑巴特的武器库里取出来的。

他吩咐说:"趁他们正忙于抵抗外面来的袭击,我们对他们发动攻击。"

就在小约翰推倒地牢台阶顶上那一扇门向内冲时,黑骑士率领他的人在薄雾中跑步来到吊桥跟前。修士塔克扛着他所能找到的最大的梯子,喘着大气往前跑,以备如果他们来不及攻克吊桥,就利用梯子越过护城河。另外两人也背来了从附近农庄找到的梯子。黑骑士不顾身上穿着盔甲,率领大家冲向吊桥。但是他们在离桥头还有二十码远时,被墙头上的卫兵发现。城堡里的警报响了,吊桥就被提了起来。

"拉着梯子进入护城河!"黑骑士命令道。"梯子会使我们身穿盔甲的人不致下沉。"因为罗宾的人都是全副武装,骑士本人更是从头到脚都披戴盔甲。他们从未见过像他那样灵敏的人;他尽管身穿沉重的金属盔甲,走起路来却像猫一样敏捷。

他一声令下,梯子扔进河中,溅出老高的水花。他跳进水里,抓住梯子,推着往前游。弩箭不断向他射来,但对他来说,这些不过像是一些嗡嗡叫的苍蝇,尽管他也看在眼里。修士塔克也跳入水中挨在他的身旁,他是在水正要淹没过他的头时才及时抓住梯尾的,他把头露出水面时像一只海鲸一样吹着气。

"我宁愿喝酒,"他评论道。"这护城河有股讨厌的味道,就像它的主人一样。"

其他两个梯子也都扔进河里。十来个人扶着三个梯子安全地游了过去。这时,其他一批人用百发百中的箭术压住对方弩箭手,让他们不敢从城墙垛口射箭。尽管伊桑巴特怒斥诅咒他的手下人,他也无法使他们敢于反击对方长弓射来的箭。黑骑士和修士塔克把梯子拖上岸,并隐蔽在墙根。伊桑巴特发现他们后就叫喊手下的人滚下石头砸他们。但当一个人正要把石头滚下时就挨了一箭,因为守在护城河对边的罗宾的人眼睛很尖,可以透过薄雾看清对方的动静。

他们自己不知道,他们选择的时间不能再好了,因为伊桑巴特在攻击森林据点把玛丽安夺走时人员损失惨重,另外这时有二十人在外进行抢劫,而罗宾及其伙伴又在城堡内解决了恶煞罗杰和十几个卫士。这时,伊桑巴特只有不到六十人帮他守大门,虽然据恰当估计,城堡兵力不少于一百人。而且,现有的六十人中,已有十来个被罗宾的人以百发百中的箭术射死或射伤。

在城堡内,罗宾可以看到院子对面,拱门上方,城墙的一个凹进处安装有升降吊桥和吊门的机械装置。他也看到了伊桑巴特如何动员他的人起来防卫城堡,并知道他们的处境不妙。

罗宾对伙伴们说:"现在,你们在这里的十几个人,如果能用你们的弓箭,给我们开一条到达吊桥的升降机械装置的路,那我们一批人就可以冲过去,为我们在外头的伙伴降下吊桥,甚至可以升起吊门。小约翰和另外四个人跟我走,你们其他人就搭弓射箭,不要吝惜箭。"

他们跑步冲向机械装置。快到城门防卫室时,被伊桑巴特发现了。他大喊大叫要他的人守住楼梯,但不断射来的箭使那地方成了死亡之地。罗宾和仍然背着大榔头的小约翰未遇对手就顺利到达城墙顶上。当伊桑巴特的人想起要用石弓进行反击时,罗宾一伙人已安全进入城墙凹进处,而且乱箭纷飞,阻止了企图前来攻击的敌人。伊桑巴特本人也想反击,可是箭如雨下,打得他只好后退,无法走近那个凹进处。城堡里的防御工事,在建造时原是为了抵抗外来而不是从内部来的攻击的,因此在面对来自自己的密室之门的射击时,他们就束手无策了。

小约翰抡起大榔头,对准控制吊桥的棘轮机构狠砸十几下,使吊桥轰然坠落,断成两截,但剩下的部分,罗宾的人仍然可以湿着脚走过去。随后小约翰和罗宾分别操纵吊门两边的起锚机,慢慢地把吊门升起来,迎接冲过残破吊桥的伙伴们。

第一个通过升起的吊门的是修士塔克。他把教袍下摆卷起来塞进腰带,手中握着一把剑。可是他找不到打击的对象,因为伊桑巴特所剩下的人,凡是有腿的,都往密室里逃跑了。只有伊桑巴特本人,全身盔甲并把脸盔放下,仍在顽固坚守。当修士塔克正要扑向他时,却被黑骑士拉住。

"他是我的男爵——这是我和他的争吵,"他说。对这些话的含义,修士当时不能理解。黑骑士放在他肩上的手把他推开时,罗宾已从装有起锚机的凹进处向他们跑来,急于同绑走自己妻子的人决一死战。

"退后!"黑骑士用不容争辩的口气命令道。"这个人是我的——我要同他交手。"

随着这一声命令,所有的人都静立一旁观看,只有那些还在跟伊桑巴特的家丁在密室入口处搏斗的人除外,他们都目击黑骑士如何漫不经心地走到伊桑巴特跟前,轻松地抡着那把很少有人抡得动的战斧。伊桑巴特用长剑猛刺骑士,骑士闪电般躲开了,还是显得那么漫不经心。伊桑巴特三次猛刺,三次扑空,紧接着,白光一闪,战斧飞落,仅这一下,伊桑巴特就被砍倒在地,再也不能动弹了。

这时从正门传来呐喊声,提醒罗宾他的人在那里受到围困,他便立即跑去相助。这番战斗结束后,就再也无人抵抗,罗宾及其伙伴占领了整个魔窟。这时他忽然想起什么,转身向城堡院子里观看。

"黑骑士——他在哪里?"他大声问道。

"急匆匆跑了,罗宾,"修士塔克回答。"他已走出拱门过了桥,如果保持他出走时的速度,这时已经骑上他的马,不辞而别了。"

"我们本应该能认出他来的,"罗宾遗憾地说。"如果你们有谁再见到那位骑士,就向他跪下,恳求他宽恕。世上只有一个人,能够那样抡着战斧,也只有一个人,能像猫一样步履敏捷。他就是我们的理查德国王。我们大家都瞎了眼,没有认出他来。"

"不管是国王还是猫,他已经往那边走了,"小约翰边说边指着前方。

透过已升起的吊门,他们看得见黑骑士的马小跑着走向森林。罗宾摇头直懊悔。

"不过他还是帮了我们的忙,如果他不赞成就不会那样做,"他说。"现在我才明白他为什么总不肯掀起脸盔,不告诉我们他的名字。听说他已把林肯郡的所有城堡都摧毁了,现在他又亲自帮我们消灭魔窟。"

"魔窟仍然还在,"小约翰提醒说。

"不会太久了,"罗宾说,"我们既然消灭了它的主人,也就要消灭他的老巢,否则其他作恶的男爵还会来利用这个庇护所,压迫周围的老百姓。"

他盼咐伙伴们从城堡的库藏中搬来成桶的沥青，在每间房内都摆上一桶，再摆上所能找到的木柴。他们把所有躲藏的妇女都找出来，送出城堡，并释放所有囚犯以后，就把城堡点火燃烧。黑烟从窗户和箭垛流入充满薄雾的空中，不久就蹿出了火焰。他们砸碎了吊门的起锚机，使它不能再把吊门升起来。吊桥已成一堆废物。一批人把处于最低洼地带的护城河外堤掘开，让所有的水流进田野，这样城墙外就再没有防御工事了。罗宾一伙没有损坏那里的石头，后来人们便来搬走用以盖房。

　　大城堡熊熊燃烧着，周围几英里都看得见火炬。那些饱受伊桑巴特的压榨和被迫交纳苛捐杂税的人们都来感谢罗宾及其伙伴为他们除掉一个恶霸。城堡像一个巨大的火炬燃烧到深夜，终于变成一堆碎石。后来那里长满荆棘，狐狸在其间挖洞造窠。

　　但是恶煞罗杰，挨过猛击倒地以后又苏醒过来，趁黑骑士和伊桑巴特搏斗之际，爬下地牢楼梯，通过秘密通道游过护城河，逃跑了。这样他就逃脱了应得的最终惩罚，并在以后制造了一个惨痛事件。

第二十章

理查德爵士怎样还债

雨戈院长曾经一度为伊桑巴特·贝拉姆攻占和烧毁森林中的通缉犯据点而欢欣鼓舞,可是在听到罗宾及其同伙已攻占并烧毁伊桑巴特的城堡,甚至还把伊桑巴特本人也杀死的消息后,感到十分震惊。他是从偷跑来圣玛丽修道院的现已一无所有的恶煞罗杰那里听到这消息的。罗杰还指着魔窟上空一片巨大火焰,以证实他的消息可靠。

但是这个院长不管是从罗杰还是别人那里,都得不到有关理查德·李爵士的消息。伊桑巴特向雨戈隐瞒了那位骑士已经逃跑的实情。雨戈这时则十分希望理查德爵士已被遗忘在地牢里,并在城堡被毁时一起被烧死。他估计,无论如何,理查德爵士绝不可能筹足七百马克,在规定的时间,即米迦勒节那天还清。雨戈院长盘算着,到了那一天,理查德爵士的庄园就会落到他的手中,即使那个爵士活着出现,他也可以制造某种借口推说自己与关押骑士的阴谋无关。

他再次去同他的胞弟诺丁汉郡长商议有关消灭那些危险的通缉犯的事。但罗伯特郡长这时对缉拿他们因尝够苦头而感到厌烦。因此雨戈满怀恐惧返回修道院。他准备在大厅里举行他的米迦勒节接见礼,到时候租用他土地的自由民都要前来向他缴纳各种租税。当时正在这个郡巡回视察法律执行情况的国王司法官,作为修道院的客人,也同雨戈坐在一起观察交租情况;理查德爵士为了参加理查德国王的十字军出征向雨戈借款在契约上签字时,他曾是见证人。

就这样,雨戈和司法官并肩而坐。院长穿着贵重的裘袍,农户一一前来交税,办事员点钱并勾掉在名单上已经付款的人名。这一切到了下午1点钟全办完了,雨戈洋洋得意地抱着双臂。

"所有租税都交完了,"他说,"现在还有一件小事,那就是理查德·李爵士给我的契约,今天到期。司法官,您是契约的见证人,根据这个契约,我现在要接管查德爵士的庄园,因为他没有来偿还债务。"

"别做声,朋友,"司法官说,"这一天还没过去呢,他可能会在今晚之前出现在你面前并付清欠债。"

雨戈摇摇头。"如果他有意偿还,他早就该来了,"他回答。"这就是契约。"他把那张羊皮纸摊开放在他们面前的桌上。

司法官拿起细看。"真是一笔好买卖,"他说。"只花七百马克你就得到这座大庄园及其所有农场,全部价值近两千马克。院长,作为契约的见证人,我不应该享受某种权利吗?"

雨戈轻捅一下对方的肋骨,抿着嘴轻声笑道:"司法官,那里已准备好装着一百马克的袋子。在我接管庄园之后它就属于你。这对你的帮忙是个好报酬吧?"

"如果传出去国王的司法官受贿,我可能会掉脑袋,"司法官回答说。

"没有人会知道,"院长告诉他。"我们一起吃饭以后,就把袋子交给你,绝没有人知晓。目前国王在林肯郡,不在诺丁汉,也不在附近一带。可是,"——这时他的面色发白,双手抓住椅子的扶手说——"那肯定不是理查德爵士吧?"

可是那确是理查德·李爵士。他走进了大厅,并走到院长和司法官面前。同他一道来的是一位朝圣者,他身穿带有扇贝壳形装饰的教袍,表明他到过圣地①,他的脸被一个大帽罩遮住,只能看到他的眼睛。雨戈院长只瞥他一眼,视线又回到理查德爵士身上。

"向您致意,雨戈,"理查德爵士说。"我是为您手中的那份契约而来的,为了七百马克,我的庄园抵押给了您。"

雨戈勉强使自己恢复镇静,"你来迟了,理查德爵士,"他回答说,"因为根据法律条文,契约今天中午就到期。我断定你现在是来还债的。"

"好雨戈,"理查德爵士请求道,"您能否再给我几天时间筹集那

---

① 指耶稣的故乡巴勒斯坦。

笔款？我刚从牢里逃出来,受过极大的不幸。"

"多一天也不能给,理查德爵士,"院长严厉地回答。这时他认为庄园已经到手,便故态复萌。"我们只不过是一些贫穷的教会人员,我无力延期。如果今天不能还债,你的庄园就必须没收。"

"可是,我借钱是为了我们国王十字军的神圣事业,而不是我个人寻欢作乐,"理查德爵士申辩道。"再给我几天时间吧,看看我能否找到朋友帮助我。"

"这些话都白说,"雨戈反驳道。"今天,由于你不能还钱,庄园就属于我了。"

理查德爵士转向司法官求助。"先生,您不能为我向他说情吗?您看到了我的处境,一个骑士而且是刚从牢里放出来的。无疑他应该一直以友好态度对待我,而不是拿走我所有的田产。"

司法官摇摇头说:"法律条文对他有利,理查德爵士,我无能为力。"因为他想到院长答应给他的一百马克,他不愿意在夺走庄园这件事上有任何拖延,免得丢失他的那一份贿赂。

"为什么你把那个高个子乡巴佬带来?"院长轻蔑地指着朝圣者问道。"我们不需要证人来证实债务今天到期,因为这里有契约。"

"我没有争辩债务已经到期,"理查德爵士以逆来顺受的口气回答。"我只是来请求您发点善心。"

"善心!"院长轻蔑地发出哼声。"我有法律根据,既然你不能还债,庄园就归我了。现在你走吧,骑士,因为在这里的国王司法官可以证明你没有还我钱。"

"不是这样,"理查德爵士答道,态度突然变了。"他将证明钱已经付了。"他从斗篷下面取出沉甸甸的两个袋子,放在惊愕万分的院长面前的桌上。"现在我领教了雨戈院长的慈善是什么价值。我要取回我的契约,这里就是你的七百马克。"说着,他伸手去取放在桌上的那张羊皮纸。

"慢着!"雨戈喊道。"先把钱数一数。如果少一马克,契约就仍然有效。"

"那我的赏金,那一百马克呢？院长先生。"司法官这时插进来问道,担心他捞不到任何东西。

"赏金?"雨戈重复一句。"不,现在我已失去庄园——不能再失掉一百马克了。"

办事员伸手去取那两个袋子以便数钱,可是朝圣者跨出几步,把手放在契约上。

"要干什么,流浪汉?"院长问。"那份羊皮纸与你无关。你到底为什么来到这里?"

"这一切都和我有关,"那朝圣者边回答边拿起羊皮纸细看。"这是因为这位好骑士需要钱去参加十字军,教会要他付二百马克才肯借给他五百马克。国王司法官则由于是这件事的见证人而要求得到一百马克的贿赂。"

"这与你何干,你这个披着斗篷、带着头罩的恶棍?"院长凶狠地问道。"来人!用棍子把这个做贼的朝圣者赶出大厅,从他手里取回那份契约!"

但是,当等待在大厅里的盖伊·吉斯本总管手下的家丁奉命向他走过去时,朝圣者甩掉头罩,解开教袍,露出他的全身盔甲。一见他的脸,盖伊·吉斯本立刻向后退缩,院长和司法官两人也脸色变得像死人一样,站了起来。

"恶狗!"理查德国王说。"是谁让你当圣玛丽修道院院长的?"

"是您,令人敬畏的陛下,"院长呻吟着说。"唉,是我的过失——是我的大错,国王陛下。我并没有对这位好骑士太苛刻。"

司法官绕过桌子走到国王面前跪下,但理查德国王一脚把他踢开。

"我派你去全国视察,以保证公正执法,"他说,"可是我现在发现你就像其他叛徒一样,接受贿赂,破坏了实施法律条文的精神。我本人现在对你宣判,从今天起,剥夺你的所有职务,没收你的私人财物和住所——你被剥夺一切,并要你去向受你恶待的人们乞讨——理查德爵士,保证这一切务必做到。"

理查德爵士鞠躬遵命。院长哆嗦着跪在他的椅子旁边。

"至于你,雨戈·雷诺特,"国王说,"很多账要跟你算。一周内我要坐船去法国的领地,把那里的事情安排好,但我一定要回来,对我的骑士被监禁一事调查清楚。你插手这件事,还须得到证据,如果能找到证人证实此事,那么神圣的教会也饶不了你,尽管你是院长。"

"饶恕我,陛下——饶恕我!"院长呻吟道。

"当理查德爵士要求你给予几天宽限日期推迟还债时,你宽恕他了吗?我告诉你,雷诺特,我从法国回来后,你将受审。如果在我离开期间,你再有其他欺压行为,也将加在一起受审。你要当心,不要企图逃跑,因为我的手很长。"

"国王陛下,我能否继续管理我的修道院?"雨戈大胆问道。

"暂时由你管理,"理查德国王严厉地回答,"但只是宽容默许你留下,到我从法国回来为止。你必须公正和宽容地对待所有的人,你的一举一动将受到观察,并要加起来一起算账。"

他转身阔步走出去,对跪在地上的盖伊·吉斯本及其手下人一眼也不看。到了室外,他转向理查德爵士。

"我的好理查德爵士,"他说,"我和通缉犯罗宾汉见过一次面,并想再次见到他。我怎么能找到他?"

"陛下,"理查德爵士回答说,"假如他猜测理查德国王正在寻找他,他和他的人就会消失无踪。如果您要去找他,必须伪装。"

"那就伪装好了。行动要快,因为一周内我必须上路去伦敦,从那里坐船去法国。"

骑士考虑了片刻。"陛下,"他终于说道,"您已经使雨戈院长担心保不住他的地位,他肯定要把他的贵重物品移交给他在诺丁汉当郡长的兄弟罗伯特代为保管,以便当他被赶出修道院后有所倚靠。同样可以肯定,罗宾汉会听说您在院长的大厅里当面谴责他,而且我也敢担保,这同一个罗宾汉也会及时了解院长将在何时从圣玛丽修道院出发到他兄弟那里去。因此如果您能加入院长的队伍,您就可能碰见罗宾汉。"

"可是雨戈院长会立即把我认出来,"国王表示反对。

理查德爵士微笑着说:"陛下,伪装成教士和伪装成朝圣者一样容易,您仍然可以用教袍盖住盔甲。您可以在半路上加入雨戈的队伍。他也不会知道,因为自从罗宾汉逃入森林后,如果有一支武装队伍在这一地带行动,就会有不少人参加进去,为的是逃避罗宾汉的注意。"

"这个罗宾汉是个危险人物,"理查德国王评论道。

"可是,陛下,他从没有伤害过一个穷人,也没有欺侮过一个妇女,"理查德爵士指出。"他只从窃贼那里窃取财物,例如魔窟里的伊桑巴特,还有这个院长,他的慈善事业您已经亲眼看到了,以及其他像他们一类的人。"

"还杀了舍伍德的鹿,"国王冷冷地说。

"陛下,为这件事您应该审判他,"理查德爵士回答说,因为当时任何骑士都不能袒护杀鹿的罪行。"可是,您如果想见到他,只有伪装一个办法。如果您带领一支武装进入森林去抓他,他和他的伙伴就会像冰雪一样融化,消失得无影无踪。除了罗宾汉一帮人外,没有人晓得舍伍德的全部奥秘。如果您带领着人去搜捕他,那么就要大大拖延您抵达您在法国的领地的时间。"

"我会仔细考虑这件事的,我的好理查德爵士,"国王作出许诺。"你现在就出发回你的庄园。你已经把它从雨戈院长贪婪的手中夺回来了。我去做我的事。"

约翰亲王当时正在诺丁汉,国王想去和他的这个兄弟就他不在国内期间约翰的所作所为算账。

第二十一章
掌 力 比 赛

　　罗宾汉和伙伴们从烧毁的魔窟回到森林后,用一周时间就修复了被伊桑巴特破坏的秘密营地。由于伊桑巴特急于把玛丽安带走,以防罗宾及其大部分人马的反击,他手下的人没有发现存放着罗宾汉的大部分储备的两个山洞,他们除了烧掉营地的一些茅草屋外,没有造成多大破坏。在海湾(现在名为"罗宾汉湾")与海盗搏斗受伤的伙伴们已开始从雷文斯卡返回,他们都积极地为在森林深处过个舒适的冬天做准备。这时,正如理查德·李爵士所预言的,罗宾得到信息,圣玛丽修道院院长打算去拜访他在诺丁汉的兄弟。

　　"他肯定至少会随身携带他的一部分钱财,"罗宾评论道,"既然他有失去院长地位的危险,他就会设法藏起一批财物,留着将来理查德国王回来审判他时使用。我多么希望当时也在大厅里,目睹我们的国王公开鄙视院长,揭穿他的真面目。"

　　一个晴朗的秋天,林中黄叶已经飘落。雨戈在三个修道士陪同下出发前往诺丁汉,由盖伊·吉斯本率领着修道院所能提供的武装家丁护卫着他们。走在最前头的是盖伊和他手下的十个人,随后是骑马的院长,六人率着背驮沉重行李的骡子,以及步行的三个修道士,殿后的是另外十名武装家丁。一个商人恳求他们护卫队的保护,院长有礼貌地允许他加入他们的行列。这时他们已进入森林。

　　他们刚刚穿过一个开阔的峡谷,就受到罗宾手下人的袭击。战斗来得如此突然,差不多是一开始就结束了。盖伊·吉斯本后来说,是他的马带着他逃跑的,但他的踢马刺是否帮了忙,谁也不知道,不过罗宾的人是以三比一的多数超过他和手下的十个人。殿后的那些家丁看到许多人冲进他们和前头的院长之间,因心里非常害怕罗宾汉,就不战而逃之夭夭。最后只剩下院长和他的修道士和骡子。那个商人,由于没有带任何货物,似乎未受干扰,只是把帽子拉下,盖着眉毛,等候事态发展。

"你好,雨戈,"罗宾汉说,"从那高大的马背下来吧,和你说几句话。"

院长因怒不可遏又无能为力而浑身颤抖着,只得下马,跟他的三个修道士站在一起。罗宾的伙伴们把那些牵骡子的人都带走,然后检查行李。

"只不过是一星期前,在米迦勒节那一天,我曾供给圣玛丽修道院七百金马克,"罗宾说,"看来现在你表示好意要用骡子驮来的行李偿还。"

"这是抢劫和暴行!"院长恶狠狠地大声喊叫。

"好,你说到抢劫和暴行,"罗宾说。"院长,你听着,只不过两周以前,我才把理查德·李爵士的女儿玛丽安从魔窟主人伊桑巴特的毒手里救出来,当时放在她面前的是伊桑巴特迫她签字画押的契约,要她把她所有的田地和财物都给他。"

"我对这件事一无所知,通缉犯,"院长大声说。

"一无所知?"罗宾嘲弄他。"如果我告诉你,伊桑巴特手下所有的人,还有他自己,没有一个人能写出那样的契约来,你该如何?如果我再告诉你,那个契约是由你的一个办事员,根据你的命令,在圣玛丽修道院内写成的,你又该如何?"

"你撒谎!"院长大声叫嚷。

"好修士塔克,"罗宾说,"把那个办事员带进来。"

修士塔克揪着一个瘦弱可怜的教士的耳朵,从树林里摇摇摆摆地走出来。那个教士面露一生从未有过的惊恐。那个商人转身看着塔克。

"现在,院长,你一定认识自己的办事员吧,"罗宾说。"你也一定知道他喜欢钓鱼,今天上午他去钓鱼时,我的人抓住他,因为在我们这次会见中,我需要一个证人。现在你说,要不要让他来说出这件事?"

雨戈摇摇头。"不要他说。我供认是我下令让他替伊桑巴特草拟那份契约的,"他生气地说。因为他考虑到,一旦让他的办事员开

316

始讲述此事,那就难保不会说出他的许多其他罪行。

罗宾满意地点头。"现在,院长老爷,"他说,"还有一件事,那就是我,罗宾汉,借给圣玛丽修道院的七百马克——"

"这件事我一无所知,"雨戈打断他的话说。

"耐心一点——你会有充裕的时间知道的,因为你欠的账太多了,"罗宾答道。"除这件事之外,还有理查德·李爵士被囚禁在魔窟的事,为这件事你也必须付欠款。"

"我没有插手这件事!"雨戈大声说。

"修士塔克,戳一下那个办事员,要他说话,"罗宾命令道,"他亲眼看见伊桑巴特和恶煞罗杰——"

"不不,"院长叫嚷起来,"不要他说,这件事我也坦白。囚禁理查德爵士的事,我和伊桑巴特一样有罪。"

靠在一棵树旁由两人看守着的那个商人,这时一面微笑一面点头。

"院长,我们说,为了那件事,你另付七百马克,怎么样?"罗宾建议,"这算便宜了你。"

"我完全破产了!"院长呻吟道。

"还有一件事,那就是我去营救理查德爵士的女儿玛丽安并烧毁魔窟时,我丧失了一些好部下,"罗宾镇定地继续说。"就我所知,像你这样的人,习惯于让这样被杀害的人的妻子儿女饿死,可是,我对这种事却另有想法。院长,你拿出一百金马克分给这些寡妇孤儿,这对你来说只是你付出的很小代价。"

"抢劫和暴行!"院长再次哀哭。

"肥胖院长的习惯才永远是抢劫和暴行,"罗宾严厉反驳说,"但是他们的罪孽有时会使他们自食其果,小约翰,让我们看看这些骡子驮的是什么东西。"

罗宾的人,由小约翰指导,就忙于从骡背上卸下和打开驮包,里面主要是一袋袋金币银币,一套大而重的银餐具,一捆羊皮纸契约,以及一些大包的礼服和贵重衣料,这些东西是院长要带去诺丁汉交给他的兄弟保管的。

"一个破产的人会有这么多财物,真是难得,"罗宾评论道。"小约翰,留下一千五百马克作为院长偿还我们应得的债务,挑出最好的呢绒衣料给舍伍德的王后做冬衣。其余的就留给院长大人,让他为之跳舞。"

当他们在点数钱币,那位商人在旁默默观察他们时,罗宾再次转向院长。

"雨戈,现在由我们的修士塔克唱支轻快的颂歌,由你在草地上伴随歌声跳舞来开导我们。开始吧,修道士,让我们观看这位圣者和着拍子跳舞。"

"可是我有风湿病!"院长抗议道。"我不会跳舞——我根本不是跳舞的人。哎哟,我的财富,我的罪孽!这是反对神圣教会的暴行!这是不可想像的事。"

"马奇和斯卡雷,你们各拿一支箭戳他的小腿,"当修士塔克开始高唱一首歌曲时,罗宾吩咐说。

箭头刺穿教袍,一碰他的肉,院长就尖叫着蹦起好高。接着他把教袍卷起来,以便两条胖腿能自由行动,像一只发了疯的兔子一样蹦跳着。当修士塔克停止歌唱的时候,院长上气不接下气地喘息着,罗宾手下的大多数人捧腹大笑不止。

"这是恰如其分的待遇,院长,"罗宾严肃地说,"而且肯定能治好风湿病。现在带着你的办事员、你的教士和骡子上路吧,但往后不许再为窃取财物的贵族代写契约,也不许囚禁善良的骑士,不然我再次抓住你时你就要受到更严厉的待遇。要不是我们的好理查德国王要在他规定的时间内审判你,而且我相信你会因压迫百姓而被绞死,我现在就不会放你走。我要让你依法受审。"

罗宾一伙人看着院长手下的人重新把他的东西驮在骡子背上,一支可悲的、垂头丧气的队伍就这样上了路。

小约翰向他的首领喊道:

"喂,罗宾,这里还有一个大个子商人,还没有处理。我们是否让他跟随院长去诺丁汉?"

"不要那样,"罗宾说。"他有多少钱?"

"四十马克,"小约翰回答说,"如果点数的结果符合他回答时所讲的数目。"

"搜查他看看,"罗宾吩咐说。

他们就把商人的长袍掀开,从他的腰间取下袋子查看里头的钱数。

"他说的是实话,"小约翰报告说,"可是他还穿着一身质量很好的盔甲。"这时商人交叉着双臂镇静自若地站着。

"那是他个人的事,"罗宾说。"他是个讲实话的人,由于他跟雨戈院长这样撒谎的盗贼混在一起,我们罚他二十个马克,然后放他走。"

"对着十字架发誓,这太过分了!"商人说道,而且当小约翰在取走二十金马克之后把钱袋扔回给他时,商人向前急走两步,伸出手掌给大个子小约翰一击,后者摇晃一下就倒在地上了。这使他的伙伴们哗然。就在小约翰爬起来时,有两个还抽出剑来。

"住手!"罗宾汉笑着喊道。"他有正当的理由。约翰,这是一位有财产的人,而不是一个吝啬鬼,你把钱袋退回给他时,怎么不讲点礼貌呢?把钱袋捡起来,交给他时,要有对待一个值得尊敬的人的那种礼貌。"

"他力气不小,"修士塔克轻声笑着说。"商人,你愿同我进行一场掌力比赛吗?"

"很乐意,只要我懂得这种比赛如何进行,"商人回答。

"很简单的比赛,"修士向他保证,并走到他面前。"看,现在你站在那里,我站在这里。我用手掌打你,就像你打了我们的小娃娃约翰一样。他太小太弱了,经不起这种比赛的一击。如果你能重新站起来,你就可以对我还击一次。"修士塔克估计能为他的朋友雪耻。

"那么,就打吧,"商人说,"我愿意照你说的那样比赛。"

修士塔克捋起袖子,用手掌给那个高大个子商人狠狠一击。这样的一击,过去曾使许多人在地上打滚,可是这次,打在商人身上,他却纹丝不动。

"凭圣彼得发誓,这真是个铁制的商人!"修士说。"现在猛击吧,除非你是被钉在地上。"

商人漫不经心地给他一记重击,修士立即应声倒下。他爬起时感到头昏眼花。

319

"这就够了,好商人,"他说,"我这个最大的个子已被推倒。不过我的头脑还清醒。"

"该轮到我了,"罗宾汉说,看到他的两个最强壮的部下那么容易被击倒,有点恼怒。"商人,我给你一击时,要顶住,然后我接受你的一击。"

他使尽全身力气给对方一击,商人只是稍微晃了一下,并且摇摇头,好像表示打过来的这一击确实不轻。可是,使罗宾惊奇的是他并没有倒下,因为在他的同伙中没有一个人在挨了罗宾一击后还能站得住脚。

"轮到我了,"商人说。罗宾做好挨打的准备。

但是,他也像小约翰和修士一样,被打得晕头转向,倒在地上。商人则由于使劲过猛,帽子从头上掉了下来。罗宾沮丧地站起来时,才看清是谁把他打倒在地。他单膝跪倒在打他的人面前。

"陛下,"他说,"对我来说,被在反对撒拉逊人①战斗中创造奇迹的手所击倒,并不是丢脸的事。既然黑骑士和朝圣者现在是个商人,我们舍伍德人就请求这位商人给予御赦。"

"哈!"理查德说,"可是,被偷猎的鹿又怎么办?教会的高级教士被抢劫,还有路过这里的我的男爵们被掠夺的事,又该怎么办?我为什么要赦免你们?"

罗宾站了起来。"国王陛下,"他说,"如果说我抢劫了像雨戈院长这样的人,那我只不过是抢劫了一个盗贼的赃物。如果说我夺取了一个男爵的财物,那我只不过像夺取了海盗、杀人犯戴蒙教士的战船一样。我没有欺侮过任何妇女,也没有伤害过任何正当谋生的男人。"

"那么你能断定谁是正当谋生的人吗?"理查德国王问道。

"只要我了解我就能断定,"罗宾直视国王的脸大胆地回答,"我断定之后,就给予公正的处理。我掠夺了一个行劫的修道院院长,是为了筹款把您赎回来,使我们在英国有一位值得拥戴的国王。我使那些压迫老百姓的人为了自己所干的坏事而惴惴不安。当贵族们在

---

① 希腊人和罗马人对十字军东征时的阿拉伯人或穆斯林的称呼。

城堡里作恶多端时,我在绿林里过着清白的生活。陛下,您知道魔窟是怎样一个地方,它就是某位黑骑士帮助我的人去攻打的地方。"

"确实——完全确实,"理查德郁闷地回答。"可是关于鹿又怎么样?在这件事上,你破坏了法律。"

"我承认我们的过错,"罗宾坦率地说,"不过,像我们这样被剥夺公民权的逃亡者还有别的什么办法才能生存?陛下,这些人都同您一起战斗过,他们没有一个不为您回返当前被滥施暴政的国土而祈祷。赦免他们吧,至于我,听凭您随意处置。"

"不,罗宾,"国王微笑着回答说,"要么全都赦免,要么全不赦免。现在我为你做出这样的决定。过去的事一笔勾销,你们每人都将恢复公民权,我还任命你为舍伍德森林的守林员,并由你选择手下的人员,全都给予适当的报酬。你的伙伴中如果有人选择去法国为我效劳,他们就可以跟我一道去,因为我在那里身边需要一些好汉。"

"现在,伙伴们,"罗宾说,"为你们的好国王欢呼!英国从来没有过像我们的理查德国王这样的一位君主和战士。"

他们报以响彻森林的欢呼声。这时,雨戈院长正骑着马赶回诺丁汉,也忘了为失去黄金而咒骂,而是快马加鞭向前奔跑,使得他的手下人难以跟上。修士塔克把那所谓商人的马牵过来让他骑上。

"国王陛下,"塔克说,"既然现在我们已经不是通缉犯,我希望您抽空同我们一起吃顿饭,到那时向我吐露一点一掌把我打倒的秘密。"

"至少让我们护送您去诺丁汉吧,"罗宾恳求道。

但是理查德国王摇了摇头。"我要到法国去,一个人走要快些,"他回答。"要保证使你的这些勇士们忠心不渝,再不要碰林中的鹿。给你们全体的赦免令今晚将在诺丁汉交给罗伯特·雷诺特,本郡的每个城镇都将宣告你们的合法地位。再见吧,舍伍德守林员,务必尽职,直到我再来这里。"

理查德国王挥手骑马走了。他们仍然脱帽静立在森林的峡谷中。过了一会儿,小约翰叹了口气转向他的首领。

"罗宾,现在上哪儿去?"他问道,"我们的好日子就此结束了。"

"不，"罗宾说，"好日子仍然和我一起留在我们的秘密营地里。谁又能像守林员那样精确计算舍伍德的鹿？我有权每年得到一定数目的鹿，我们是会得到的。既然我们从戴蒙的船上获得的战利品以及从别处赢来的小东西使我们大家都成了富裕的人，你们有谁想去租种土地或者进城干事，都随你们的便。但我还是要留在绿林里。"

他们中有十几个人决定离开大伙去过安定的生活，其他人则都坚持跟随他们的首领，同他一道去向诺丁汉郡长领取赦免令。罗伯特·雷诺特面带愠色把赦免令交给罗宾时，在场的罗宾的人都满面笑容，因为他们知道罗伯特更想绞死他的这个仇人。

"郡长，"罗宾说，"你是否愿意把那支有你签名的箭拿回去？"

郡长摇了摇头，回答说："等着吧，所有的国王都不会长生不死。"

第二十二章

盖伊怎样再次追捕

有一首古民谣说,理查德国王在赦免罗宾汉及其伙伴后,把他们带进宫廷为他效劳,但这不可能是真的。因为理查德从奥地利的城堡被赎回再踏上英国土地后,在伦敦仅停留几天,就前往林肯郡和米德兰,惩罚一批在他不在国内期间投靠约翰亲王的罪恶昭彰的人。后来他回到他的首都,仅仅是为了筹款并招集人员去法国,而且终于没有再从那里返回。这次,他在英国只呆了三个月。因此真实情况更可能是,他任命罗宾为舍伍德的守林员,是认为罗宾猎杀过国王的鹿,因而懂得如何保护它们不受其他猎人的捕杀。

理查德国王还未离开英格兰,对罗宾被赦感到不满和愤慨的罗伯特·雷诺特就晋见约翰亲王,向他禀告国王对通缉犯们的赦免是"荒谬的不公正行为"。约翰点头表示理解。

"等些时候吧,郡长,"他吩咐道,"目前我们的王兄手中还有许多事要处理,你把这些人的名单交给我,我会把他们不法行为的全部记录交给你,你就留着,等我通知你就公布。"这是因为约翰对在诺丁汉比武大会上的射箭比赛记忆犹新,也没有忘记罗宾汉如何用他的一支箭威胁过他。

于是,罗伯特郡长返回他的驻所,罗宾这时也领着小约翰、修士塔克以及愿意继续追随他的多数人开始在森林里执行职责。过不久,罗伯特·雷诺特同他的哥哥雨戈院长谈了一次话,接着院长就去找约翰亲王,诉说关于他失去一千五百马克的事——但他没有说出理查德国王曾命令他因罪候审的事。他返回诺丁汉时,带着一封有约翰签名的给他弟弟的信,信中命令他再次宣告罗宾汉及其伙伴为通缉犯。

这消息对罗宾及其伙伴是个晴天霹雳。在罗宾依法收回其洛克斯利农庄后被罗宾派去管理农庄的磨坊主的儿子马奇,这时正在诺丁汉听到宣告员宣读公告,引起全城的人议论纷纷。马奇就急忙赶回洛克斯利,因为他知道罗宾和玛丽安要在第二天去看他,另外也要通知农庄周围的人,免得他们被作为通缉犯抓去绞死。

这时是暮春时节,马奇快回到洛克斯利时虽然已是黄昏,但他还看得见宅院周围有盔甲的闪光。这是被圣玛丽修道院院长派去的盖伊·吉斯本在这一带设下了埋伏。但经过森林生活训练的马奇的眼睛很敏锐,于是他就不再回到洛克斯利,而是偷偷溜进森林,拼命赶到罗宾和玛丽安以及他们的忠实拥护者仍然居住的秘密峡谷。

"好罗宾,"马奇说,"我们都要死了。"

"不要再说这种话了,"罗宾说道,"有句老话说,死人不会告密,可是你现在却带来了消息。"

"罗宾,诺丁汉郡长又宣告我们都是通缉犯,今天我在城里听到宣告了。"

"过去宣告过一次,但我们并没有死,"罗宾镇静地回答。

"圣玛丽修道院已在洛克斯利宅院周围设了埋伏,"马奇继续讲述他的消息,"准备抓住我们去那里的任何人。"

"真是个好消息,"罗宾回答说。"我要揪住盖伊老爷的尾巴。如果你们这些好伙伴乐意,我们将在他自己的家周围设埋伏。根据大家所说情况,要开始玩一场好玩的游戏,起码得有双方参加。"

"罗宾,你对这消息好像一点也不惊慌,"小约翰说。

"惊慌?"罗宾说着笑了。"不,我在当森林的守林员的时候,只有一定数量的鹿配给我们食用。可是,小约翰,我们现在拥有全部的鹿了,另外还有我们停止当通缉犯以后所失去的其他东西。"

"那么,你现在有什么打算?"小约翰问道。

"好啦,"罗宾说,"首先,我们要修士塔克把那挂起来留着明天吃的大片鹿肉拿去烤熟,因为现在我们随便吃多少都行了。然后,我们丕打开一桶啤酒,因为下星期从纽瓦克将运来一满车的酒,它会向我们交够过境税。因此我们在出发去揪住盖伊·吉斯本的尾巴之前,要举行盛大宴会。"

玛丽安见他们在谈话,就向他们走去。罗宾亲昵地搂住她。

"亲爱的姑娘,"他说,"我们再次成为通缉犯了。为了你的安全,你愿意我把你送到理查德·李城堡你父亲那里去吗?"

她笑着对他说:"罗宾,到了你讨厌我的时候,就可以把我送走。在那之前可不行。"

他温柔地吻了她。"现在去告诉修士塔克,要他使出所有本事,做出好菜,今晚我们大家要晚一点开始欢宴,"他吩咐说。"告诉他不必吝惜鹿肉,因为所有的鹿又属于我们了。天亮时,我们将出发去吉斯本的田庄,那时候盖伊正在监视着洛克斯利田庄哩。"

"我的任务,我想,是打开那个新酒桶吧,"小约翰说。"马奇,你来帮我一把。"

"马奇,推出两桶来,"罗宾汉补充说,"因为如果小约翰和修士一起去喝一桶,那就剩不了多少给我们其他人了。"

正如罗宾所说的,他们开始欢宴时已经很晚,但是前一阵所缺少的那种舒畅欢乐气氛又出现了。由于理查德国王再次出国,高级教士和贵族们认为又可以对老百姓为所欲为,而罗宾,作为国王任命的人,却必须守法,不能再像过去当通缉犯和舍伍德之王时那样,去制止他们的横行霸道,但是现在他又可以那样干了。

他们刚刚坐下准备进餐,威尔·斯卡雷就来了。自从罗宾一伙得到国王赦免以后,他就同磨坊主老马奇合伙经营,可是现在听说离开舍伍德很不安全,他又回到罗宾的队伍里来。修士塔克大声喊叫着欢迎他回来。

"欢迎,我的好威尔!过来跟我一起喝酒吃点东西!这里有一头鹿,比我们往日所射的任何一头都要好。我还知道有个地方有一群肥鹿,你的箭法大有用武之地。到我这边来吧,好威尔,让我再拍一次你的肩膀。"

"不,"斯卡雷说,"如果照你所说的让你拍一下,那我就会受不住不能吃东西了。我宁愿坐在马奇的旁边,因为他只有普通人的食量,而任何人如果同你共享一盘食物,那就必须狼吞虎咽,否则一口也吃不上。"

"那次在雷文斯卡就是这样,"小约翰说。

"我们两人只能共吃一块鹿肉馅饼,然后修士咬了一口——"

"然后小约翰咬了一口,然后馅饼到哪儿去了?"修士大笑着说。"不过,威尔,还有第二桶好啤酒,因为小约翰找到了第一桶的塞子,所以它就成了空桶。"

"你也许早就闻到酒味了吧,"斯卡雷问。

"我的鼻子很长,"修士塔克说,"但是还没有长到能把一个桶的塞子拔出来。吃吧,威尔,现在这里的鹿全归我们了。"

他们尽情地欢宴。玛丽安也参加了宴会。这时候,罗宾汉却在动脑子反复思考着未来的计划。

第二天上午,盖伊·吉斯本和他的一帮人,又饿又累,拖着沉重的步伐往回走。他们监视洛克斯利田庄一无所获,既没有抓住他们原先期望能在那里找到的马奇,也没有发现任何其他人。盖伊盼望着回到自己的田庄后好好休息一下,吃点东西,然后再去向雨戈院长报告通缉犯们如何早就知道他们设下埋伏。但是当他们来到离他的住处约四分之一英里时,一个篱笆背后突然冒出大约八十个脑袋,接着射来数不清的箭,有的飞过他们的耳朵,有的打在他们的铠甲上,嗒嗒作响。结果三人中箭倒地,两人大腿被箭射穿,一人肩膀挨了一箭,其他人像受伤的野兔转身就跑,找地方躲起来。盖伊本人也跟在他们后面,边跑边咒骂。

"这些勇敢的斗士,"罗宾发表嘲笑的评论。"也许他会迷路,我们给他点把火吧,使他再次回头看时,能找到回家的路。"

罗宾带着六个人向田庄行进,把其他人留下监视盖伊及其部下的行动。仍留在田庄里的几个农奴见他一来撒腿就跑。罗宾点火烧着盖伊的庄宅,但没有触动那里的干草垛和牛棚。火焰很快就包围了石头房屋,吞没茅屋顶,形成冲天的浓黑烟柱,周围几英里都能看见。

"现在就盖伊自己去烧火取暖吧,"罗宾说着把他的人带走。

盖伊第二次想捉拿罗宾汉的如意算盘就以这样的结局告终。由于那个田庄原是圣玛丽修道院的财产,它被烧毁使雨戈院长非常生气,发誓要对罗宾及其伙伴报复。

第二十三章

有签名的箭

现在,罗宾汉及其伙伴虽然又被宣告为通缉犯,但他们朋友众多,大家都认为不能以任何方式招惹他们,因为理查德国王已赦免过他们,只是由于罗伯特郡长和雨戈院长出了坏主意,才制造出这第二个公告。人们说,总有一天理查德国王会回来,到时候罗宾汉又会恢复原来身份。

因此罗宾及其伙伴们在森林深处过着非常快乐的生活。他们过去得到的财物足以保证他们可过得舒适,另外有时还截取一些人的罗宾认为他们无权拥有的东西。因此,当赫勒福德的主教在访问约克教区之后由北向南路过他们的地方时,罗宾就把他及其随从的许多值钱的赃物留下,然后又把主教拴在一棵树上,直到他同意为通缉犯们做弥撒才放了他。还有一次,掠夺成性的坎伯兰地区的贵族海费尔·休爵士,在由南向北路过舍伍德林中小道时,也损失了大量钱物和盔甲。这仅仅是多桩事件中的两桩。因为罗宾从不让他的人闲着。

时间就这样流逝。后来海外传来噩耗说,理查德国王已在查卢斯城堡前中箭受伤阵亡。罗宾及其伙伴们为失去好国王和由坏国王约翰继位而哀痛。但在他们的周围仍然有像理查德·李爵士这样一些朋友,因此他们对诺丁汉郡长或他的哥哥雨戈院长可能干什么毫不在意。罗宾仍然被公认为舍伍德森林之王。

理查德国王逝世两年多以后的一个夏季早晨,罗宾正在离诺丁汉不远的林子里打猎,忽然他手下的一个人急匆匆地跑来找他。他听完带来的消息后,就吹响号角,只经过几分钟,四十个都带着弓和剑的伙伴立即聚集在他的周围。

"我们得抓紧时间,"罗宾告诉他手下的人,"因为罗伯特·雷诺特抓住了我们的小约翰,并带到诺丁汉去要绞死他。"

"郡长现在哪里?"威尔·斯卡雷问道。

"他正带着小约翰去诺丁汉,"罗宾回答。"我们有足够的力量去搭救我们的人。如果他被送进诺丁汉监牢,再想把他从刽子手那里夺回来就困难了。我们马上出发走上林中小道,再次会一会这个郡长。"

他边走边从他的箭袋里取出所有的箭,一支一支地检查,从中挑出他多年来一直保存着的一支箭。当年郡长在罗宾放他走之前,曾在这支箭上写下他的名字,可是后来他没有履行要交付赎身金额的诺言。

"我想,现在到了把这支箭搭在弓上的时候了,"罗宾自言自语地说,并小心地把它放进箭袋,和其他的箭分开放着。

看来小约翰被他们抓住时,只有他一人。那个给罗宾汉送信的人曾看到郡长骑着马,率领一批武装人员,朝诺丁汉方向走去,他的马鞍拖着一个双手反剪的俘虏。队伍中有些包扎了伤口的垂头丧气的伤员,这表明小约翰被抓住前打过漂亮仗,但他被郡长的马拖着走时,一瘸一拐,好像在搏斗时受过伤。

"等到我把他干掉时,罗伯特郡长就不会一瘸一拐了,"罗宾严厉地许下诺言。

他们来到林中小道,从那里的马蹄印判断,郡长一伙人还没有回到诺丁汉。于是,罗宾把他的伙伴布置停当,等了足足半个小时,因为他已下令决心要从郡长的手里把他的勇士营救出来。

中午过后不久,远处传来铠甲的丁当声和隐隐的谈话声。这就是告诉罗宾的人,郡长正向他们走来。随后他们就看见了他,以及小约翰被捆着手,用一条绳子把他和郡长的马绑在一起拖着走,后面跟随着大约五十名武装人员。罗宾看到小约翰几乎走不动了,就不提挑战,也不发一言,立即把箭射进马头。马应声倒下死在小道上,郡长来得及在马栽倒之前离开了马,抽出他的剑。

"嘿!有埋伏!"他喊道。"去抓他们,我的士兵们——抓住一个奖赏五马克。"

他的部下都是诺曼人,身体强壮并能顽强战斗。罗宾还知道自己在数量上处于劣势。但是罗宾的第二支箭就射倒了他们中的一人,另外六人也被通缉犯们用箭射倒。然后他们才抽剑冲向敌人,怀着必胜信心要把他们的大个子战友搭救出来。这是一场殊死恶斗,就像同戴蒙海盗那次战斗一样,双方都拼个你死我活。罗宾事后说,从未有过像郡长的这帮人那样为争夺小约翰而战的。小约翰那时却由于伤势过重,无法自己松绑,只能坐在马尸上旁观。

郡长看到通缉犯们还在坚持,便大声叫喊:"去抓他们,士兵们!抓住一个奖赏五马克——抓住罗宾汉本人奖赏五十马克。"

但是他的部下没有抓住一个俘虏,因为罗宾队伍里个个都像英雄一样英勇善战。这时郡长的十几个人被击毙,罗宾也有十人阵亡。威尔·斯卡雷在击倒对方一人后,也被躺在死尸上面的郡长从背后把他击毙。郡长用这种卑鄙手段杀害他的人,使罗宾怒不可遏,因为他喜爱威尔·斯卡雷就同喜爱小约翰一样。于是他略停战斗,取出他一直保存着的那支箭。

"记住那支有你名字的箭,郡长!"他一边发箭一边喊道。

这支箭对准目标飞去,正射中罗伯特·雷诺特的前额。这时候,罗宾的人已被击倒一半,郡长的人也被打死过半,虽然他们全副武装并有作战准备,而罗宾的人却没有想到要打仗,只穿着猎装。

可是,郡长一被射死,他的人就顿时陷于慌乱,竞相撒腿逃命。他们一边逃跑一边还听到无数的箭"嗖嗖"射来。这一天,罗宾本人由于看到斯卡雷被郡长从背后暗算打死而特别狂怒,完成了他在箭术方面最出色的功绩。有一个郡长手下的人快要跑到诺丁汉城门时,罗宾用一支长箭从约一英里外的地方就把他射死了。他是那些胆敢在公开搏斗中同罗宾汉及其伙伴较量剑术的士兵中最后一个被结果的人。

他们把绑着小约翰的绳索解开后,发现他伤得很重,只好把他抬回营地,经过几周疗养,他的伤才痊愈。他们把威尔·斯卡雷安葬在森林里,罗宾为失去一位英勇战士和朋友而哀伤。据说,在那一天的战斗中,罗宾损失十八人,郡长则有约三十人没有活着回去叙述那次经历。

可是,那些侥幸活着回到诺丁汉的人却说,他们几乎全歼了通缉犯,罗宾本人也受了重伤。他们为了掩盖自己的败绩就尽力夸大攻击者的人数,于是这样的说法就传开了:舍伍德的通缉犯已被打垮,首领重伤,人数大大减少,现在可以很容易从森林里清除掉。

听到这种传闻的人,也包括死去的郡长的哥哥雨戈院长。他在为罗伯特·雷诺特安魂做过弥撒,并到诺丁汉参加他的葬礼之后,召见盖伊·吉斯本,同他商谈。

"盖伊,我曾多次派你去消灭这个通缉犯,"他说,"但每次他都使你蒙受耻辱。不过现在,我想,我们能逮住他了。"

"您要我再次去追捕他,院长大人?"盖伊问道。院长点头。"我们要为我弟弟报仇,"他说,"更重要的是,杀死我弟弟的那支箭,上面有他的名字,这说明杀害他的正是这个罗宾汉。"

"您说我该如何才能逮住他?"盖伊问道。"如果我去舍伍德捉拿他,一年也找不到他的影子。他对这片森林太熟悉了。"

"不,"雨戈说,"那样干会白费力气。你可以召集我们的所有士兵,人数有四十多,但不说出我们的意图。我将设法散布出这样的消息,即在下星期末,我要把上交给我们的约翰国王的税款送到诺丁汉去,因为那笔钱必须送去。只由五名武装人员护送,六名修道士随行。"

"啊!"盖伊说,"那是个诱饵。"

院长点头。"那是个诱饵,"他同意这个说法,"而你就是陷阱,我们根据一切情报,这帮通缉犯现在剩下的还不到二十人。你在携带黄金的队伍出发后半小时,跟随前往。当罗宾汉和他的人正忙于查看赃物时,你和你的人就可以发动袭击,要狠狠地打,要为我弟弟的被害报仇。"

盖伊点头同意。"我自己也有些仇要报,"他说。"护送队准备出发时就通知我,院长大人,到时我将带我的人来。"

第二十四章
山谷艾伦的故事

　　一天清晨,罗宾汉到森林里去打猎。当他穿过通往米登山谷的一条小路时,看见一个青年坐在一棵伐倒的树上,身旁有一把竖琴。他的衣服原很华丽,现已又脏又旧。他用柔和的颤音唱着一支悲哀的小调,没有注意到站在一旁看着他并听他唱歌的身材高大的罗宾。

　　"一副好嗓子,"歌声停止后罗宾说,"但没有派上好用场。为什么坐在那里像树上的猫一样叫?"

　　"我的心情不好,"青年人说,"因为失去了我心爱的人。"

　　"要为她奋斗,男子汉——唱这样的歌,只会把鸟吓跑,绝不能把她赢回来。你是谁?"

　　"家住米登山谷的艾伦——人们叫我山谷艾伦,"那个青年说。"你究竟是谁,这样询问我?"

　　"罗宾汉,"罗宾淡然地回答。"多告诉我一点有关你失去的恋人的情况。"

　　"罗宾汉?"艾伦重复道。"那么——可是不,不管是罗宾汉还是其他任何人,都帮不了我的忙。今天该是我结婚的日子,但是今天我心爱的人,美丽的艾丽诺,被迫嫁给一个有钱的老恶棍男爵。"

　　"原来是这样,"罗宾沉思着说,"可是婚礼还没举行吧。"

　　"快要举行了,所以我伤心地坐在这里,"艾伦回答。"四小时之内,在米登山谷诺曼人的一个小教堂里,他们将把她嫁给他,而我没有别的办法,只能坐在这里唱悲哀的小调。"

　　"不,"罗宾说,"我的好艾伦,还有好多办法。看样子你还是个有作为的青年,不过只是在你应该站起来采取行动时,你却有点想唱歌。你说怎么样?假如我们能让你而不是男爵当新郎,你能使你的妻子过上好日子吗?"

"罗宾汉,"艾伦自豪地回答说,"我有田地有房子,还有美丽的艾丽诺所想得到的一切,但是,那个老拉尔夫·沃索普爵士的财产却比我多,所以她的吝啬鬼父亲就把她许给了他,尽管我和她是青梅竹马,早就相爱了。"

"不要再用颤音唱歌了,歇一会儿吧,否则你就会使我走调。"罗宾回答着,取下他的银号角吹一声。

"音调很好听,"艾伦说,"可是,罗宾汉,它能起什么作用?"

罗宾还没回答,小约翰已从矮丛林中跳出来,他的弓已搭上箭。接着修士塔克挥舞着铁头木棍也跑出来。又有其他人一个一个跟着出现,直到有四十多人聚在罗宾和山谷艾伦的周围,他们都不知为何发出警报。

"朋友们,"罗宾说,"我们要到米登山谷去参加婚礼。拉尔夫·沃索普爵士要娶一位名叫艾丽诺的美丽姑娘——至少,在我们到达之前他认为他会同她结婚。"

"罗宾,就是去年我们从他那里取得六十马克的那个老恶棍吗?"修士塔克问道。"是一个诡计多端、凶狠冷酷的家伙。"

"就是这个人,"罗宾答道。"现在,如果我们把这个青年在附近小河里泡一泡,全身冲洗一遍,他就会干净些,适合去参加那位少女的婚礼了,是吗?"

修士塔克说:"这条河,水很清,把他放进去泡,未免可惜了,而且会惊动河里的鱼。"

"谁胆敢过来把我拉进河里,我就揍谁,"艾伦坚定地说。

"我就爱听用这种口气说话,"罗宾微笑着说。"但是为了这次婚礼,你必须打扮打扮,好艾伦,因为我们不想让你去参加婚礼时,像一只刚同猫打过架的蓝松鸦。"

"我根本不想去参加婚礼,"艾伦说。

"不,听我告诉你我的计划之后,你就会想去了。"罗宾微笑着对他说。"现在让我告诉你我的打算。"

于是艾伦倾听着。小约翰听说后脸上绽开了笑容,修士塔克格格地笑起来。

三小时后,米登山谷里诺曼人小教堂的钟开始欢快地响起来。

老拉尔夫爵士,穿上镶着金花边的天鹅绒的豪华绸服,走进教堂,后面跟着十来个穿着华丽的家丁,站在圣坛旁,等待新娘的到来。他年迈秃头,又长得很丑,可是却很富有。艾丽诺的父亲也知道这一点,否则他就不会不顾女儿的反对以这种方式把她卖给爵士了。拉尔夫爵士等了将近半小时,一个无力逃脱厄运的脸色苍白、满心不愿意的姑娘才由她父亲领着走进教堂。

教堂内有一半以上的座位坐着人,都是来观看热闹的。离圣坛不远,一个高个子靠着一根柱子,他身上围着斗篷,在夏天这样做,似乎有点奇怪。当艾丽诺的父亲把她引向圣坛时,那个高个子好奇地看她一眼,她的眼睛已经哭红了。他也看见她愁闷地环顾周围,当她看到圣坛旁那个年迈的新郎时,浑身发抖。

随后,就在她正要走到拉尔夫爵士的身旁时,高个子甩开斗篷,把银号角贴近嘴唇,吹出尖锐刺耳的号音,盖过了神父主持婚礼的祝福讲话声。这号声使教堂内四分之三的人都起立拥向圣坛,新娘的父亲和老拉尔夫爵士都惊得目瞪口呆。这位手拿银号角的高个子不是别人,正是罗宾汉,他抓住拉尔夫爵士的肩膀,把他拖出来推给小约翰,小约翰揪住他的耳朵,看管着他。

"老家伙,"罗宾说,"你给一位更好的新郎让贤吧。到这儿来,艾伦。伙伴们,这个老白痴的家丁们如果不闭着嘴,就把他们踢出教堂。因为在教堂内人人都应该表现虔诚。"

"这是暴行——这是亵渎神灵的行为,用意何在?"新娘的父亲质问道。

"不对,"罗宾说,"我们只不过是来防止你的亵渎行为,把一位美丽姑娘议价卖给一个老恶棍。他已经埋葬过三个妻子。他自己,不久也要入土,那也是我们的希望。小约翰,紧紧抓住他,如果他想溜掉就拧他的耳朵。现在山谷艾伦,你是否愿意娶美丽的艾丽诺为妻?"

"非常乐意,"艾伦说,他已走到她的身旁,站在拉尔夫爵士原来的位置。

"现在,艾丽诺,"罗宾接着说,"你是否愿意嫁给山谷艾伦来代替那个秃顶的老花花公子?"

333

她用几乎低得听不见的声音表示同意,并握住艾伦的手。

"神父,现在继续履行你的职责,"罗宾吩咐道,"要保证完成得好。我们要拉尔夫爵士在这里作为婚礼的见证人。不,拉尔夫爵士,不许讲话,否则小约翰抓住你的一边耳朵,我要捆你的另一边耳朵!神父,继续进行你的工作吧。"

"这我不能进行,"神父用颤抖的声音说,"因为婚礼前没有公布他们俩的姓名。"

"这件事容易补救,"罗宾说。"修士塔克,你在哪里,你这个肥胖的老酒桶?在山谷艾伦和美丽的艾丽诺结婚之前给我公布他们的姓名!"

于是修士塔克蹒跚地走出来,爬上教堂的楼厢,在那里他宣布三次结婚人的姓名,然后走下来。

"现在一切都已就绪,"罗宾告诉站在圣坛旁的神父。"神父,你就举行仪式吧,我们这里有很多见证人。"

"由谁把这姑娘嫁出去?"神父用发抖的声音问道。

"我,罗宾汉,把她嫁给这个人,"罗宾回答说,不理会姑娘的父亲,"任何人胆敢反对她和山谷艾伦结合,就必须先认真对待我。"

神父然后就为他们证婚。婚礼结束后,罗宾接受了新娘的第一个吻,这个吻是她心甘情愿给的,因为她意外地赢得了幸福,而不是要忍受嫁给年迈的拉尔夫爵士的痛苦。接着,罗宾和他的伙伴们把新娘和新郎护送到艾伦的家。那是一座建在宽广肥沃土地上的牢固的石结构房屋。艾伦的母亲吻了新娘,高兴地欢迎她,因为老人早已听到有关婚礼的消息。

艾伦家的男女帮佣为好汉们准备了盛宴。修士塔克由艾伦弹竖琴伴奏,给大家演唱了他自称是一首歌的节目。他们非常愉快地欢宴,直到夏季的太阳西下。然后罗宾汉集合他的伙伴向新娘新郎告别,因为他们还要走好远的路才能回到营地。

"不要忘记,"艾伦对他们说,"这里的门永远敞开,欢迎你们中路过这里的任何一人。"

"森林里也有同样敞开的门欢迎你和你美丽的新娘,"罗宾回答说。"期望着你们不久就会来访。"

"可是我们将怎样找到你们?"艾伦问道。

"坐在一根大木头上大声叫喊,"罗宾说,"不用多说话我们就会知道是谁。但你得大声叫喊,这样就会有人把你引到我们的隐藏处,一到那里,我的妻子玛丽安就将热情欢迎你的新娘。"

过了几星期,艾伦坐在一根大木头上高唱一首歌曲。从那以后,他和艾丽诺成了通缉犯们的常客。他们也把艾伦看成是他们中的一员,经常到他好客的家里去。

据说,老拉尔夫爵士由于满心恼火,回到他的城堡后狂饮最烈的烈性酒,不久就死于中风。但是没有记录说明,在他死后有任何人伤心悼念他。

第二十五章

盖伊的最后一次追捕

舍伍德的林间空地上阳光明媚。雨戈院长按计划派出他的护送队向诺丁汉进发，确信罗宾汉和他的人必会出来截击，于是他们就很容易被跟随在驮骡后面的盖伊·吉斯本及其队伍捕获。到某一点为止，这个计划进行得还相当顺利，因为在修道士和驮骡到达离诺丁汉城门两英里的地方时，一群人突然从林阴里冲出，把他们团团围住。

"站住，你们这些削发教士，"领队的修士塔克说，"你们的那些货物，我看似乎需要详细检查一下。"

"你自己才是削发教士，"率领着护送队的雨戈院长的办事员安塞姆反驳说。"我们带的都是些圣物，要送去诺丁汉郡的圣尼尼安教堂，为收获节做准备。你们胆敢动这些东西，就是犯了渎圣罪。"

"圣物？"修士开心地质问道。"什么圣物？"

"我们带有一个小匣子，里面装着圣布里吉特的指甲和圣奥古斯丁的一部分头发，另外还有据说是亨吉斯特国王亲自赠给圣威尔弗雷德的一条鞋带。不准你们碰这么神圣的货物。"

"马奇，"修士塔克说，"我把箭搭在弦上，以防这个假虔诚的办事员在教士长袍底下藏有武器，你详细检查一下他的指甲、鞋带和箭下的头发，并看看驮包里还有什么其他东西。仅仅是头发，或者指甲，或者鞋带，就不需要用六头骡子来驮，除非神圣的奥古斯丁头上长有干草堆。"

"卑鄙的渎圣罪！"安塞姆说，他一直在留神听着盖伊·吉斯本和他手下人到来的声音，他们本该就在后面不远。"如此不敬神，叛教的修道士，将自食其果。"

"叛教？"好修士塔克怒喊道。"马奇，替我用你的手指抓住他的长鼻子，拧着它，直到他收回自己的话为止。如果我不比雨戈的任何一个削发教士是神圣教会的更好的儿子,我将永远不再拉弓射鹿。拧他的鼻子,我的好马奇。"

马奇不需要第二次邀请。他早就紧紧抓住安塞姆的鼻子,使劲地拧,直到他泪流满面,大声求饶。

"现在你说,我是叛教吗?"修士塔克严厉地问道。

"不,修道士,你就像我的鼻子一样——像我们任何人一样,是个好神职人员!"安塞姆胆怯地回答。"圣徒作证,这个无赖的握力真是不小!"

"你说我是个无赖?"马奇怒气冲冲地问道,并再次伸手去抓他的鼻子。安塞姆跳起后退。

"不,好伙伴,那是我说漏了嘴。我没有恶意。"

"那么,你就站在那边,我们要详细检查骡子背上的货物,"马奇吩咐说。"我们将给你留下你的鞋带、指甲以及类似的一切东西,不用为此担心。"

他们把骡子驮来的东西都摆出来,其中有在雨戈院长的磨坊里加工的优质面粉,几袋子金马克,大批布料和精美亚麻织物,以及各式各样的其他珍贵物品。这些东西都是雨戈院长作为礼物准备送给诺丁汉的新任郡长西蒙·甘米尔的,他被任命接替死在罗宾汉手下的罗伯特·雷诺特。雨戈院长毫不怀疑盖伊和他的手下人会把他的礼物安全送达目的地。安塞姆还带有一封信,是马奇在搜查办事员时从他身上找到的。马奇把信交给修士塔克。

塔克把信的内容大声念给伙伴们听。

> "我们圣玛丽修道院向西蒙·甘米尔表示敬意和友善之情。现送上若干礼物,并请光临对您方便的任何一天在我的修道院举行的宴会。如果我的计划顺利实现,通缉犯恶棍罗宾汉今天就将被我的总管盖伊·吉斯本缉拿归案或者击毙。如果能活捉,我希望让盖伊把他带到诺丁汉去,由您把他绞死在城门上,用以警告所有像他那样的恶棍。同时我认为,我的人盖伊将能消灭仍然留下的大多数通缉犯。
>
> "不过,也可能有些人漏网,构成对正直的人的威胁,但我相信,郡长,您会把他们从森林中全部清除,并烧毁他们的据点,

以便我们为了公事有必要路过舍伍德时可再度自由通行。我衷心相信盖伊·吉斯本能活捉这个罗宾汉。如果他能作为一个普通重罪犯被绞死而不是在战斗中被打死,我会更高兴。

"我再次向您致以非常热诚的敬意,并希望您能接受为表示我对您的友情的这些薄礼。圣玛丽修道院院长雨戈敬赠。"

"一封令人非常愉快的书信,"修士塔克读完后说道,"我确信,我们的罗宾听到再次宣读这封信时,也会高兴的。小伙子们,把所有货物都放回骡背上。读了这封信就不必再为是否有一个散失的指甲或者一两条散失的鞋带而操心了。我们也像雨戈院长一样充满着友善之情,把这些削发无赖像鸡一样捆起来,塞住他们的嘴,不让乱叫,轻轻地把他们放在离小道远点的地方,以免他们太容易被人找到,然后我们去看看我们的好罗宾和其他伙伴在干些什么。"

六个人把骡子赶回好汉们的秘密据点。安塞姆和其他修道士出于无奈,只好束手被捆和塞住嘴巴,但他们仍然希望盖伊·吉斯本能在一切了结之前把通缉犯们打败赶跑。结果他们空希望一场,因为没有听到或看到盖伊或其他人前来的任何声音或迹象。

盖伊·吉斯本率领二十名骑兵和三十名步兵一直保持着在他们后面一英里的距离,行进到一个地方,只能容三人并肩而行,两旁矮树丛密密层层,一个人都难穿过去。就在他们骑着马前进时,突然间,一棵大树干轰然倒在前方的小道上,挡住去路,由于树干太粗,马跳不过去。正当马匹受惊往后退时,第二棵树干又砰的一声倒在他们的后方,使骑兵和步兵就像都被关进了一个牲口圈。

在他们的前方,最初倒下树干的那边,罗宾汉走了出来。立即有十几张弩弓就对准他。但是弩弓一箭未发,因为弩弓手还未来得及瞄准,一连串大箭就已向那些人飞射过去,使雨戈院长损失了十几人。

"有谁想射箭,谁就会得到同样下场,"罗宾镇定地说着,走近横在路上的大树干。"盖伊,好长时间我们两人没有讲过话了,我想和你单独谈谈,再用一把或两把剑来加强我们谈话的分量。"

盖伊本来算计着可以二比一的人数压过罗宾,但这时他看到大批人从森林深处蜂拥而出来保护罗宾汉,人数已超过自己的人,同时他也看到对手射来的箭是致命的。

"我屈服,"他沉着脸说。"斗智你又赢了我,我也不愿意再让好人白白送命。"

"不必发愁,"罗宾告诉他,"我的人都会很好照顾自己。好人是不会吃苦头的。可是如果你选择打仗的话,你背后那些诺曼猪可能会后悔莫及。"

"罗宾!"修士塔克从背后喊他,蹒跚着走来,手里拿着从安塞姆身上搜出的信。"把他们再扣留一会儿,待我把这封信念给你听,是雨戈院长写给新任诺丁汉郡长的。"

他宣读了这封信,并且一边念,一边译成诺曼底语,让盖伊·吉斯本手下的人也能听懂。罗宾和他的大多数伙伴除英语外,也懂诺曼底语。罗宾听完雨戈信中的内容后,脸色阴沉。

他说:"这就使问题有了新面目。因为提起绞刑的这种谈论不合我的口味。你听到了吗,盖伊·吉斯本?"

"是的,我听到了,"盖伊回答说,"也支持信的内容。"

"就我而言,我想就在这里把这件事了结,"罗宾用异常镇定的口气说,因为信的内容使他怒不可遏。"你现在从马背上下来,带着你的剑爬过树干,把你的人都留在原地不动,因为我同这些可怜的笨蛋没有争吵的问题。你和我在这里决一胜负,让我的人观看这次公平格斗,这样就可以把我们长时期的争吵一了百了。"

"如果我赢了,我会怎么样?"盖伊问道。

"回到雨戈院长那里去,告诉他你已把我结果了,"罗宾回答。

"如果我不跟你格斗呢?"盖伊又问。

"那我就当着你手下的人宣布你是个胆小鬼,连世上最卑鄙的无赖也不配率领,"罗宾严厉地说。"两次你来袭击我,两次我都让你活着回到你主人那里去。盖伊,现在这是第三次了,我们就来把问题最后了结吧。你下马,走出来,剑对剑。"

盖伊犹豫片刻后下了马,把马交给手下人,爬过树干,然后抽出他的剑。罗宾面对宿敌,伙伴们在四周围成一圈。

"盖伊,战斗到底,"他说。

"战斗到底,"盖伊·吉斯本照着说。

于是他们动手打起来。最初都打得很谨慎，互相都挡住对方的劈刺，双方的剑刃不断相对滑动，发出摩擦的嘎嘎响声。罗宾一次后退时，碰巧踩到一根粗树枝，树枝一滚动，他稍微滑了一下。盖伊的剑尖正好在他马甲上方的颈部划一个小口，淌出了血。

　　"啊哈！"盖伊说，"就差一点！"

　　"差一点不等于正好，笨蛋，"罗宾回答。"提防着点！"

　　盖伊及时地，也只是及时地，闪避了罗宾恢复姿势后对他的猛刺。

　　这时他们已搏斗了十多分钟，因打得越来越激烈，两人都气喘吁吁。过一会儿，盖伊企图使出北欧的古老花招，用剑横扫对方的膝盖，可是罗宾只是向上一跳，使这个圣玛丽修道院的总管就自取灭亡，因为在他还未来得及把剑举起之前，罗宾以一个漂亮的反手一击打中要害，盖伊·吉斯本就一命呜呼了。

　　他向后一站。"这是一个结束，"他说。"愿他的灵魂安息吧，虽然他替一个坏主人效劳过，自己对手下的人又残酷无情。"

　　"下一步呢，非凡的罗宾汉？"修士塔克问道。

　　"把树干拖走，让这些人马离开，"罗宾回答，"但也先把他们的衣服都剥掉，只留下衬衣，就像过去我们对待盖伊·吉斯本领来和我们作对的那些人一样。然后让他们把他和其他死者带回圣玛丽修道院去，并把院长的信别在盖伊尸体的胸前，让院长也知道他的信件落入我们手中以后境况如何。"

第二十六章

最 后 一 支 箭

　　舍伍德森林现在呈现一派和平景象。因为约翰国王和男爵们都忙于内部混战,腾不出人力去肃清罗宾汉一伙人,诺丁汉新任郡长西蒙·甘米尔虽然也曾一两次派出大批人员去捉拿他们,但都惨遭失败,因此他宁愿索性不管而不愿自己落下笑柄。然而他的追捕宏图以及罗宾对他和他手下人的巧妙耍弄,却引出许许多多快乐的冒险故事,日后成为民谣的题材。好汉们后来已不把西蒙放在眼里,半公开地进入诺丁汉,在市场上做买卖。

　　光阴荏苒,年复一年,这些快乐的伙伴们猎鹿为食,向高级教士和男爵们征收捐税,并举办宴会,拖着不情愿的修道院院长甚至主教来参加,他们都得按照罗宾的意愿为这样的款待付钱。他知道,上述所有这些钱都是从某些不幸的农奴或自由民身上敲诈来的,他比这些富人更有权利使用这些钱,因为他总是乐意帮助有困难的男女。他们的那些光辉年月和冒险行为,由于吟游诗人在英国各地弹唱的古老歌曲,永远留在人民的记忆中。

　　可是在圣玛丽修道院,雨戈·雷诺特却牢记着他的兄弟死在罗宾汉的手下;也牢记着是罗宾放走了理查德·李爵士,使他在理查德国王面前受辱;他还牢记着,如果罗宾不借钱给理查德爵士赎回他的契约,理查德爵士的庄园就会成为他的财产,而且由于罗宾娶了玛丽安姑娘,就使他的朋友伊桑巴特爵士得不到她的田产。总之,雨戈院长有很多旧账要同这个大通缉犯清算,满怀仇恨,等待时机,但他也日渐衰老了。

　　他看不到有报复敌人的机会,因为无人能找到进入舍伍德深处罗宾的秘密据点的道路,而那些认识道路的人又不愿出卖朋友。雨戈懂得,如果不知道他们的所在地,派人进入森林深处也是白搭。在他一边盘算一边衰老期间,天下事按它惯常的方式进展。约翰国王被迫在《大宪章》上签字,给所有人前所未有的自由;他在穿过林肯郡沼泽地的行军中遭到惨重损失以后,因恼怒死去;幼王亨利继位,围绕着他,男爵们进行战争。通缉犯一帮人在舍伍德仍然过着兴旺的日子,在林间空地猎鹿为生。

有一天,老态龙钟的雨戈院长听到有个小贩想见他,便吩咐把那个人带到他的跟前。进来的是个瘦小的人,背着一个包袱。当他把包袱放下,并用眯成一条缝的狡猾眼睛看着雨戈时,院长目不转睛地注视他。

"这张脸,"他说,"该是罗杰·格兰的脸吧,虽然岁月带来如此巨大变化。"

"正是,院长,"被人称为"恶煞"的罗杰回答说。"我曾经是一名骑士,但自从罗宾汉及其一伙人烧毁贝拉姆城堡以后,我就过着乞讨生活,过一天算一天。"

"唉,"院长说,"罗杰,我不能帮助你。正是同一个罗宾夺走我的大部分财富,使我现在沦为穷人。"

"但是如果我能帮助你呢?"罗杰问道。"你不能比我更恨这个罗宾。如果我能为你找到去他的据点的道路,并带领你的人去把它摧毁,怎么样?"

"你能办到吗?"雨戈迫切地问。

罗杰点点头。"我想我有办法,"他回答。"如果我能办到,你将给我什么?"

"如果我得知他们的全部人马已被消灭,"雨戈慢慢地回答说,"那么,我就把他们积藏的赃物分给你一半,并另给你五百金马克——这就够使你成为这里到诺丁汉一带最有钱的人了,我的朋友罗杰。"

罗杰点头表示同意。"现在我还不知道去他们的据点的道路,"他说,"但是我想有个办法使我可能找到。这只需要我来回走一趟,因我从不会忘记我所走过的路。"

"可是,你将如何到达那里?"雨戈又问。

"听我说,院长,"罗杰说,"我把计划告诉你。"

他们谈了很长时间,雨戈院长又叫人送来酒食,让这个人美餐一

342

顿,教士们对此感到奇怪,不知为何他们傲慢的院长竟会如此款待一个区区小贩。

第二天,罗宾及其伙伴们照例在他们的林间空地美美地吃了一顿。比过去更胖更快活的修士塔克还宣称,假如他在吃鹿肉时少喝两夸脱啤酒,他就不会在铁头木棍比赛中输给小约翰。傍晚时分,通缉犯的老朋友货郎威尔来到林间空地,他经常带来他的包袱让他们选购里面的东西,并通常给他们送来消息。同他一道还来了一个陌生人,也背着个包袱。小约翰见到他,就往前向他们走去。

"怎么啦,威尔?"小约翰问道。"你知道得很清楚,不许任何陌生人知道来到我们隐蔽处的道路。"

"可是,大爷,他是个老实的无赖,"威尔回答说,"而且他带来稀奇古怪的小玩意儿,阿拉伯匕首啦,叙利亚苏丹用过的猎刀啦,以及其他类似的珍奇货物。我担保他是个非常好的人,把他领到你们这个地方来是安全的。"

"既然他已经来了,就算了吧,"小约翰带着怒气大声说,"可是记住,你要为他的诚实作担保。"

有件事货郎威尔没有告诉小约翰,那就是那个陌生人曾给威尔五个金马克,让他同意陪同来这个林间空地。新来的人把他的商品摆出后,好汉们就跟他讨价还价,那些在林间结婚的妻子们也都来购买装饰品,而这个货郎以低得可笑的价格把东西卖给她们。这个消息很快就传到罗宾的妻子玛丽安的耳里。

"我想去见见这个货郎,"她说,"可能他还剩下一些我中意的小玩意儿。"

这时暮色渐浓,当她从与罗宾多年居住的家走出来时,看到那个陌生的货郎正把包袱卷起来,好像准备离开。可是她向他走过去,看看是否还有未卖出的货物。

"好货郎,我能看看你的商品吗?"她有礼貌地问道。

当他向上看她时,她立即认出那就是"恶煞罗杰"的脸,她最后一次见到他,就是她被伊桑巴特囚禁在魔窟里的时候,在通缉犯一帮人中没有人认识他的脸,因为他们遇到他时,他总是穿戴盔甲并放下脸盔,但玛丽安认识他。她一见到他那双恶毒的眼睛,立即转身大声呼喊。可是罗杰已向她扑去,取出匕首,把她击倒,使她的呼喊声成了疼痛的尖叫声。

听到这声音,大家都走到自己的家门口,罗宾因知道是玛丽安在喊叫,就抓起弓向外跑去救她。他看见她躺在地上不动,也看见一个人影在暮色中向悬崖小道狂奔,于是就把一支箭搭在弓弦上。人影离他很远,光线又暗,但这支箭是由全英国最好的射手射出去的。

正当罗杰想绕过一棵幼树时,飞来的箭射中他的肩膀,疼痛使他动弹不得,就像他被钉住在树上了。这时十几个人向玛丽安跑去,但罗宾比他们跑得更快,并向他们指出小道上的那个人影。

"别管她,"他说,"把那个人带回来。你们去捉拿他,我会照料自己的妻子。"

说着,他跑到玛丽安身旁,把她抱起来。他从她的受伤情况知道因刀口太深已无法挽救。她自己也知道将不久于人世。她向他微笑着。

"我想,这就是我们的永别了,我最亲爱的人,"她虚弱无力地说道,"过一会儿我就将离开你。但在我走之前,我要感谢你给我这么多年幸福的日子。"

罗宾低头吻她。"亲爱的妻子,"他心碎地说,"我一直期望着我们会在一起再过上许多年的幸福生活,但是现在,生活被剥夺了最主要的欢乐,从此我将悲苦终生。"

"绿色的舍伍德森林还留下来给你,我的罗宾,"她对他说,"我会守望着你。现在把我们的修道士叫来,让我接受最后的教会仪式。你一定要抱着我。"

于是,罗宾抱着玛丽安,修士塔克泪流满面,为她举行了最后的祷告,然后就离开了。没有人知道玛丽安和罗宾在最后时刻互相说了些什么,只有她的一句话后来罗宾告诉了小约翰和修士塔克。

"她说,她希望就这样,由我拥抱着,死在绿林深处。"罗宾说,"没有人会有像我的玛丽安这样真诚忠实的妻子,我将哀悼她直到我自己也离开人间去见她为止。"

在天还未全黑之时,他们就把恶煞罗杰抓回来。这时,罗宾已把玛丽安遗体抱走,回到营地,交臂站着,面色严厉,等着亲见凶手。他在等待时,货郎威尔扑在他的脚下。

"饶恕我,罗宾!"他哀求道,"我以为他是个忠实可靠的人,否则我不会让他同我一起来。"

"就饶恕吧,"罗宾镇静地回答。"你走开,永远不要再让我见到你的脸,不然我就会回忆起我妻子是如何由于你才死的。"

威尔鬼鬼祟祟地走了,不久又逃离诺丁汉郡,因为到处都流传说是他把杀害舍伍德女王的人带进好汉们的据点的。

罗宾及其伙伴带着恶煞罗杰整夜行走,因为他们在他身上找到一张纸,上面写着圣玛丽修道院院长答应把从秘密林中空地得到的赃物分给他一半并赏给他五百马克,作为他带领他的人到隐藏地的奖赏。原来罗杰不信任院长的口头诺言,就先要到这张纸,然后才去寻找通往罗宾据点的道路。

途中,罗宾的伙伴们从林中大树上砍下一些木杆,带到离圣玛丽修道院大门五十码的地方。他们用这些木杆搭起绞刑架,把恶煞罗杰绞死在上面,并把写有院长诺言的羊皮纸张缝在他的胸前,使所有经过那里的人都能看到。在羊皮纸的底部,修士塔克根据罗宾的吩咐写下:

"这就是雨戈院长所雇凶手的下场。雨戈院长下次出门时,也将遇到同样下场。"

自从发出这个威胁之后,雨戈院长就从未离开过修道院,因为他知道罗宾汉从不食言。

但是,玛丽安去世后,林间空地里已完全不是往日景象。因为大家都敬爱她,为失去她而悲痛,罗宾汉本人则更是悲伤得无法安慰。他把伙伴们征战所得的财物都分给大家,并告诉他们可以自由选择去处。

有些人到山谷艾伦家工作,他仍是他们的好朋友,有些人去找理查德·李爵士,他已年迈,但仍欢迎罗宾的任何一个伙伴的到来。有些人去当兵,参加一些战役。也有一些人租耕土地,安居乐业,叙说他们过去在舍伍德的好日子。

一切都安排停当,修士塔克也搬进了一个隐居处,那里靠近一条有极好鲑鱼的小河,并离舍伍德森林的某种鹿只有一箭之遥。这时,罗宾就取下他的弓和箭袋,并把剑佩在腰上。小约翰在旁边看着他,不知他要干什么。

"现在怎么办,我的好罗宾?"小约翰问道。

"风把我吹到哪里,命运把我召唤到哪里,我就到哪里,"罗宾回答说。"你像其他人一样转移吧,我们在舍伍德的好日子已经结束了。我们也一天天老了。"

"你到哪里,我就去哪里,"小约翰说,"我们是很多年的朋友,我不希望分离,只有死亡能把我们分开。"

"那么,我们往北走,"罗宾说,"好约翰,你如此珍惜我的友谊,算我没有白活。"

"想想我们在一起经历过的那些好日子吧,"小约翰一心缅怀着往日。"我们让盖伊一伙人只穿着衬衣回家,还耍弄了郡长和其他人,还烧毁了魔窟……"

"还消灭了海盗戴蒙,"罗宾补充说。

"还有,伟大的理查德国王如何同你谈话并赦免了你,我们又如何劫用了院长的财富——唉,罗宾,我们在一起的经历太多了,永远不能分手。"

于是,他们就往北走,走向约克郡的边界。但是,一向英勇无畏的罗宾自从爱妻去世后,就变得无精打采,走到半路病倒了。他们来到柯克里斯修道院,他恳求伊丽莎白女院长让他暂住,直到他病好能继续赶路。她在一个小房间里给他安排了一个床位,并护理他。小约翰陪伴着他,并睡在房门口,以防遭人暗算。女院长为了治罗宾的病,给他放了两次血,但似乎没有使他的病情有所好转。这时圣玛丽修道院雨戈院长得知罗宾正在女院长的控制之下。为此,雨戈便写信给她,虽然他并不知道这个女院长是罗宾的姨母。罗宾则由于她是姨母而认为住在那里会是安全的,因为他也知道,柯克里斯修道院处于圣玛丽修道院雨戈院长的管辖之下。

女院长在收到雨戈来信的第二天,来到罗宾的床旁,带着深思的表情看着他。

"罗宾外甥,为了治好你的病,我必须再给你放血。"

"你看着办吧,"他用虚弱的声音回答。

她拿来一把柳叶刀切开血管,虽然她心里明白,他已太虚弱,不宜再放血。但是雨戈院长已向她下了命令,尽管罗宾是她的亲姐妹的儿子,她还是遵命行事。

　　他从她的眼神看见了她的意图,便虚弱地喊了一声。站在窗外等着女院长离去的小约翰,听到喊声就进入房内。罗宾向他做手势。

　　"让她出去,并把我的胳臂绑起来,"他吩咐说,"虽然我怕已经太迟了。"

　　女院长离开了他们。小约翰赶紧把血管绑起来。但是他看到罗宾的嘴唇几乎全无血色,同时听到他的呼吸又不规则又急促。小约翰知道生命就要结束了。他看着伟大的主人竟被一个奸诈的女人的手这样杀害,热泪盈眶。

　　整个下午,小约翰守在床边。罗宾有时跟他谈起昔日往事,随后他的神志又恍恍惚惚,好像自己又和玛丽安同在舍伍德森林里,好伙伴们都在周围。将近黄昏时分,他打一会儿瞌睡,醒来后,瞅着小约翰微笑。

　　"约翰,"他说,"我就要去见我可爱的玛丽安了。我梦见她来告诉我——告诉我——可是,老朋友,我不能把她告诉我的一切都告诉你。只是,把我的弓和箭袋里抽出一支箭拿来给我吧。"

　　小约翰不明白他的用意,把弓交给他。罗宾把箭搭在弦上。窗户是开着的。罗宾在床上坐起来,往后拉弓,把箭射到修道院墙外的树林中。

　　"就在那里,"他说着再躺倒在床上,"就把我埋在那里吧,小约翰,每年新春来临之际,美好绿树的叶片会在我头上簌簌作响,群鸟欢声歌唱。现在,对我说再见吧,我要走了。玛丽安,我的玛丽安!"

　　他最后喊着她的名字离开人世。小约翰在床边哀泣。但是,趁天色还未全黑,小约翰走出去找到那支箭,它落在修道院墙外的一棵大橡树底下。他就把他的主人安葬在那里。

　　小约翰越过无数山地高原,到处漫游,向人们讲述他的朋友和主人的故事,直到最后也离开了人间。像罗宾汉一样,他至今仍然活在喜爱忠诚和英雄事迹的故事的人们心里。对于这些人来说,尽管风雨尘土多年飘过他们的坟头,罗宾汉和他的快乐伙伴们永垂不朽。